U0097392

古典詩歌研究彙刊

第二輯

龔鵬程 主編

第 **18** 冊

明代性靈説研究（下）

王頌梅 著

國家圖書館出版品預行編目資料

明代性靈說研究（下）／王頌梅 著 — 初版 — 台北縣永和市：
花木蘭文化出版社，2007〔民 96〕

目 2+248 面；17×24 公分（古典詩歌研究彙刊 第二輯；第 18 冊）

ISBN-13：978-986-6831-24-9（全套：精裝）
ISBN-13：978-986-6831-42-3（精裝）
1. 明代文學　2. 文學評論
820.906　　　　　　　　　　　　　　　　　96016217

ISBN - 978-986-6831-42-3

9 789866 831423

古典詩歌研究彙刊
第二輯　第十八冊　　　　ISBN：978-986-6831-42-3

明代性靈說研究（下）

作　　者	王頌梅
主　　編	龔鵬程
出　　版	花木蘭文化出版社
發 行 所	花木蘭文化出版社
發 行 人	高小娟
聯絡地址	台北縣永和市中正路五九五號七樓之三
	電話：02-2923-1455／傳眞：02-2923-1452
電子信箱	sut81518@ms59.hinet.net
初　　版	2007 年 9 月
定　　價	第二輯 20 冊（精裝）新台幣 28,000 元

明代性靈說研究（下）

王頌梅　著

目錄

上　冊

丙、晚明的浪漫思潮

（萬曆——啓禎）

　　萬曆初年的文壇，是王世貞的天下。他和王世懋兄弟二人仕於南都，以金陵爲中心，在摹擬王國中號令一世。《列朝詩集小傳》云：「于鱗既歿，元美著作日益繁富，而其地望之高，游道之廣，聲力氣義，足以翕張賢豪，吹噓才俊。於是天下咸望走其門，若玉帛職貢之會，莫敢後至，操文章之柄，登壇設壝，近古未有。」（丁集上‧本傳）挾著這股勢力，格調派抨擊唐荊川、冷落歸有光、漠視徐文長，凡是不與他們同道的人，都湮沒在滾滾洪流中，無人過問。在第二波強大復古運動的籠罩下，人們與剛萌芽的性靈文學又產生隔絕的現象，此時，重新開啓文學新機，掃除雲霧的仍是陽明學派的思想家，他們是萬曆時代聲名最高、影響最廣的李卓吾與焦竑。

第一章 思想家的性靈說──李贄、焦竑

一、李　贄

李贄，字卓吾，又號宏甫，福建泉州人，生於明世宗嘉靖六年，卒於神宗萬曆三十年（1527～1602），七十六歲。

頓　悟

李卓吾自幼穎異，個性堅強，六、七歲便能「自立」〔註1〕，讀書「倔強難化」〔註2〕，「不能契朱夫子深心」〔註3〕，憒憒然隨俗應考，中舉後得一窮官，為家計奔波十數年，聰明不得發露。四十歲時，友人介紹他研讀陽明心學，他還半信半疑，到五十歲時，豁然大悟，談鋒始發。他形容自己頓悟前後的不同說：

> 余自幼讀聖教不知聖教，尊孔子不知孔夫子何可自尊，所謂矮子觀場，隨人說研，和聲而已。是余五十以前真一犬也。因前犬吠形，亦隨而吠之，若問以吠聲之故，正好啞然自笑也已。五十以後，大衰欲死，因得友朋勸誨，翻閱貝經，幸於生死之原，窺見斑點，乃復研窮學庸要旨，知其宗貫，……嗚呼，余今日知吾夫子矣！不吠聲矣！向作

〔註1〕《續焚書》卷一〈與耿克念書〉。
〔註2〕《陽明先生道學鈔附年譜》。
〔註3〕《焚書》卷二〈卓吾論略〉。

矮子，至老遂爲長人矣！（李氏《續焚書》卷二〈聖教小引〉）

與王學的淵源

李卓吾的思想來自二王之學，二王即王畿（龍溪）與王艮（心齋）。陽明弟子中，龍溪之學已走向高明一路，心齋則以「意氣太高，行事太奇」曾爲陽明「痛加裁抑，及門三日不得見」〔註4〕，可知其偏激的風格。卓吾於萬曆五年以前曾兩見王龍溪〔註5〕，對他傾慕倍至〔註6〕。王心齋早逝，卓吾不及見，但曾受業於心齋之子王襞（東崖），及其再傳弟子羅汝芳（近溪），又與泰州門人趙貞吉、楊復所、耿定向、耿定理、潘士藻、陶望齡諸人爲友，所以他對泰州一派認同最深，性情也與泰州精神最爲相契。他說：

> 古人稱學道，全要英靈漢子。……當時陽明先生門徒遍天下，獨有心齋，最爲英靈。心齋本一灶丁也，目不識一丁，聞人讀書，便自悟性，遂往江西，見王都堂，欲與之辨質所悟。此尚以朋友之往也，後自知其不如，乃從而卒業焉，故心齋亦得聞聖人之道，此其氣骨爲何如者？心齋之後，爲徐波石（樾）、爲顏山農（鈞）。山農以布衣講學，雄視一世，而遭誣陷；波石以布政使請兵督戰，而死廣南，風雲龍虎，各從其類，然哉！蓋心齋眞英雄，故其徒亦英雄也。波石之後爲趙大洲（貞吉），大洲之後爲鄧豁渠，山農之後爲羅近溪（汝芳）、爲何心隱，心隱之後爲錢懷蘇（同文）、爲程後臺（學顏），一代高似一代，所謂大海不宿死屍，龍門不點破額，豈不信乎？（《焚書》卷二〈爲黃安二上人大孝〉）

狂者的個性言行

頓悟後的卓吾，心開目明，看清許多事物的遮掩蔽障〔註7〕，又

〔註4〕《明儒學案》卷三十二「處士王心齋先生艮」。

〔註5〕《焚書》卷三〈羅近溪先生告文〉。

〔註6〕詳見《焚書》卷三〈王龍溪先生告文〉、〈序龍溪王先生集抄〉、卷二〈復焦弱侯書〉、《續焚書》卷一〈與劉肖川書〉等等。

〔註7〕《李溫陵集》下〈讀書樂序〉：「天幸生我心眼，開卷便見人，便見其人終始之概。夫讀書論世，古多有之，或見面皮，或見體膚，或

受到泰州學者「一代高似一代」的激勵感召；由識生膽，便不肯再隨俗從眾，決心與封建社會中的名教相抗。他「不畏死」「不怕人」「不靠勢」〔註8〕，所作所為，無非「以其是非，堪為前人出氣而已」〔註9〕。在思想方面，他教人「不學孔子」，結果被冠上「卑侮孔孟」的罪名；在史評方面，「凡昔人之所忻艷以為賢者」，他多以為假，以為迂腐不才而不切于用，昔人所鄙棄唾罵者，他皆以為可託國託家〔註10〕，結果以其是非大戾於昔人，讀書食祿之家「不以為狂，則以為可殺」〔註11〕。在現實生活方面，他要為冤死的何心隱出氣，對見死不救的耿定向展開凌屬的攻擊；他痛恨假道學自命正統、「鼻孔遼天」的驕傲態度，憤而逃儒歸佛，落髮出家；他又要為封閉社會中的女性出氣，與女弟子談學論道，結果被冠上「勾引士人妻女」的罪名〔註12〕；他又向不合理的禮教挑戰，故意說攜歌姬舞女，淺斟低唱，也勝似與道學先生作伴〔註13〕，結果引來「宣淫敗俗」之謗。有些朋友勸他或為他調停，但他不肯妥協，他說：「性氣帶得來，是箇不知討便宜的人，可奈何？」〔註14〕執意抗爭的作法，將狂者的精神發揮到極致，卻也引來官僚的迫害。他的住所一再被毀，言行遭到曲解誣蔑。萬曆三十年，有人造謠播於京師，說他著書醜詆首相沈一貫，一貫恨甚，然一時查不出他的行蹤（《野獲編》），後來知道他寄寓於通州馬經綸家，三十一年二月即由給事中張問達彈劾，逮捕下獄。卓吾憤極自裁而死，成為泰州學派最後一位殉道者。

由於這場禍事，李卓吾正式被定為名教罪人，張氏的奏疏、批答

見血脈，或見筋骨，然至骨極矣！從自謂能洞五臟，其實尚未刺骨也，此余之自謂得天幸者一也。

〔註 8〕同註1。
〔註 9〕《李溫陵集》卷一〈答焦從吾〉。
〔註10〕同上卷二十〈讀書樂序〉。
〔註11〕同上卷十六〈蜻蛉謠〉。
〔註12〕見《日知錄》卷十八「李贄」條引「神宗實錄・張問達疏」。
〔註13〕《列朝詩集小傳》閏集「異人卓吾先生李贄」。
〔註14〕《焚書》卷二〈與焦弱侯〉。

的聖旨，載在《神宗實錄》，成了權威性的官方文字。明清之際的學者往往不問事實，便直接採信官方的說法，賢者引述之，不賢者渲染之，以訛傳訛，都對他存著惡劣的印象。影響所及，好友焦竑、公安派、竟陵派乃至整個王學都遭到名譽的損失。政治官僚視他們為反抗權威的叛徒，道學先生譏之為玄虛的左道旁門；入清之後，正派的學者懷著亡國之痛，對王學末流大加譴責，選定了李卓吾為代表人物；御用的文人經生則揣測上意，跟著落井下石、肆意抨擊。不論出於何種因素，總之，在專制的時代裡追求自由平等的思想都是會受到誤會和打擊的。

其實以現代的眼光來看，李卓吾不過是個情感奔放、個性甚強、又敢於說真話的人。例如當他七十二歲在南京見到天主教士利瑪竇時，西學初來，一般士大夫懷著陳腐之見，不外擁孔教以拒耶穌，視科學為奇技淫巧，而卓吾則與友人書云：「是一極標致人也。中極玲瓏，外極樸實，……我所見人，未有其比。……畢竟不知到此何幹也，意欲以其所學易吾周孔之學，則又太愚，恐非是爾。」（《續焚書》卷一）可見他的見解是很先進的。他說秦始皇為千古一帝，說卓文君為善擇佳偶，說馮道為吏隱，這些「驚世駭俗」之論在現代看來並沒有什麼，從某些角度講甚至和現代人的觀念相符合，所以他是一位超越時代的人物。把事情看得太清楚的人固然不願與現實妥協，然而卓吾的命運又並非全然是個人因素；在國事叢脞，盜賊橫行的時候，一批民間的學者禪師不願坐視官僚的腐敗無能，紛紛起而抗爭，他們不顧小人的嫉害，前仆後繼，死而無悔。李卓吾受到感召，選擇在衝突的最高點做那「集眾人之矢」的靶心，無非在揭穿政客們偽君子的面具，暴露官僚體制下的黑暗面，表現不自由、勿寧死的精神。不了解他的人以瑣屑不實的罪名去抹殺他的真貌，或進而否定一學派一詩說的價值，這都是很狹隘的見解。民國初年，胡適先生主張整理國故，必須「各還他一個本來面目」（《胡適文存》卷一〈國學季刊發刊宣言〉），今人對李卓吾等人的觀感、以及王學和性靈文學的評價亦當做如是觀。

基本理論

　　李卓吾的文學理論以「眞心」二字爲主。眞心即童心，「童心者，絕假純眞，最初一念之本心也」，「童子者、人之初也，童心者、心之初也，曷可失也？」（〈童心說〉，《焚書》卷三）最初陽明講良知之學，已主張人人具有良知，到龍溪便有「現成良知」之說，卓吾的童心則強調「生知」和「本能」的意義，把主觀唯心論又推進了一層。此外，陽明論文學講「修辭立誠」，「著誠去僞」，用的是儒家的字面，到卓吾時則用眞假取代誠僞二字，用的是老莊字面〔註15〕，這是二王之學闌入佛老的特徵。

　　不過卓吾所謂的眞心並不若陽明龍溪那麼玄虛，而是眞實具體的。他的眞心包括兩個條件：眞情感與眞見識。眞情感是作家創作的慾望，有了這種衝動，發而爲文，才是眞文章。《焚書》卷三〈雜說〉一文云：

> 且夫世之眞能文者，比其初皆非有意於爲文也。其胸中有如許無狀可怪之事，其喉間有如許欲吐而不敢吐之物，其口頭又時時有許多欲語而莫可所以告語之處，蓄積已久，勢不能遏，一旦見景生情，觸目興歎，奪他人之酒杯，澆自己之壘塊，訴心中之不平，感數奇於千載。既已噴玉唾珠，昭回雲漢，爲章于天矣！遂亦自負，發狂大叫，流涕痛哭，不能自止。寧使見者聞者，切齒咬牙，欲殺欲割，而終不忍藏于名山，投之水火……。

另外〈忠義水滸傳序〉亦云：

> 太史公曰：說難孤憤，賢聖發憤之作也，由此觀之，古之賢聖不憤則不作矣！不憤而作，譬如不寒而顫，不病而呻吟，雖作何觀乎？（同上）

陽明講良知，情緒通常在和平溫厚的狀態，龍溪講良知則比較傾向熱情，到李卓吾則發揮至激情的地步，這固然與他個性有關，但欲以激情包括和平恬淡之情，強調其可大可小的意思也是有的。《焚書》卷

────────────────

〔註15〕顧氏《日知錄》卷十八「破題用莊子」條。

三〈讀律膚說〉云：

> 蓋聲色之來，發于性情，由乎自然，是可以牽強矯合而致乎？故自然發於情性，則自然止乎禮義，非性之外，復有禮義可止也。惟矯強乃失也。故以自然為美耳。又非於性情之外，復有所謂自然而然也。
>
> 故性格清澈，音調自然宣暢。性格舒徐者，音調自然舒緩。曠達者，自然浩蕩。雄邁者，自然壯烈，沈鬱者，自然悲酸。古怪者，自然奇絕。有是格，便有是調，皆性情自然之謂也。
>
> 莫不有情，莫不有性，而可以一律求之哉？然則所謂自然者，非有意為自然，而遂以謂自然也。若有意為自然，則與矯強無異，故自然之道，未易言也。

可見卓吾主張的性情是每個人獨立自主的自然之性，有什麼樣的性情，就有什麼樣的格調，格調就像生活中的禮義一樣，由人情自然而生，不可矯強，更不可強將人情遷就禮義格調。他說：

> 凡人作文皆從外邊攻進裡去，我為文章，只就裡面攻打出來，就他城池，食他糧草，統率他兵馬，直衝橫撞，攪得他粉碎，故不費一毫氣力而自然有餘也，凡事皆然，寧獨為文章哉？（《續焚書》卷一〈與友人論文〉）

這段話將「意在筆先」的意思形容得很生動，意由心生；有心做主，一切布局章法格套聲色都有所屬，何必外求？「就裡面攻打出來」，一直是唯心論者的觀念，以心視物，萬物皆為我用，萬物都有了意義，這就是「心」的作用。

除了情感之外，心還有獨立思考的能力，只是常為後天的聞見遮蔽混淆，不能發露本真，所以卓吾力主破除蔽障，尋回真識。〈童心說〉云：

> 蓋方其始也，有聞見從耳目而入，而以為主于其內，而童心失。其長也，有道理從聞見而入，而以為主于其內，而童心失。其久也，道理聞見日以益多，則所知所覺，日以益廣，於是焉又知美名之可好也，而務欲以發揚之，而童

心失。知不美之名之可醜也，而務欲以掩之，而童心失。
夫道理聞見，皆自多讀書、識義理而來。古之聖人，曷嘗
不讀書哉？然縱不讀書，童心固自在也。縱多讀書，亦以
護此童心，而使之勿失焉耳。非若學者反以多讀書、識義
理而反障之也。夫學者既以多讀書、識義理障其心矣！聖
人又何用多著書立言以障學人爲耶？

他更進一步指出蔽障之來，是由於迂闊學者拘泥不化，錯會古人之
意，把僵化的成見當成「萬世之至論」，使六經語孟成爲道學之口實，
假人之淵藪，結果「發而爲言語，則言語不由衷，見而爲政事，則政
事無根柢，著而爲文辭，則文辭不能達」，「豈非以假人言假言而事假
事、文假文乎？」（〈童心說〉）所以卓吾反對一切由外而入的道理聞
見，主張由天生「一念之本心」來直觀事物。這樣的言論在當時虛假
低俗的文化中確有摧陷廓清之效，當仁義道德都被說濫的時候，人類
除了一念良知之外，似乎也沒什麼好憑藉的了，所以卓吾的理論看似
偏激，在當時卻不得不堅持純然的性善論，這已經是一種「信仰」，
而非道理所能辯解的。

　　破除蔽障，有獨立的見解謂之「識」。有了識就必須有膽量擺脫
依傍，做「大人」，做「豪傑」。〈別劉肖甫書〉云：

大人者，庇人者也，小人者，庇於人者也。凡大人見識力
量與眾不同者，皆從庇人而生，若徒庇於人，則終其身無
有見識力量之日矣！今日之人，皆庇於人者也，初不知有
庇人事也。居家則庇於父母，居官則庇於官長，立廟則求
庇於宰臣，爲邊帥則求庇於中官，爲聖賢則求庇於孔孟，
爲文章則求庇於班馬，種種自視，莫不皆自以爲男兒，而
其實皆孩子而不自知。豪傑凡民之分，只從庇人與庇於人
識取。（《續焚書》卷一）

這裡指出一種珍貴的「獨立」的精神，不僅是陽明龍溪所未發，也是
在平庸萎弱的士風中發人深省的高論。獨立的精神在求自得、求自
立，抱著說大人則藐之的態度，以平等的眼光看待事物，而不輕易爲

對方牢籠。他教人不學孔子，並非不敬，而是「孔子亦未嘗教人學孔子」〔註16〕，功利的人利用孔子，專制的人以孔子統馭思想名教，頑固的人扭曲了孔子的原意，奴性深重的人求庇於孔子，因此卓吾說：「然則仲尼雖聖，效之則爲顰，學之則爲步醜婦之賤態。」〔註17〕這是何其露骨而大膽的言論，它一方面給豪傑之士帶來莫大的啓示鼓舞，另一方面也遭來小人的利用和衛道之士的攻擊，此所以爲「刀劍上事」也〔註18〕。所以卓吾又言：

> 是才與膽皆因識而後充者也，空有其才而無其膽，則有所怯而不敢。空有其膽而無其才，則不過冥行妄作之人耳。
> 蓋才膽實由識而濟，故天下唯識爲難。(《李溫陵集》卷十三〈二十分識〉)

卓吾所謂的「眞心」，有情感的作用，有理智的作用，「眞情」爲性靈第一層意義，「眞識」爲性靈第二層意義；論性情則以童心出之，論識見則爲擺脫依傍的大人；由此又生出「才」與「膽」爲其輔助條件，可見性靈本體論發展到卓吾手中，已趨於嚴密與落實。

為上上人說法

具有才情膽識者，即爲豪傑，爲上上人。卓吾的目的在開啓這一類人的心眼，激發其潛力，使之爲聖賢爲大家。他說：「我爲上上人說法，不爲此等人說法。」〔註19〕又〈答耿同寇長書〉云：

> 惟公之所不容己者，在於泛愛人而不欲其擇人，我之所不容己者，在於爲吾道得人而不欲輕以與人，微覺不同耳。公之所不容己者，乃人生十五以前弟子職諸篇入孝出弟等事。我之所不容己者，乃十五歲成人以後，爲大人，明大學，欲去明明德於天下等事。公之所不容己者博，而惟在於痛癢之末，我之所以不容己者厚，而惟直收吾開眼之功。

〔註16〕《續焚書》卷一〈答耿中丞〉。
〔註17〕《焚書》卷三〈何心隱論〉。
〔註18〕袁小修〈李溫陵傳〉。
〔註19〕《續焚書》卷二〈劉東星史閣款語〉。

> 公之所不容己者多雨露之滋潤，是故不請而自至，如村學
> 訓蒙師然，以故取效寡而用力艱；我之所不容己者，多霜
> 雪之凜烈，是故必待價而後沽；又如大將用兵，直先擒王，
> 以故用力少而奏功大。……（《焚書》卷一）

由此可知卓吾的學說專為上上人而設，本無意求其周詳全備，亦不設
形式教條。為中下人說法者惟恐人「躐等」，為上上人說法者惟恐人
「不躐等」，這是他們的不同，故前者宜於普及，而後者則必須有選
擇性。這一點卓吾是做到了。焦竑說他：

> 見上士則誇而肆之，冀其或我知也。見中士則櫝而藏之，
> 以待其自知也。見下士則時發而謹閉之，恐其不知而恣疑
> 謗，無益也。以此終其身，交遊遍天下，無知宏甫者。[註
20]
> 當是時，李長者（卓吾）與先生（楊復所）狎主道盟。然
> 先生如和風甘雨，無人不親，長者如絕壁巉巖，無隙可入，
> 二老同得法於旴江，而其風尚懸絕如此。余以為未知學者，
> 不可不見先生，不如此則信向靡從。既知學者，不可不見
> 長者，不如此則情塵不盡。[註21]

卓吾個性嚴潔，與王龍溪、楊復所之溫煦親切不同，雖然從保守之士
的眼光來看，他刊印《藏書》、《焚書》犯了很大的「漏洩」之病，但
那是他名高氣豪所引起，與他設教立說的態度並無直接關係，「為千
古已悟人發藥」[註22]，一直是他秉持的原則，看待卓吾的思想與文
論，也必須掌握此旨。

技巧論

1.「化工」與「畫工」

　　卓吾的「真」字用之於技巧論，則為「傳神寫真」之意。他以此
判定文學技巧的優劣，例如《世說》、《類林》二書「碎金宛然，豐神

〔註20〕《焦氏筆乘》卷二〈宏甫書高尚冊後〉。
〔註21〕《李溫陵外紀》卷二〈焦弱侯題楊復所先生語〉。
〔註22〕袁小修語，見《遊居柿錄》一五條。

若一」，「傳神寫照於阿堵之中，目睛一點，則其人懍懍自有生氣，益三毛更覺有神」〔註23〕，而《晉書》、《唐書》、《宋史》這些高文典冊，卻將「眞英雄子畫做罷軟漢，眞風流名士者畫作俗士，眞啖名不濟事客畫作褒衣大冠，以堂堂巍巍自負，豈不眞可笑恥也哉？」〔註24〕

他最推崇太史公《史記》和《拜月》、《西廂》。〈樂正子〉一文評太史公云：

> 予獨怪其論人物、定是非，古今前後，一眼覷破，如日鏡之于形影也。如死者復生，立而在于前，相對語笑，復欷歔涕泣感慨，抵掌扼腕，而不能已也。使讀者如寐如寐，如夢如憶，如醉如醒，恍兮惚兮，如身在太陰之中，人在九泉之下，不知彼死兮我生，彼生兮我死，杳莫能覺，是爲奇耳。(《李溫陵集》卷十五)

一眼覷破人物是非，抓住古人精魂，這是膽識；而能使死者復生，立而在前，則是才情技巧之高妙。傳神寫眞，是生命的再現，從作者、筆下的人物，到讀者，以心傳心，形成生命情感往復交流的奇妙境界。凡一切「第一義」之「化工」皆是如此；《西廂》、《拜月》之佳，在「宇宙之內，本自有如此可喜之人」，如「天之所生，地之所長，百卉具在，人見而愛之矣，至覓其工，了不可得」，「其工巧自不可思議爾」(〈雜說〉，《焚書》卷三)。而《琵琶記》「窮巧極工，不遺餘力」，「然其氣力限量，只可達于皮膚骨血之間」，「化工」與「畫工」的分別不過在前者是自然而有生命流注的，後者是「似眞非眞」的，所以第一義與第二義之分不在形跡，而在精神。卓吾明白地說：

> 且吾聞之，追風逐電之足，決不在於牝牡驪黃之間。聲應氣求之夫，決不在於尋行數墨之士，風行水上之文，決不在於一字一句之奇。若夫結構之密、偶對之切，依於理道、合于法度，首尾相應、虛實相生，種種禪病，皆所以語文，而不可以語天下之至文也。(同上)

〔註23〕《李溫陵集》卷十〈初潭集序〉。

〔註24〕同上，卷一〈答焦從吾〉。

這類追求精神意象，脫落形跡的理論，和王龍溪並沒有太大的不同，不過卓吾拿這個標準實地去衡量六經正史、小說戲劇；史書描寫的不好，他以為不真，小說戲劇描寫得活靈活現，他卻「信以為真」，虛構的《西廂》、《拜月》；許之為天下至文，呆板失實的晉唐宋史則貶為可笑可恥，一方面顯現出唯心論的靈活性，一方面也在平等的立場上做進一步的發揮。

2.「瑕疵」

唯心的技巧論並無固定的美醜標準，〈答周柳塘書〉云：

> 夫所謂醜者，亦據世俗眼目言之耳，俗人以為醜，則人共醜之。俗人以為美，則人共美之，世俗非真能知醜美也，習見如是，習聞如是，聞見為主于內，而醜美遂定于外，堅于膠脂，密不可解。（《李溫陵集》卷四）

世俗所謂的是非美醜往往只認定言行格套的完美與否，真偽不論，以至於中行與鄉愿混為一談，卓吾認為中行已不可得，唯求狂狷之士，狂狷之士不可能沒有瑕疵，表現瑕疵不肯掩醜著好，正是「真」的表現。因此他說：

> 道學先生責人至纖細也。〔註25〕
> 蓋惟世間一等狂漢，乃能不掩於行，不掩者，不遮掩以自蓋也。非行不掩其言之謂也。〔註26〕
> 士唯患不麤豪耳，有麤有豪，而後真精細出矣，不然皆假也。〔註27〕
> 求豪傑必在於狂狷，必在於破綻之夫。〔註28〕

這個思想移到作詩之中，便是教人以伸張自己的性情意志為先，而不須受枝節格套的牽絆，當時格調派之指瘢索垢，跟道學先生之責人相同，因此公安三袁承卓吾此意，做詩衝口而發，不措意風華，表現率

〔註25〕《藏書》智謀名臣呂夷簡傳後評語。
〔註26〕《李溫陵集》卷之六〈與友人書〉。
〔註27〕《李溫陵集》卷之十四〈陳亮傳評〉。
〔註28〕《續焚書》卷一〈焦弱侯太史〉。

意狂放的態度，此固有所激耳。

3. 形神合一

其實李卓吾並非全然輕視技巧，跟王龍溪比起來，技藝的地位已經提高了很多。龍溪說「德成爲上，藝成爲下」，卓吾卻說：「凡藝之極精者皆神人也，況翰墨之爲藝哉？」〔註29〕又說：

> 道與技爲二，非也，造聖則聖，入神則神，技即道耳，技
> 至於神聖所在之處，必有神物護持，而況有識之人歟？
> 神聖在我，技不得輕矣！否則讀書作文亦賤矣！寧獨鑴石
> 之工乎？〔註30〕

唯心論者以心貫通萬物，理論上必須以平等爲基礎，可是實際上仍有某些時代性的成見擺脫不掉，例如龍溪極端重內輕外，不免含有輕視小道末技的道學氣習，而卓吾則儘量將心與物公平看待，求其融合協調，如〈琴賦〉云：

> 余謂琴者，心也；琴者，吟也，所以吟其心也。人知口之
> 吟，不知手之吟；知口之有聲，而不知手亦有聲也。如風
> 撼樹，但見樹鳴，謂樹不鳴不可也，謂樹能鳴亦不可。此
> 可以知手之有聲矣。聽者指謂琴聲，是猶指樹鳴也，不亦
> 泥歟？……故善聽者獨得其心而知其深也，其爲自然，何
> 可加者！……琴自一耳，心固殊也，心殊則手殊，手殊則
> 聲殊，何莫非自然者，而謂手不能二聲可乎？而謂彼聲不
> 出於自然可乎？故蔡邕開絃而知殺心，鍾子聽絃而知流
> 水，師曠聽絃而識南風之不競，蓋自然之道，得手應心，
> 其妙固若此。（《焚書》卷五）

心之於手，如風之於樹，二者雖有先後，卻無輕重上下之分，因爲這本是自然之道，無需做人爲的判定，由此看來，卓吾論藝可能比龍溪更精確客觀一些。

音樂是最抽象的藝術；詩畫比較具體，受到形式的拘限也多，這

〔註29〕《焚書》卷五〈讀史逸少經濟〉。
〔註30〕同上〈樊敏碑後〉。

裡更能見出卓吾調和形式與內容的意思。《焚書》卷五〈論詩畫〉一文，先引蘇東坡與楊升菴的意見：

> 東坡先生云：「論畫以形似，見與兒童鄰，作詩必此詩，定知非詩人。」

東坡是主張貴神韻，而不重刻畫寫實的，楊升菴認為東坡說得太偏，又舉一首晁以道所和的詩，作為「定論」：

> 畫寫物外形，要物形不改，詩傳畫外意，貴有畫中態。

這又太重「形態」，而忽略了神韻，所以卓吾將二者調和修正了一番：

> 卓吾子謂：改形不成畫，得意非畫外。因復和之曰：畫不徒寫形，正要形神在。詩不在畫外，正寫畫中態。

就表達形式來說，畫是寫實的，詩是較抽象的。由於畫已經很具體了，所以不必再強調描寫形貌，而必須注重神韻的表現。詩比畫容易表達抽象的概念，但是不能玄虛得不著邊際，還是要藉著具體的事物與意象，做為寄託寓意才行。所以貴在「詩中有畫，畫中有詩」，就是在調和這兩種藝術的特質。卓吾又舉例說明：

> 杜子美云：花遠重重樹，雲輕處處山。此詩中畫也，可以作畫本矣！唐人畫桃源圖，舒元輿為之記云：「煙嵐草木，如帶春風，熟視詳玩，自覺骨戛青玉，身入鏡中。」此畫中詩也！絕藝入神矣！

可見寫實與抽象不可偏廢，形與神合一，才是絕藝，才是化工。從這一點來看卓吾對詩律的見解，便可有深入的體會。卓吾認為一切藝術當以「自然」為美，自然固是「不可矯強」，也不是「有意為自然而遂以為自然」，假自然和真正的自然就如「畫工」與「化工」，此處差之毫釐，不可不辨。發乎自然的聲色格律是必要的，此處卓吾在思想家一貫重質的主張中，加入詩對「美」的需求。他說：

> 淡則無味，直則無情，宛轉有態，則容冶而不雅，沉著可思，則神傷而易弱，欲淺不得，欲深不得。拘於律，則為律所制，是詩奴也，其失也卑，而五音不克諧。不受律則不成律，是詩魔也，其失也亢，而五音相奪倫，不克諧，

> 則無色，相奪倫，則無聲，蓋聲色之來，發於情性，由乎
> 自然，是可以牽合矯強而致乎？（《焚書》卷三）

心不可過卑，也不可過亢，表現技巧不可過淡，也不可過直，「性情」
與「聲色」必須完全融爲一物，表現真正的自然。這其實就是孔子「隨
心所欲不逾矩」、東坡「行於所當行，止於不可不止」的境界，也就
是陽明所謂的「灑落」與「恰好處」〔註31〕。

4. 自　得

　　要達到這樣的境界，作者之「自得」是很重要的一關。自得即是
「頓悟」；頓悟的情境微妙難明，有師不能授、弟子不能得者，因此
陽明、龍溪雖時時隨機指授，卻未能指出頓悟必備的條件，而卓吾則
借伯牙學琴的典故闡發其中的精微：

> 伯牙學琴於成連先生，三年不成。成連云：「吾師方子春在
> 東海中，能移人情。」乃與伯牙俱往。至蓬萊山，留伯牙
> 曰：「子居習之，吾將迎之。」刺舡而去，旬時不返。伯牙
> 延望無人，但聞海水洞湧，山林杳冥，愴然嘆曰：「先生移
> 我情矣！」乃援琴而歌水仙之操。曲終，成連回，刺舡迎
> 之以還，伯牙遂爲天下妙矣！（《初潭集》卷十四〈音樂〉）

伯牙成學的歷程是先經過圖譜碩師「熟參」的階段，再入於無人之境，
受自然之音的觸發而後「頓悟」。焦竑曾引此論告誡後學圖譜碩師的
重要，卓吾則不以爲然，他特別側重「擺脫圖譜碩師」這一節。他說：

> 弱侯之言，蓋爲未得謂得者發耳。……蓋成連有成連之音，
> 雖成連不能授之於弟子，伯牙有伯牙之音，雖伯牙不能必
> 得之於成連，所謂音在於是，偶觸而即得者，不可以學人
> 爲也。矇者唯未嘗學，故觸之即契；伯牙唯學，故至于無
> 所觸而後爲妙也。設伯牙不至于海，設至海而成連先生猶
> 與之偕，亦終不能得矣。唯至於絕海之濱，空洞之野，渺
> 無人跡，而後向之圖譜無存，指授無所，碩師無見，凡昔
> 之一切可得而傳者，今皆不可復得矣，故乃自得之也。此

〔註31〕《傳習錄下》陽明與九川問答。

其道蓋出於絲桐之表、指授之外者，而又烏用成連先生爲
邪？〔註32〕

絕海之濱，無人之域，提供的山水自然之音固足以啓發心靈，但心靈
若不摒絕依傍，盡忘形跡，亦無法應之。在空洞之野，無琴、無譜、
無師，一切具體可傳可言之物都不在眼前，此心空洞澄明，才能與天
籟化而爲一，在此刹那之中有形之物不僅毫無助益，反而是牽絆。卓
吾並非盡棄學問碩師，只是在頓悟那一刻並不需要這些，何況在他看
來，「盲者唯未嘗學，故觸之即契」，還比伯牙更簡易直捷。如果所學
的是道理聞見，是「似是而非」的僞學，那更是自誤誤人，必須大力
破除的。《焚書》記段善本琵琶一事云：

> 唐貞元中，長安大旱。詔移兩地祈雨。街東有康崑崙，琵琶
> 號爲第一手，自謂街西無己敵也，登樓彈新翻調綠腰。及度
> 曲，街西亦出一女郎，抱樂器登樓彈之，多在楓香調中，妙
> 技入神。崑崙大驚，請與相見，欲拜之爲師。女郎更衣出，
> 乃莊嚴寺段師善本也。德宗聞之，召加獎賞，即令崑崙彈一
> 曲，段師曰：「本領何雜耶？兼帶邪聲。」崑崙拜曰：「段師
> 神人也。」德宗詔授康崑崙，段師奏曰：「請崑崙不近樂器
> 十數年，忘其本領，然後可授。」卓吾子曰：至哉乎言，學
> 道亦若此矣，凡百皆若此也。讀書不若此，則不如不讀，作
> 文不若此，則不若不作，功業不若此，則未可言功業，人品
> 不若此，亦安得謂之人品乎？總之鼠竊狗偷云耳。無佛處稱
> 尊，康崑崙何足道！何足道！（卷五〈讀史〉）

用心不眞，入門不正，則學問技藝無往而非假，天地萬物無不變質變
色，最後不免淪爲鼠竊狗偷之僞學而不自知。豪傑之士一旦赫然發
現，才知前功盡棄，必須澄懷盪胸，重新來過，耗時費力，悔之無及。
因此卓吾立說，首在教人破除聞見蔽障，以「絕假純眞」之本心獨立
思考，勿求庇於人。若「學人者不至，舍己者未盡」〔註33〕，離不開

〔註32〕《焚書》卷四〈征途與共後語〉。
〔註33〕《初潭集》卷十四〈音樂〉。

圖譜碩師的依賴，又擺不去道理聞見的拘絆，則永遠無法自立，遑論
自得？由此可見卓吾的理論處處都指向「頓悟」一關。除了在個人性
的隨機指引之外，他還指出「千人共由」的大原則，這是他較陽明、
龍溪精闢而落實的地方。

文體進化論

唯心論者必生平等自由的思想，亦必產生演化的觀念。李卓吾《藏
書》〈紀傳總論〉云：

> 人之是非，初無定質，人之是非人也，亦無定論。無定質，
> 則此是彼非，並育而不相害，無定論，則是非彼此亦並行而
> 不相悖矣！……後三代，漢唐宋是也，中間千百餘年而獨無
> 是非者，豈其人無是非哉？咸以孔子之是非為是非，故未嘗
> 有是非耳。夫是非之爭如歲時然，晝夜更迭，不相一也，昨
> 日是而今日非矣！今日非而後日又是矣！雖使孔子復生於
> 今日，又不知作何如非是也，而可遽以定本行罰賞哉？

一人有一人的思想，一代有一代的潮流，無定質，無定論，如萬物自
然而生，並育而不害，豈可以一人認定之是非統馭天下後世之是非？
即使孔子的是非是最優秀的，亦必留待各人擇取判定，經過融合印
證，才能算數。卓吾說：「自然之性，乃是自然眞道學也。」〔註34〕
如果靠強制屈從而來，則為假道學矣。因此他批評耿定向說：

> 侗老作用，乃大聖人之作用，夫誰不信之者，縱非自心誠
> 然，直取古人格式做去，亦自不妨。……但欲以此作用教
> 人，必欲人人皆如此作用，乃為聖人大用，則是本等闊大
> 之樣翻成小樣矣！〔註35〕

他一面反對學術壟斷、反對專制；另一面極力爭取自由平等，提倡兼
容並蓄的學術觀。〈答鄧石陽書〉云：

> 世間蕩平大路，千人共由，萬人共履，我在此，兄亦在此，
> 合邑上下俱在此，若自生分別，則反不如百姓日用矣！（《焚

〔註34〕《續焚書》卷二〈讀史彙〉、〈孔融有自然之性〉。
〔註35〕《續焚書》卷一〈與焦弱侯太史〉。

書》卷一）

> 人各有心，不能皆合，喜者自喜，不喜者自然不喜；欲覽
> 者覽，欲毀者毀，各不相礙，此學之所以爲妙也。若以喜
> 者爲是而必欲兄丈之同喜，兄又以毀者爲是，而復責弟之
> 不毀，則是各見其是，各私其學，學斯僻矣！（《焚書》卷一
> 〈復鄧石陽太守〉）

將這種平等觀用之於文學，則以往爲人輕視的雜劇院本時文俗語，皆
一躍而爲天下之至文，與六經語孟並列而無愧。〈童心說〉云：

> 天下之至文，未有不出于童心焉者也。苟童心常存則道理
> 不行、聞見不立，無時不文，無文不閑，無一樣創制體格
> 文字而非文者。詩何必古選，文何必先秦，降而爲六朝，
> 變而爲近體，又變而爲傳奇，變而爲院本，爲雜劇，爲西
> 廂曲，爲水滸傳，爲今之舉子業，大賢言，聖人之道，皆
> 古今至文，不可得而時勢先後論也。（《焚書》卷三）

這番話在守舊不變的社會裡眞是創見，它動搖格調派拘守正格的理論
基礎，對後來的公安派發生很大的啓示作用。

基於「時」的觀念，卓吾對當時正盛的雜劇院本時文俗語都給予
很高的評價和關注。他說：「雜劇院本，遊戲之上乘也。」（〈雜說〉）
「作者奪他人之酒杯，澆自己之壘塊，借小小風流之事，訴千載之不
平，小中見大，大中見小，舉一毛端，建寶王刹，坐微塵裡，轉大法
輪，其無盡藏不可思議」（同上），此皆世之眞能文者，「孰謂傳奇不
可以興，不可以觀，不可以群，不可以怨乎？……今之樂猶古之樂，
幸無差別視之其可。」〔註36〕

卓吾此意，原自陽明發之。王陽明曾說：

> 古樂不作久矣！今之戲子，尚與古樂意思相近。
> 韶之九成，便是舜的一本戲子；武之九變，便是武王的一
> 本戲子。聖人一生實事，俱播在樂中，所以有德者聞之，
> 便知他盡善盡美與盡美未盡善處。若後世作樂，只是做些

〔註36〕《焚書》卷四〈評紅拂〉語。

詞調，於民俗風化絕無關涉，何以化民善俗？今要民俗反
朴還淳，取今之戲子，將妖淫詞調俱去了，只取忠臣孝子
故事，使愚俗百姓，人人易無意中感激他良知起來，卻於
風化有益，然後古樂漸次可復矣！（《傳習錄》下）

陽明論樂並不以時代分高下，今之樂若能化民於淳善，精神意思與古
樂相同，地位即可與韶成並列。此即卓吾的先聲。只不過陽明注意劇
曲的教化功能，卓吾則見出藝術與人生的微妙境界，可見從正德時代
到萬曆時代，性靈派的戲劇觀有很大的進步。

小　說

　　在小說方面，卓吾大膽的以《水滸傳》為聖賢發憤之作，則為前
人所未發。〈忠義水滸傳序〉云：

水滸傳者，發憤之作也。蓋自宋室不競，冠屨倒施，大賢
處下，不肖處上，馴致夷狄處上，中原處下，一時君相，
猶然處堂燕鵲，納弊稱臣，甘心屈膝於犬羊。已矣！施羅
二公，身在元，心在宋，雖生元日，實憤宋事，是故憤二
帝之北狩，則稱大破遼以洩其憤，憤南渡之苟安，則稱滅
方臘以洩其憤，敢問洩憤者誰乎？則前日嘯聚水滸之強人
也。欲不謂之忠義不可也，是故施羅二公傳水滸而復以忠
義名其傳焉。（《焚書》卷三）

卓吾在專制極權的時代裡，敢將一夥嘯聚之強人視為忠義好漢；又在
復古派氣焰正盛的潮流中，推崇一部民間的白話文學；不論從那方面
說，都具有相當大的膽識和開創性。後來的金聖歎以《西廂》、《水滸》
為才子書，又取之與《莊子》、《離騷》、《史記》、杜詩並列，就是受
了卓吾的影響。

時　文

　　在時文方面，他以一貫平等、進化的觀點將時文與古文等量齊
觀。〈時文後序〉云：

時文者，今時取士之文也，非古也。然以今視古，古固非
今，由後視今，今復為古，故曰：文章與時高下，高下者，

> 權衡之謂也。權衡定于一時，精光流于後世，何可苟也？
> 夫千古同倫，則千古同文。所不同者，一時之制耳。故五
> 言興，則四言爲古。唐律興，則五言又爲古，今之近體，
> 既以唐爲古，則知萬世而下，當復以我爲唐無疑矣！而況
> 取士之文乎？（《焚書》卷四）

這裡卓吾似乎犯了一個錯誤：演化論只適用於自然演變的文體，而不適用於人爲制定的文體。他所謂的詩自四言而五言、自古體而近體，都是自然演變的現象；唐朝以詩取士，是政策正巧抓住了文學的脈動；自然的力量與人爲的力量合迸，才創造出史上輝煌的一頁。唐以後不以詩取士，詩歌的地位比較沒落，但詩變而爲詞，詞變而爲曲，它們仍有藝術的生命與價值。時文不然，它是帝王鉗制思想的工具，跟現實生活脫節，只對應考的人發生意義。雖然在幾百年的考場文化中，它也能產生類似唐詩初盛中晚的變化〔註37〕，但它終究不是從生活中自然產生的東西，所以不能拿演進的眼光將它視爲古文的新生代。時文與小說戲曲是同時盛行的文體，卓吾提倡戲曲小說得到很大的成功，推崇時文卻不見什麼效果，即是因爲他誤將君主制定之物當成了自然演進之物。不過，這是時代的封閉性，很難擺脫得掉，對明人而言，八股文是一項專業技術，他們常藉此表現自己的文學主張，以今日視之，不妨取其精華，棄其糟粕可也。

白　話

　　至於白話口語方面，陽明曾說：「與愚夫愚婦同的，是謂同德，與愚夫愚婦異的，是謂異端。」（《傳習錄》）加上王心齋以布衣處王門弟子中，作風最爲平民化，因此卓吾特別重視民間俗語白話。他主張「好察邇言」，「邇言」就是「凡世間一切治生產業等事，皆其所共好、共習、共和而共言者」，也就是「就此百姓日用處提撕一番」的話〔註38〕。因爲民間俚語，不假修飾，特別深入人情，真切至到。而

〔註37〕《明史‧選舉志》。
〔註38〕《李溫陵集》卷三〈答鄧明府書〉。

士大夫「往往所講者未必公之所行，所行又公之所不講」，反而不如市井小夫，「身履是事，口便說是事，作生意者，但說生意，力田作者，但說方田，鑿鑿有味，眞有德之言，令人聽之忘倦」。卓吾又說：

> 吾具邇言以證之：凡今之人，自生至老，自一家以至萬家，自一國以至天下，凡邇言中事，孰待教而後行乎？趨利避害，人人同心，是謂天成，是謂眾巧，邇言之所以爲妙也。

〔註39〕

邇言最得本心，最能見人本來面目，故爲「天成」，它由百姓共同完成，故爲「眾巧」。雖然它離天下之至文還有一段距離，但白話之中自然有無比的潛力與生機，卓吾將文學指向這一路，對當時矯揉造作的假古典風氣形成很大的衝擊。

六經子史

至於倍受尊崇的六經子史，在卓吾眼中不過一代一時之文而已，它們當時各有其創作目的，後人必須認清其時代與性質，不可執著。〈童心說〉云：

> 夫六經語孟，非其史官過爲褒貶之詞，則其臣子極爲讚美之語，又不然，則其迂闊門徒，懵懂弟子，記憶師說，有頭無尾，得後遺前，隨其所見，筆之於書。後學不察，便爲出自聖人之口也，決定目之爲經矣，孰知其大半非聖人之言乎？縱出自聖人之口，要亦有爲而發，不過因病發藥，隨時處分，以救此一等懵懂弟子迂闊門徒云耳。藥醫假病，方難定執，是豈可遽以爲萬世之至論乎？然則六經語孟，乃道學之口實，假人之淵藪也，斷斷乎其不可語於童心之言明矣。

又《焚書》卷五「經史相爲表裡」云：

> 經史一物也：史而不經，則爲穢史矣！何以垂戒鑑乎？經而不史，則爲說白話矣！何以彰事實乎？故春秋一經，春秋一時之史也。詩經書經，二帝三王以來之史也，而易經

〔註39〕同上。

　　則又示人以經之所自出，史之所從來，爲道屢遷，變易匪
　　常，不以一定執也，故謂六經皆史可也。

卓吾這種質疑批判的態度，既聰明又大膽；他以演化論將六經子史設
定爲一時一代之文，又以平等的立場直視經典之作，這樣的角度使人
們易於認清古人的面貌，走出僵化的思想體系。在專制時代中，當偶
像不被崇奉，牢籠不再設立時，一方面有人得到很大的自由，一方面
也有人因失去庇蔭而憤怒恐懼，卓吾一生的功過大都在這個問題上。
其實撇開道德現實利害不談，純從美學的角度來看，《西廂》、《水滸》
的文章本就比六經語孟進步，只是一般限於「文」與「道」、「古」與
「今」、「雅」與「俗」的種種成見，沒敢把它們擺在一塊比較，卓吾
抑彼揚此，不但說明了文學進化的事實，還打破厚古薄今、文道殊途
的觀念，在批評史上自有其不尋常的意義。

文學批評

　　卓吾著作宏富，文學批評散見於史評之中，他所論列的文學家上
起戰國，下逮有明，其著者約有五十位之多〔註40〕。大體而言，卓吾
欣賞文學，必先論其人。他說：

　　世未有其人不能卓立而能文章垂不朽者。〔註41〕

文學的眞與識，即作者個人的眞與識，作品是人格學養的直接反映，
因此論文必須先驗其人之眞假，這是他文學批評的尺度。他的優點是
能追溯文學動人力量的來源，見人所未見，缺點則是容易脫離文學立
場，回到現實世界。他以自己之心去印証古人之心，探投入和分享的
方式，所以對特別鍾愛的作家經常感到全心靈的契合，這樣的對象，
前有陶淵明，後有蘇東坡。

陶淵明

　　陶淵明是他在魏晉詩人中最喜愛的一位；雖然他也讚美孔融、諸

〔註40〕詳見拙著《李卓吾的文學理論及其實踐》，民72，東吳中文研究所碩
　　　　士論文。
〔註41〕〈復焦弱侯〉，《焚書》卷二。

葛亮和嵇康，但淵明「一念眞實」卻與他最爲相近。《焚書》卷三〈豫約〉云：「予嘗謂世間有三種人決宜出家。」陶淵明即爲其一。淵明「亦貪富貴，亦苦貧窮。苦貧窮故以乞食爲恥，而日扣門拙言辭。愛富貴則求爲彭澤令，因遣一力與兒，而日：助汝薪水之勞。然無奈其不肯折腰何？是以八十日便賦歸去也。」李卓吾出身於中產階級的拮据之家，在仕宦的過程中也經歷過「貪富貴」、「苦貧窮」的日子，五十四歲那年，毅然辭去姚安知府一職，隱遁雞足山，一意治學，閱《龍藏》不出，他的心情和陶淵明不肯折腰是一樣的。因此他說：「夫陶公清風千古，余又何人，敢稱庶幾？然其一念眞實，受不得世間管束，則偶與同耳。」（同上）又說：「世號靖節先生，亦未爲深知先生也。」（同上）《藏書》卷六七〈陶潛傳後〉對諸家評陶之語日：「此知潛矣！抑未謂深知潛也，當俟如潛者辦之。」所謂「如潛者」就是指他自己了。他自信對淵明「一念眞實」體會特深，而其他論者所見偏於外在的表現，只達於皮膚骨血之間，而不得其心，對文學的源頭恐怕尚隔一層。〈豫約〉一文是他晚年之作，性質類似遺囑；在遺囑中以淵明自比，固足以明志，但也可見陶公的詩文對他有不尋常的意義。

王　維

唐人方面，比較重要的是評王維與杜甫。評王維云：

> 王摩詰以詩名，論者雖謂其通於禪理，猶未遽以眞禪歸之，況知其文之妙乎？蓋禪爲詩所掩，而文章又爲禪所掩，不欲觀之矣！今觀六祖塔銘等，文章清妙，豈減詩才哉？此又一喜也。〔註42〕

「禪爲詩所掩」、「文章又爲禪所掩」是一般人的成見所致，就王維本人而言，文章、詩畫、禪理與其人無不合一。有王維的心境修養，發而爲詩，自然意象玲瓏，難以湊泊，這是眞神韻，若無王維的人品而故做淡泊狀，則爲摹擬來的神韻。卓吾此章可爲格調論者下一針砭。

〔註42〕〈又與從吾孝廉書〉，《李溫陵集》卷二。

杜　甫

《柞林紀譚》〈與袁氏兄弟論杜甫〉：

> 今人徒知杜甫詩之妙，不知甫是甚麼樣人。當甫從賊中奔
> 行在，千辛萬苦，魂尚未定，甫得一官，救妻子之不暇，
> 於時即薦岑參爲補闕，你看是何等心腸。如今人因窮投入，
> 不知如何承人顏色。當時甫飄零嚴武幕下，一日乘醉，忽
> 然張目大言曰：嚴挺之乃有此兒！你看是何等氣岸！

袁小修說：

> 武當時生殺在手，假令因此言被殺也無用。

卓吾說：

> 渠當時也不暇計他殺與不殺，直是胸中豪氣不可忍耳，即
> 殺也顧不得。（《李溫陵外紀》卷一）

除了論杜甫爲人之外，卓吾另有〈讀杜少陵詩二首〉，專就文學上評
論。

其一

> 少陵原自解傳神，一動鄉思便寫眞；不是諸公無好興，縱
> 然興好不驚人。

其二

> 困窮拂鬱憂思深，開口發聲淚滿襟；七字歌行千古少，五
> 言杜律是佳音。〔註43〕

從這兩段資料看來，卓吾能先見出杜甫的仁心俠骨，是一般人不及
處；其次論其傳神寫眞的技巧及情感眞誠的流露，則爲卓吾自己「眞」
字的印証；最後讚美老杜的格律聲調，在一向輕視形式的性靈派而
言，卻是個異數。王龍溪以老杜作詩工而苦，置諸邵堯夫之下，抑揚
之間，頗爲極端，而卓吾之論就顯得持平多了。後來的公安竟陵因杜
詩久被剽竊，刻意避開，沒有明宗少陵；直到錢牧齋才不再迴避，以
眞杜甫與格調之假杜甫對抗。在這些轉變當中，卓吾既不受龍溪的影
響，也不受時風的左右，以本心直觀其人其詩，〈讀律膚說〉云：「蓋

─────────────

〔註43〕《續焚書》卷五〈詩彙〉。

聲色之來，發於性情，由乎自然，是可以牽強矯合而致乎？……雄邁者自然壯烈，沈鬱者自然悲酸，……有是格便有是調，皆性情自然之謂也。」由理論印証於批評，可見卓吾在論詩方面十分平正通達，並不似論學時那麼偏激。

邵堯夫

對龍溪所推崇的邵堯夫，卓吾也相當欽服。邵堯夫曾在蘇門山百泉之上築室，名曰「安樂窩」，自號安樂居士，讀書於此幾三十年，卓吾在二十九歲時到共城任教諭一職，訪安樂窩遺址；因思慕其人，特取號爲「百泉居士」，並以堯夫之「苦志參學，晚而有得」來自勵〔註44〕。後來卓吾著《藏書》，在〈邵雍傳〉中屢稱其人爲可行之眞道學，可見邵雍是他從少至老敬佩的對象。不過在這些資料中並未見出他對堯夫詩的批評。

蘇東坡

在宋人當中，最爲卓吾愛賞而爲性靈之宗主者是蘇東坡。他認爲東坡的人品文章足以直追李白，而「耿耿忠愛之意」猶有勝之，因此特別美其名爲「坡仙」〔註45〕，並選輯東坡之文爲《坡仙集》。《坡仙集》是李氏眾多評選之作中，最受珍愛的一部，他在萬曆十七年選批成冊後，連同《焚書》、《藏書》一起寄給焦竑，並說：

> 蘇長公何如人，故其文章自然驚天動地，世人不知，祇以文章稱之，不知文章直彼餘事耳。世未有其人不能卓立而能文章不朽者。弟於全刻抄出作四冊，俱世人所未取。世人所取者，世人所知耳，亦長公俯就世人而作也。至其眞洪鐘大呂，大扣大鳴，小扣小應，但繫精神髓骨所在。弟今盡數錄出，時一披閱，心事宛然，如對長公披襟面語，憾不得再寫一部呈去請教。〔註46〕

〔註44〕《焚書》卷二〈卓吾論略〉。
〔註45〕《李溫陵集》卷十五〈樂正子〉。
〔註46〕同註41。

又於《藏書》卷三十二〈樂克論〉云：

> 蘇氏兄弟，一爲狂，一爲狷。坡公論議節概，雖與謫仙相
> 似，第猶有耿耿忠愛之意，以至坎壈而死，亦其宜耳。當
> 其時君相知之矣，後世又知之矣！但所謂知公者，亦不過
> 以其才之奇耳，則謂之不知公亦可也。

他認爲要眞知東坡，必須先知其「耿耿忠愛之意」，其忠愛之意完全
出自眞心，故文章自然驚天動地。此外，〈又與從吾書〉云：

> 蘇長公片言隻字與金玉同聲，雖千古未見其比。則以其胸
> 中絕無俗氣，下筆不作尋常語，不步人腳步故耳。如大文
> 章終未免有依倣。……（《李溫陵集》卷二）

此處指的是東坡的「識」。所謂「不步人腳步」，「不作尋常語」，就是
不爲前賢籠罩、卓然獨立的識見。然而東坡的眞與識，往往見於片言
隻字之間，而不在高文典冊。世人僅取其大文章而忽略其小品，又只
見其詞采之奇而不見其人之眞，則不能得精神骨髓所在。

除眞情卓識之外，卓吾又特愛東坡風流戲謔的一面。東坡曾自
謂「作文如行雲流水，初無定質，但常行於所當行，止於所不可不
止，故雖嬉笑怒罵之辭，皆可書而誦也」，卓吾於《藏書》〈蘇軾傳
後〉評曰：

> 子瞻自謂嬉笑怒罵皆可書而誦，信然否？夫嬉笑怒罵，既是
> 文章，則風流戲謔，總成佳話矣。然豪傑，莫知端倪，不亦
> 宜歟！然無坡公之心而效其嚬，無坡公之人而學其步，而自
> 謂曰：我能嬉笑怒罵也，我能風流戲謔也，又奚可？古今風
> 流，宋有子瞻，唐有太白，晉有東山，本無幾也。必如三子，
> 始可稱人龍，始可稱國士，始可稱萬夫之雄。用之則爲虎，
> 措國家於磐石，不用則爲祥麟，爲威鳳。天下後世，但有悲
> 傷感歎，悔不與之同時者耳，孰謂風流容易耶？

嬉笑怒罵，風流戲謔，是東坡天性中的「趣」。以這種情趣發爲文章，
無不隨手可書而誦。卓吾對這種神妙的心思手法讚歎不已，說他「顛
倒豪傑莫知端倪」。這種特別的創作力量已非「眞」、「識」所能包括，

因此卓吾特別為東坡設了一個「趣」字。「趣」字在卓吾的文學理論和批評中絕少提及，可是在《坡仙集》裡評「趣」或「趣甚」的文章卻有三十四篇之多，可見從東坡的文章中，卓吾也體認到情趣是文學的要素之一。不過他並不濫用此字，也未曾加以發揮。因為在卓吾心目中，「無坡公之心」、「無坡公之人」不可以隨便談「趣」；否則效顰學步，很容易導致卑陋的「俳諧調笑之語」〔註47〕。後來公安派將卓吾理論中隱藏的「趣」字發揮出來，在「真」「識」之後加上「趣」「韻」兩項，結果末流不察其意，果然造成「鄙俚公行」「風華掃地」的現象〔註48〕。其實卓吾對「趣」字的使用相當嚴謹，他向來只以真、識兩項去衡量人品文章，獨獨對東坡多加了一個「趣」字，可見《坡仙集》對李卓吾的文學理論不但有補強之功，而且「趣」之境界可能還在「真」「識」之上，由此可見東坡在卓吾心目中的地位。

《坡仙集》完成後，卓吾屢次在書信中提及。〈寄京友書〉中說：

坡仙集我有披削旁註在內，每開看，便自懽喜，是我一件快心卻疾之書。今已無底本矣！千萬交付深有來還來。大凡我書，皆謂以求快樂自己，非為人也。（《焚書》卷二）

又〈與焦弱侯書〉說：

坡仙集差訛甚多，文與可篔簹竹記又落結句，俱望為我添入。坡公集雖若太多，然不如是無以盡見此公生平，心實愛此公，是以開卷便如與之而敍也。（《續焚書》卷一）

卓吾最初選文的目的，一在盡見東坡之生平，二在快樂自己，不為他人。前者是顯示東坡的真，後者是自己的真。從他對東坡文章的批選之中，可看出他和東坡在性情、遭遇、論學、求道各方面的相似之處〔註49〕，東坡的悲喜，就是卓吾的悲喜，東坡的真識，就是卓吾的真識，兩人的影子往復交疊，宛若一人。從這點來看，卓吾一生的思想

〔註47〕朱彝尊《靜志居詩話》：「乃不善學者取（中郎）集中俳諧調笑之語，從擊賞歎絕。」
〔註48〕見《列朝詩集小傳》袁中郎本傳。
〔註49〕詳見拙著《李卓吾的文學理論及其實踐》第三章第二節。

似乎有超越王學而直承北宋蘇學的態勢。程明善〈坡仙集跋〉云：

> （卓老）爲文，豐神態度自無一不肖坡仙，而出自其中一
> 種橫肆不羈之氣，每每過之。

袁小修〈龍湖遺墨小序〉云：

> 昔蘇子瞻爲人性無忮害，樂道人善，宜無軋於世矣，而當
> 時惡之者，直若甘心焉。而無罪其後，萍飄嶺海，僅得生
> 還，訊所以得禍之故，都不可解，豈亦命數適與之會歟？
> 龍湖先生，今之子瞻也！才與趣不及子瞻，而識力膽力不
> 啻過之，其性無忮害處，大約與子瞻等也，而得禍亦依稀
> 相似。或云二公舌端筆端眞有以觸世之大忌者，然歟？否
> 歟？（《珂雪齋近集》卷七）

卓吾之與陽明，是心學的傳承；而卓吾之與東坡，是整個生命遭遇的
契合。陽明之文本亦自蘇而出，到卓吾身上將陽明這一點意思推而廣
之，上與蘇學合而爲一，使晚明浪漫思潮在抽象的心學基礎外，還有
具體的文學典範做爲歸依；綰合蘇王之學，使性靈思想由理學走向文
學，是卓吾在這場運動中的一大貢獻。受了他的影響，焦竑論詩論文
都以東坡爲中心〔註50〕，公安三袁奉東坡爲宗主；東坡成了這派學者
的指歸與理想。在這種情形下，《坡仙集》不但是卓吾個人一部「快
心卻疾」之書，同時也是這派學者擁蘇的重要作品。焦竑〈坡仙集抄
引〉云：

> 古今之文，至東坡先生無餘能矣！引物連類，千轉萬變。
> 而不可方物。即不可摹之狀，與甚難寫之情，無不隨形立
> 肖，躍然現前者，此千古一快也。獨其簡帙浩繁，部分叢
> 雜，學者未睹其全而妄以先入之言少之。故先生之文，學
> 者未盡讀。即讀而弗知其味，猶弗讀也。卓吾先生乃詮擇
> 什一，并爲點定，見者忻然傳誦，爭先得之爲幸，大若李
> 光弼一入汾陽之軍，而旌旗壁壘，無不改色，此又一快也。

又錢一清〈蘇長公合作序〉云：

〔註50〕見郭紹虞《中國文學批評史》250頁。

> 海內宗長公文，亡慮數百十家，予及見弇州、文登與濟南、
> 鹿門用以貽子孫長業，至其評什敘簡，浩衍綜雜，……迨
> 溫陵坡仙集行，而諸選束置，學士戶爭得坡仙集矣！

在復古派獨宗盛唐的風氣下，大部分人對宋人都抱著「未睹其全而妄以先入之言少之」的態度。嘉靖年間蘇文開始流行，選本雖多，卻都不得東坡真貌，學者即讀亦不知其味。等到卓吾《坡仙集》出，才廣受歡迎，在市場上有很大的佔有率，可見《坡仙集》這部書對性靈文學的推廣是很有幫助的。

前後七子

李卓吾的文學主張與前後七子處處不相容，可是奇怪的是自始至終對他們都沒貶意，反而多方推崇；例如《柞林紀譚》載其評李夢陽語：

> 國朝李獻吉真是高人。即臨死求救，也與人不同。時左右強逼，方肯書，書不過曰：「德涵救我」四字而已。

又《續藏書》卷二十六〈王世貞傳後〉評曰：

> 大抵天下但知世貞為文章大家，而不知精於史事。但知觸
> 禍嚴氏，而不知與新鄭江陵實相左。但知正位六卿，不知
> 老臥閒曹，有才而不竟其用。但知少年跌宕，而不知其言
> 動務依鄒、魯家法。但知其氣籠百代，意不可一世，而不
> 知其獎護後進、衣食寒士，惓惓如自己出。嗚呼！賢已！

其他諸子在《續藏書》各傳中，大多敘其公忠切諫之事，或有治民之能，或熟悉兵馬刀陣；又能為雄健古文辭，以滌宋元之弊云云。這是他一貫「人品即文品」的批評方式。

「人品即文品」的觀念用之於陶淵明、王維、杜甫、蘇軾應該沒有問題，用之於七子可能就有行不通的時候。因為七子的真實人格與學術人格是分離的，他們在現實生活中都是值得尊敬的忠臣孝子節義之士，可是到了詩國中，化身為杜甫、王維及盛唐諸公，都成了不可一世的帝王卿相；在這種複雜的心態下，他們的詩能否傳

其真、寫其神實在大有可議之處。性靈派諸家反對七子，是反對他們詩國中的人格，而不是道德世界的人格，二者原是兩回事。然而聰明如卓吾，竟將二者混為一談，並欲將道德界的人格置諸詩國人格之上，以致於對七子種種不合理的作風宛若未見；這樣一來，難免脫離了文學的主題，而回到道學的角度，同時也和他自己的文學理論產生了矛盾。

其實，卓吾以真心為文、擺脫依傍的主張，完全與七子的摹擬論相牴觸；以他不學孔子的見識，在詩中必定也不以學盛唐為然；他敢於和名教對抗，在詩中反對七子也不是什麼難事；然而他終究沒有抨擊七子，主要還是屈服在他自己一種世俗性的「忠義」觀念下。

他一生對真道學呵護備至，對假道學則攻擊不遺餘力；他的精采處大多自攻擊假道學而生，對真道學的推崇往往與常人並無二致，所以他的見識有過人的地方，也有很平凡普通的地方，期待他每一處都「精光凜凜」，不免會失望。《四庫提要》評其所選《三異人集》時，也遇到這樣的情形；《提要》卷一九二集部總集類存目二「三異人集」：

> 是書凡方孝儒詩文十卷，于謙奏疏四卷，⋯⋯楊繼盛奏疏詩文各一卷，⋯⋯贄各為之評。贄狂悖自恣，而是集所評乃皆在情理中，與所作他書不類。卷首題吳山俞允諧汝欽正，或允諧所為，託之於贄歟？三人皆自有集，皆自足千古，初不假贄之表章，況以贄之得罪名教，流毒後學，而選錄三人之文，不足以為三人榮，反足以為三人辱矣！

這段話是典型道學先生的論調，它站在反對的立場所生的揣測和偏見不足為據，重要的是它承認原本預期卓吾有「狂悖自恣」之論，沒想到「所評乃皆在情理之中」。可見大部分的人都只見到卓吾狂怪偏激處，而忽略他的持平之處，以致於反對他的人攻之過甚，支持他的人又對他期望過高，形成「聖人」與「妖人」兩種極端的評價。了解他平凡的一面後，或許可以尋出比較合適的定位。

結　論

　　李卓吾的文學思想自陽明及龍溪心齋之學而來，但他個人推闡變化處甚多。在文學理論方面，他比陽明龍溪要落實一些；他對作者的要求是「眞心」與「眞識」；對寫作思考的要求是獨立不學人，甚至不學孔子；對文體演進的觀念是《水滸》、《西廂》與六經語孟同爲一時一代之文；文學的理想是傳神寫眞的「化工」；化工並非遙不可及，而是眼前的《拜月》、《西廂》；此外，他一直保持爲上上人說法的高標準，並具體指出頓悟必備的條件在擺脫依傍，忘卻舊學。這幾個基本的、重要的觀念，影響著後來的性靈詩家；至於他眞正論詩的部分──調和性情與格調以及推崇七子的道德事功，則沒有被採納。

　　卓吾著力的地方並不在詩，而是在戲曲小說及歷史故事的評點。陽明曾教人要將良知拿到人情事態上磨練，認爲如此才是實學，泰州學派又最注重實踐工夫，並具有平民化的精神；加上在個人主義的發揚下，卓吾將他種種新奇可怪之論，表現在大量的評點之作中。他的史評，上下數千年，別出手眼，評小說戲曲，亦時出新意。或以大盜爲英雄，或以小人爲可用，以秦始皇爲千古一帝，以卓文君爲善擇佳偶，以馮道爲吏隱；他的是非大異於昔人，使老故事生出新的趣味，顯示出翻案技巧對文學題材的開發有很大的幫助。此外，他重視小人物的地位，講究情節合理，性格前後一貫，尤其他強調不可「掩醜著好，掩不善以著善」，使他評點下的人物性格呈現多樣的變化，對打破傳統故事中的「典型」做了很好的示範〔註51〕。評點之作一方面可視爲卓吾個人的「創作」，一方面也是他對文學內容的直接灌輸和刺激，所以他的性靈說不同於陽明龍溪的玄虛抽象，而是包羅廣泛，氣質駁雜，具體而平民化的。

　　李卓吾對晚明文學的影響很大；他名氣高，著述多，隨著評點之

〔註51〕同註49，第三章第一節。

作的流行，思想擴及社會各階層，當時士大夫多喜其書，幾乎人手一冊。他死後聲名更大，著作不斷被翻刻和偽造，朝廷禁不勝禁，可見他所造成的風潮。焦竑是他最要好的朋友，公安三袁是他親手調教的心愛弟子，湯顯祖也是受他啓迪的後輩，再往下竟陵派和金聖歎也都受他影響，這些人都是一時代的佼佼者。郭紹虞先生於《中國文學批評史》中說：「公安竟陵之文，出自左派王學。」以左派王學掀起晚明浪漫思潮的重要人物，當首推李卓吾。

二、焦　竑

　　在晚明浪漫思潮中，另一位重要的思想家是焦竑。焦竑字弱侯，號漪園，又號澹園。南京（應天府）旗手衛人。生於明世宗嘉靖十九年（1540）〔註52〕，卒於神宗萬曆四十八年（1620），八十一歲。竑爲諸生時即有盛名，萬曆十七年（1589），年五十，以進士第一名官翰林院修撰。二十三年，大學士陳于陛建議修國史，竑上〈修史條陳四事議〉，後史事中止，竑私成《國朝獻徵錄》百二十卷、《國史經籍志》五卷。是年皇長子出閣，竑爲講官，照慣例講官進講罕有問者，而竑先啓其端，使之答問無滯，在嚴肅刻板的皇室教育中表現了開創性。他又採古儲君事可爲法戒者爲《養正圖說》，欲進之東朝，同官郭正域輩惡其不相聞，目爲賈譽，遂未上。焦竑個性疏直，時事有所不可，輒形之言論，以此政府素惡之，宰相張位尤甚〔註53〕，適《養正圖說》爲大璫陳矩購得數部以呈〔註54〕，上詳加省覽，溫語批答〔註55〕，於是物議鬨然，謂焦且將由他途大用。萬曆二十五年，焦竑不幸又承乏典試，原推者遂與張位合謀，借闈事摭拾之，謫福寧州同知。二十七年，辭官歸南京，遂不復出。福王時追諡文端。著作有《澹園

〔註52〕焦竑生年約有三說，據容肇祖先生考證當在此年，詳見《燕京學報》二十三期〈焦竑及其思想〉一文。
〔註53〕見《明史・文苑四》本傳。
〔註54〕《萬曆野獲編》卷二十五「呂焦二書」條。
〔註55〕《列朝詩集小傳》丁集下「焦修撰竑」。

集》、《玉堂叢語》、《筆乘》、《類林》、《支談》、《焦弱侯問答》、《國史經籍志》、《獻徵錄》、《熙朝名人實錄》、《俗書刊誤》、《易荃》、《二十九子品彙釋評》、《中原文獻》、《養正圖解》、《陰符經解》、《老子翼》、《莊子翼》等十七種。

師友關係

　　焦竑原是耿定向的高足弟子。耿定向名義上屬泰州學派，實際上是名教中人〔註56〕，在官場中他和當權者的關係一直保持得很好〔註57〕，學術地位也高〔註58〕。萬曆四十一年（1562），督南直隸學政，焦竑遂受學於耿氏，當時焦竑才二十三歲。不久耿定向遴選十四郡名士讀書崇正書院，以竑爲之長，遇之甚厚，竑亦感戴，於定向里居時，復往從之。隆慶六年，焦竑三十三歲，於南京與李卓吾相識。李卓吾比焦竑長十三歲，但受焦竑影響甚多，後來李卓吾於〈壽焦太史尊翁後渠公八秩華誕序〉云：

> 予至京師，即聞白下有焦弱侯其人矣！又三年，始識侯。既而徙官留都，始與侯朝夕促膝，窮詣彼此實際，夫不詣則已，詣則必爾，乃爲冥契也。故宏甫之學雖無所授，其得之弱侯者亦甚有力。……惟宏甫爲深知侯，故弱侯亦自以宏甫爲知己。（《續焚書》卷二）

焦弱侯亦云：

> 卓吾初官南都，予友人謂予曰：「李某卻有仙風道骨，若此人得道，進未可量！」後見其人果然。久之，乃向學，每聚會之中，嘿無一言，沈思而已，如此數年，談鋒始發，然亦時時有疑。及至楚，有書來曰：「今之卓吾，非昔日之

〔註56〕《明儒學案》卷三五耿楚論學語：「柳塘謂天臺（耿定向）重名教，卓吾識眞機。」

〔註57〕《明儒學案》卷三五本傳：「先生所歷首輔：分宜、華亭、新鄭、江陵、吳縣皆不甚齟齬。」

〔註58〕焦竑〈天臺先生行狀〉：「當是時，文貞（徐階）以理學名卿首揆席，……視先生不啻天符人瑞，而先生踽踽師儒之任，六年於茲，……士蘇醒起立，歎未曾有。」（《澹園集》卷三三）

卓吾也！若如昔日之卓吾，亦何貴卓吾哉？」其自任如此！

〔註59〕

可見二人之相知相契。

狂者的性格

　　卓吾與弱侯互為知己，實與其個性氣質有關。耿定向之弟定理曾謂卓吾曰：「自以為是，不可與入堯舜之道。」卓吾應之曰：「自以為是，故不可與入堯舜之道，不自以為是，亦不可與入堯舜之道。」（《焚書》卷四〈楚空先生傳〉）其自信有如此；而弱侯之倔強亦然，朱國楨曰：「弱侯自是真人，獨其偏見不可開。」耿叔臺在南中謂焦竑之子曰：「世上有三個人說不聽，難相處。」問為誰？曰：「孫月峰，李九我與汝父也。」（《明儒學案》卷三五本傳）

　　所謂「自以為是」、「說不聽」、「難相處」，都是堅持信念、勇往直前的狂者精神，這種精神是泰州學派的嫡傳血脈，可是卻與耿定向的學說不合。耿氏的學說以「中行」為上，而他的為人行事往往近於鄉愿，黃宗羲《明儒學案》云：

> 先生所歷首輔分宜、華亭、新鄭、江陵、吳縣，皆不甚齟齬，而江陵奪情，先生致書，比之伊尹之覺世以天下自任者，不得不冒天下之非議。其諫奪情者，此學不明故耳。雖意在稍殺其禍，然亦近於誦六藝以文姦言矣！及掌留院，以御史王藩臣參三中丞不送揭帖為蔑視堂官，上疏糾之，清議以為脅持言官，逢時相之欲，顧涇凡作客問質之先生，先生無以難也。
>
> 乃卓吾之所以恨先生者，何心隱之獄，唯先生與江陵厚善，且主殺心隱之李義河，又先生之講學友也，斯時救之固不難，先生不敢沾手，恐以此犯江陵不說學之忌，先生以不容己為宗，斯其可者耶？
>
> 是故以中行為學，稍一不徹骨髓，其下場不及狂狷多矣！（卷三五〈泰州學案〉四「本傳」）

〔註59〕見袁中道《遊居杮錄》。

耿氏最遭人抨擊處有二：一爲宰相張居正丁憂解職，未終喪旋即出仕，耿氏上書媚之。二爲泰州同門何心隱之獄，束手不敢相救。泰州一脈最注重即知即行的實踐精神，而今耿氏「所講者未必公之所行，所行者又公之所不講」〔註60〕，以此引起李卓吾的反感，導致二人論學失和，交情破裂。焦竑夾在好友與老師的爭執糾紛之中，並沒有明顯的表示意見，可是此後的思想言論卻傾向卓吾一路，而逐漸脫離了耿氏的門牆。

焦竑是個氣質特殊的學者，他博極群書，學問紮實，注重內心的修養，不贊成顏鈞等人的偏激作風〔註61〕，從這方面來看，他常予人「狷者」的印象，而與泰州學者不類。可是在這背後，他的性格實以狂者爲主，他不像李卓吾在言行上「狂放」任性，卻「狂傲」在心中，他不畏人言，我行我素，在思想言論方面和李卓吾一樣大膽透澈。這些特質是他與耿氏學說不合的主因。他曾自述與同門高朗的不同說：

> 余廓然不受羈束，而君斤斤務當繩墨。余學右解悟，而君意主質行。余懶慢避客，而君喜纏綿禮節，交遊往來。若無一不爲反，乃其遊驩然，兄弟不啻也。(《澹園集》卷二八〈高君子晦墓誌銘〉)

又於〈尊師耿天臺先生六十序〉云：

> （先生）適在留都，……其間溫夷沖粹抱中行之質以副先生之求者，蓋有之矣，而走之狂簡亦不爲先生之所去，今去之二十年矣！其溫夷沖粹者率相扳以躋乎中庸之庭，而走之狂簡自如也，不殆於終負先生也哉！……嗚呼！二三子唯服膺先生之教，而無終負如走也。(《澹園集》卷十八)

可見他狂簡的個性與大多數耿氏門徒並不相同。既然他不受羈束的性格，不符耿氏「中行之質」的要求，而耿氏「惟在痛癢之末」〔註62〕、

〔註60〕李卓吾語，〈答耿司寇長書〉，《焚書》卷一。
〔註61〕詳見《澹園集》卷二八〈榮府紀善圖泉朱公墓誌銘〉。
〔註62〕同註60。

於「佛學半信不信」〔註63〕的學說亦不符他「學右解悟」的渴望，加上何心隱一事的刺激〔註64〕，有負師門便成了遲早的事。

　　何心隱於萬曆七年（1579）死於湖北獄中，當時焦竑四十歲。作〈耿天臺六十壽序〉在萬曆十二年（1584），四十五歲，可能在這段期間，他的思想產生了變化。萬曆十四年，焦竑四十七歲，這年羅汝芳至金陵講學，焦竑詣之問道，對羅氏大爲佩服〔註65〕，此後講學以汝芳爲宗〔註66〕。十五年，竑年四十八，王襞（東崖）卒。竑與王襞甚相得，集中有贈王東崖先生詩數首，後來又於〈王東崖先生墓誌銘〉云：

> 陽公以理學主盟區宇，而泰州王心齋嗣起，其徒幾中分魯國，故海內言學者皆本兩王公。心齋子東崖先生推衍其說，學士雲附景從，至今不絕，蓋以學世其家。……自心齋絕去利祿，壹以明道覺人爲任，此儀封人得於孔子者，當時不盡知也。而先生父子守所聞於古，至再世不稍變，嗚呼！此豈可與淺見寡聞者道哉？先生所與遊皆當世賢豪長者，余無似，顧受益爲深。（《澹園集》卷三一）

可見焦竑四十以後，學術思想已得二王之學的眞傳。

　　萬曆十七年，竑年五十，以進士第一名官翰林修撰。踏入宦途的焦竑不改狂者本色，「勇於獻替」〔註67〕，事有不可，則形之言論；結果遭到小人的嫉怨，在他五十八歲那年主考順天鄉試，忌者刻其所取險怪，謫福寧州同知。焦竑極力辯解，有〈謹述科場始末乞賜查勘

〔註63〕《明儒學案》卷三五本傳。
〔註64〕李卓吾曾與焦竑書：「何心老英雄莫比，觀其羈絆縲紲之人，所上當道書，千言萬語，滾滾立就，無一毫乞憐之態，如訴如戲，若等閒日子。今讀其文，想見其爲人。其文章高妙，略無一字襲前人，亦未見從前有此文字，但見其一瀉千里，委曲詳盡，觀者不知感動，吾不知之矣。奉去二稿，亦略見追慕之切，未可出以示人，特欲兄知之耳。」（《續焚書》卷一）此事對焦竑當有影響。
〔註65〕詳見《澹園集》卷二十〈羅楊二先生祠堂記〉。
〔註66〕《明史》卷二八八本傳
〔註67〕《野獲編》卷二十五。

以明心跡疏〉說明被誣的始末（《澹園集》卷三），然而科場之事本是欲加之罪，主事者的用心實必欲去之而後快。《萬曆野獲編》載焦竑外調後，「己亥（萬曆廿七年）復中之大計，浮躁降調，後雖屢登薦章，再膺啓事，而議者終求多，至今未起也」（卷二十五）。這件事對焦竑的打擊很大，他自此眞正認清了官僚體系下的僞君子。〈與李儀部書〉云：

> 當時行道之人，當爲僕憤激，冠髮爲指。薦紳中乃絕無一相暴白者，甚且不齒之人，搖脣攘臂，若赴仇敵，以悅當事者，往往有之。……僕始絕意，謂世無復有君子者矣！（《澹園集》卷十三）

由此可知他心中的悲憤。萬曆廿六年春，焦竑偕李卓吾共返南京，並爲精舍以居之。二十七年辭官後，即不復出，專以著述講學爲事。見過官場醜惡一面的焦竑，似乎對卓吾反抗僞學的思想有很深的體會，也更加推崇狂者的精神，《明儒學案》卷三五本傳云：

> 先生積書數萬卷，覽之略遍。金陵人士輻輳之地，先生主持壇坫，如水赴壑，其以理學倡率，王弇州所不如也。……先生師事耿天臺、羅近溪，而又篤信卓吾之學，以爲未必是聖人，可肩一狂字，坐聖人第二席，故以佛學即爲聖學，而明道闢佛之語，皆一一絀之。

《列朝詩集小傳》亦云焦竑「自是屏居里中，專事著述，李卓吾、陳季立不遠數千里相就問學，淵博演迤，爲東南儒者之宗」（丁集下本傳）。可見這兩位相交二十六年的老友，愈到晚年愈見親密。萬曆廿七年，《藏書》刻成，焦竑爲卓吾作〈藏書序〉。三十年，卓吾自殺於鎭撫司獄中，焦竑作〈追薦疏〉（《李溫陵外紀》卷一），又於〈潘雪松墓誌銘〉云：

> 今歲宏甫以誣被逮死燕邸，余既不能奮飛，而相知者率陰拱而不肯援。使君（指潘士藻）而在，亦豈至此極也！（《澹園集》卷三十）

卓吾逝後，焦竑爲他題墓碑，並爲《續藏書》作序，又出卓吾批選《大

慧集》刊行；並不避忌世俗的毀譽。他於〈答許繩齋書〉云：

> 李君持論，不無過激，要其胸臆間語，故自足存，若其行
> 如冰雪，尤弟所服膺，吾兄異日當自得之，悠悠之論，殊
> 未足憑耳。(《李溫陵外紀》卷四)

卓吾與弱侯的交情，世所公認，然而《澹園集》或許是焦氏門生後人避忌的關係，並沒有出現與卓吾往來的詩文。只有《焦氏筆乘》卷二「宏甫書高尚冊後」及卷四「讀書不識字」二條，記載卓吾為人及講學之事。篇幅雖不多，卻足以表現卓吾五十多歲時的性情狀貌，可說是重要的文史資料。焦竑是明代數一數二的史家，他的《國朝獻徵錄》被萬斯同譽為「可備國史之探擇者，惟此而已」〔註68〕！以這樣的史學修養和與卓吾多年的交情，他對卓吾的描述應當比官方檔案的可信度要高；衛道之士取彼去此，實在是懷著很大的偏見。

基本理論──心性

焦竑的文學理論也是自心性之學出發；他認為人之初心是一切學問的根本。《澹園集》卷十四〈宗語略序〉云：

> 夫學必有宗，如射之的也。儀的在前，持弓以赴之，蔑不
> 中者。不知其的，將貿貿然用力彌勤而命中彌遠。的者何？
> 吾之初心是矣！嬰兒之始生也，不以目求乳，不以耳向明，
> 不以手任行，不以足探物，此豈待於外索哉？譬之魚鳥，
> 至渺小耳，而飛雲泳川，不借人之力，何者？道自足也。
> 不知其足，猥以見聞智故益之，矜飾於仁義，而雕繢其毛
> 彩，苟以譁眾市聲可也，何道之與有？傳曰：言有宗，事
> 有君。故知心為君，則矜綴修為、妄自外襲者皆臣妾也；
> 知見心為宗，則擬議識知、多而迷指者，皆支裔也。

這段議論與李卓吾的童心說十分接近。所謂嬰兒之初心，即是人人所具有的真心；心的作用如魚之泳川、如鳥之飛雲、如嬰兒之以手探物，是一種天生的本能，直覺的反應，不假外求，不借人力，此之謂「道」。

〔註68〕萬斯同《石園文集》卷七〈奇范筆山書〉。

焦竑所謂的「道」相當於李卓吾所說的「識」；真識由心生，道也是
自心性而出的自然之道，而非道學家所謂的法則之道，更不是一般瑣
屑固陋的道理聞見。凡外襲的擬議知識、外飾的矜綴雕繢，都是末流
支裔，徒使人用力愈勤而離核心愈遠，故君子之學，不外是學「知性」，
知性即是見道，所以心性之學是一切學問的宗主。〈國朝從祀四先生
要語序〉曰：

> 君子之學，知性而已。性無不備，知其性而率之以動，斯
> 仁義出焉。仁義者，性有之而非其所有也，性之不知而取
> 古人之陳跡，依倣形似，以炫世俗之耳目，顧於其性則已
> 離矣。孟子曰：舜明於庶物，察於人倫，由仁義行，非行
> 仁義也。蓋由仁義行者，性之所之，無入不得，而行仁義
> 者，以己合彼，即劬勞刻畫，巧為之摹，而畔後欣羨之私，
> 已不勝其憧憧矣！此繫於倫物之明察與否，而明與察則余
> 之所謂知性也。(《澹園集》卷十四)

知性必須仰賴明察的功夫，明察是指看待事物必須有清醒的頭腦和正
確的觀念。例如在「仁義」這個問題上，要體認一切作為或法則都是
自人的性情而生，一人有一人之性，一代有一代之禮義，規矩法度必
須隨著人心的需要而運作，保持它的活動性，才能無入而不自得，達
到自然的境界。如果取古人之陳跡，依倣形似，劬勞刻畫，強行以己
合彼，不但是捨本逐末的作法，而且喪失本性，徒勞無功，除了炫耀
欣羨之外，並沒有什麼價值與意義。因此焦竑說：

> 學道者當盡掃古人之芻狗，從自己胸中闢取一片乾坤，方
> 成真受用，何至甘心死人腳下。(《支談》下)

這種不學古人、破除窠臼的見解和李卓吾一樣，不同的是焦竑將它用
之於當代文學，對七子的摹擬論發出明確的抨擊。

抨擊七子

他說：

> 竊惟元季以來，詞學纖靡，迨弘德間李、何輩出，力振古
> 風，學士大夫非馬記杜詩不以談，第傳同耳食，作匪神解，

甚者粗屬闡緩，叩之而不成聲，識者又厭棄之，而沖夷澹
雅之音乃稍稍出焉。（〈蘇叔大集序〉，《澹園集》卷十六）
先生既歸，而七子出，互相矜詡，雖其有名於時，而詞調
往往如出一人。（〈彭比部集序〉，《澹園集》卷十五）

活法與死法

他認爲七子復古之病，在學古人形跡，形跡是死法，變化有限，
無怪乎眾作如出一人。精神意思是活法，活法變化無方，可以超越形
式的拘限，大家得之以自成其面貌，善學者當學其所以同之活法，而
非執著於死法。陳石亭翰講古律手抄序曰：

竊謂善學者不師其同，而師其所以同。同者法也，所以同
者，法法者也。蒲且子善弋，詹何聞而悅之，受其術而以
鈞名於楚。吳道子師張顛筆法，其畫特爲天下妙。學弋而
得魚，臨書而悟畫，豈不相遼絕哉？彼得其所以法，而法
固存也。……夫神定者天馳，氣完者材放，時一法不立而
眾技隨之，不落世檢而天度自全。譬之雲煙出沒，忽乎滿
前，雖旁岐詰曲，不可以爲方，卒其所以爲法者，丙丙如
丹，噫！此善學者也。（《澹園集》卷十五）

善學者學得的技巧應當是自然之道，自然之道出之於心，胸中之雲煙
即詩文之雲煙，人各有氣質性情遭遇，其志不同，表現手法自當各異，
故不可立一法，待「天機」一開，眾技自然隨之。

「天機」

〈劉元定詩序〉云：

古之藝一道也。神定者天馳，氣全者調逸，一於中而化形
自出，此天機所開，不可得而留也。勃勃乎乘雲霧而迅起，
踔屬風輝，驚雷激電，披拂霍靡，倏忽萬變，則放乎前者，
皆詩也，豈嘗有見於豪素哉？古作者流，或以散鬱結之懷，
或以抒經遠之致，觸遇成言，飛動增勢，此物此志也。世
人把三寸柔翰，鉛摘緹油，心量而手追，隨步武之後，躡
其遺塵，此宵復有詩耶？（《澹園集》卷十六）

這是典型唯心論者的主張；認爲「藝」是「道」的一種，道又與心合一，故一切藝事必需由心控制，心的力量可以取代手的功夫，本體論可以涵蓋技巧論；這個立場自陽明、龍溪到李卓吾、焦弱侯都沒有改變。不過焦竑比較特別的是強調「天機」一詞。他所形容的「天機」近似現代美學所謂的「靈感」，靈感的產生必須有個人的特質和眞情做基礎，經過長久的積蓄蘊釀，形成一股強大的創作動力，一旦觸物化形，沛然而出，勃勃然不可扼抑，才能創出偉大的文學。「神定氣全」、「鬱結之懷」、「經遠之致」是作者的氣質性情，屬於性靈一詞的普通意義，而「踔厲風輝，驚雷激電」這種超乎尋常的力量則是靈感天機，是性靈一詞的高層意義。文學家之追求靈感，和思想家追求頓悟是一樣的，因此焦竑以「天機」名之。機的本意爲「發動所由也」，《莊子·天運》有「機緘」一詞，由閉藏而開啓之意；佛家講「機緣」，有機緣未到、機緣成熟等語；禪家講「機鋒」，是形容無從捉摸，一觸即發而精銳無比的念頭〔註69〕，頓悟與靈感都是「一箭中的」的感受，它須要内在的潛力、外在的刺激以及突發性的心領神會，爲了專心凝志進行這高層次的心理活動，擺脱形跡，棄去筌蹄是必要的步驟，這也是唯心論者不能重視形式技巧的原因之一。

文論與文評

文章方面，焦竑首重文章的内容，内容與作者胸襟見識有關，這一部分屬「道」。道並非一成不變的大道理，也不是空洞玄虛的冥想，而是「心之所契，身之所履」，實實在在的「性命事功」。以此爲文章的内容，詞與法自然而生，而成天下之至文。《澹園集》卷十二〈與友人論文書〉曰：

> 竊謂君子之學，凡以致道也。道致矣，而性命之深窅與事功之曲折無不瞭然於中者，此豈待索之外哉？吾取其瞭然者而抒寫之，文從生焉。故性命事功，其實也。而文特所

〔註69〕見《辭海》木部「機」字條下。

以文之而已。惟文以文之，則意不能無首尾，語不能無呼
應，格不能無結構者，詞與法也。

莊老之於道，申韓管晏之於事功，皆心之所契，身之所履，
無絲粟之疑，而其為言也，如倒囊出物，借書於手，而天
下之至文在焉，其實勝也。漢世……其詞與法可謂盛矣，
而華實相副，尤為近古。……唐之文，實不勝法；宋之文，
法不勝詞；蓋去古遠矣！近世之文，吾不知矣！……非獨
實不中竅，乃其中疑似影響，方不自快，又安能瞭然於口
與手乎？

焦竑雖顧及文章之詞與法，但真正著重者還是在「道」，道包括生命
中真正領悟的道理，和生活中真實的經驗，以此為文章之「實」，即
為言之有物的內容，此即李卓吾所謂的真識。為護持真識，卓吾主張
掃除蔽障，不求庇於人；焦竑亦有此論。《澹園集》卷十四〈刻蘇長
公集序〉曰：

古之立言者皆卓然有所自見，不苟同於人，而惟道之合，
故能成一家言，而有所託以不朽。

夫道莫深於易，所謂洗心以退藏於密，而吉凶與民同患者
也。聖人沒，其吉凶同民者故在，而退藏之義隱矣！學者
不得其退藏者，而取已陳之芻狗當之，故識鑿之而賊，才
蕩之而浮，學封之而塞，名錮之以死。其言語文章非不工
且博也，然械用中存，神者不受，以眠夫妙解投機、精潛
應感者，當異談矣！

文章貴在卓然有見，最忌迂執不通。所謂「洗心退藏」，即李卓吾「發
露本真」之意，所謂「芻狗械用」即李卓吾必欲去之的「道理聞見」，
兩人用詞不同，意思是一樣的。

在文詞方面，焦竑表現性靈派一貫輕視技巧的態度：

夫詞非文之急也。……學者知有道而已，道之能致，文不
文皆無意也。（《澹園集》卷十二〈與友人論文〉）

他輕視的是靠拼湊得來的呆板詞藻，對靈活神奇的文詞則心嚮往之。
他說：

> 古之詞又不以相襲爲美，書不借采於易，詩非假途於春秋
> 也。至於馬、班、韓、柳乃不能無本祖。顧如花在蜜，蘗
> 在酒，始也不能不藉二物以胎之，而脫棄陳骸，自標靈采，
> 實者虛之，死者活之，臭腐者神奇之，如光弼入子儀之軍，
> 而旌旗壁壘皆爲色變，斯不謂善法古者哉？
> 近世不求其先於文者，而獨詞之知，……故學者類取殘膏
> 剩馥，以相鱗次，天吳紫鳳，顚倒短褐，而以炫盲者之觀，
> 可不見也。(同上)

「如花在蜜、蘗在酒」是很別致的比喻，它頗能詮釋心靈在文學中發
酵蘊釀的作用。只不過在舉業習氣濃厚的社會中，一般人既沒有這個
觀念，又多爲無本之學，連蘊釀的材料都沒有，於是焦竑主張先由根
本開始。他建議朋友「治經第一，詩文次之」，「若游意經史，當更爲
有本之學」(《澹園集》卷十三〈答樂禮部〉)，這是他文學理論中的「宗
經說」。

宗經說

《澹園集續集》卷一〈刻兩蘇經解序〉云：

> 六經者先儒以爲載道之文也，而文之致極於經。何也？世
> 無舍道而能爲文者也，無論言必稱先王，學必窺原本，即
> 巧如承蜩，捷如轉丸，甘苦徐疾，如斲輪運斤，亦必有進
> 於技者，豈能自神哉？技進於道，道載於經，而謂舍經術
> 而能文，是舍泉而能水，舍燧而能火，佑日月而能明，無
> 是理也。

六經是文學的本源，必須善讀之，致道，得其技，才能進一步談到脫
棄陳骸、出神入化的問題，否則即淪爲空洞玄虛之談。從表面上看，
焦竑的宗經思想似乎是傳統儒家的老套，其實不然，他對經學的見解
是很新的。他提倡宗經說，在當時有其時代意義，他自言：「頃制舉
盛行，古學崩壞，士守一先生之言，媆媆姝姝，而不知其他。……而
士乃錮其聰明，不復能曲暢其理，抑已陋矣！」〔註70〕因此他教人從

〔註70〕《澹園續集》九〈續刻兩蘇經解序〉。

六經讀起，從頭打好學問的基礎。然而讀書有善與不善之分，善讀者得其整體眞貌，不善讀者則使之支離破碎；善讀者通達自得，不善讀者拘窒不通，自是而非人；所以焦竑主張「以詩讀詩」、「以左氏讀左氏」，恢復六經眞正的面目。以《左傳》爲言，《澹園集》卷十四〈春秋左翼序〉曰：

> 漢魏以上，經傳單行，元凱氏始以傳從經，而於其無所主名者則強爲先經始事，後經終義，依經辦理，錯經合異之說，以盡其變例；是徒知以公穀讀左氏，而不知以左氏讀左氏，徒知合經以爲左氏重，而不知離經以爲春秋用也。余每歎春秋以聖人經世之書，而爲章句小儒割裂破碎，皆始於不善讀左氏故耳。

所謂善讀左氏，不外以文學的眼光讀之：

> 左氏之用，不盡於說經，而善說經者，無如左氏。彼其事判於數世之後，而幾隱於數世之前，或以一事基敗，或以一人創治，或內算失而外以狙，或微蘖萌而鉅以壞，要以絲牽繩繫，迴環映帶，如樹之有根株枝葉，扶疏附麗，使人優游浸漬，神明默識，而忽得其指歸，二百四十年之成敗，宛如一日，七十二君之行事，通爲一事，故曰奇也。

這樣的態度便是「以文說經」。「以文說經」在學術史上有很大的意義；自王安石廢去詩賦、專以經義取士後；士子讀書作文專以章句爲主，不復有審美和創作的能力，經學與文學也發生脫節的現象。一般道學先生自命正統，把經義訓詁視爲當行專業的本領，對「文人之經」抱著輕視排斥的態度，結果使文人經生同歸於淺薄固陋。焦竑既反對割裂「經」與「文」的作法，復不滿於霸者專制的作風，因此他批評宋代的王安石，也批評明代的七子；《澹園續集》二〈文壇列俎序〉云：

> 孔子曰：「夫言豈一端而已。」言者心之變，而文其精者也。文而一端，則鼓舞不足以盡神，而言將有時而窮。易有之：「物相雜曰文。」相雜則錯之綜之，而不窮之用出焉。宋王介甫守其一家之說，群天下而宗之，子瞻譏爲黃茅白葦，彌望如一，斯亦不足貴已。近代李氏倡爲古文，學者靡然

從之，不得其意而第以剽略相高，非其族也，擯爲非文。
噫！何其狹也。譬之富人鼎俎，山貢其奇，海效其錯，……
疊陳而遞進；乃有竇人子者得一味以自多，忘百羞之足御，
不亦悲乎？

焦氏在經史考據方面的成就人所共知，而其通達的經學思想尤爲可
貴；他能上達於文藝的層面，因此對沉寂已久，一向被視爲「文人之
經」的兩蘇經學便十分推崇。《澹園續集》卷九〈續刻兩蘇經解序〉云：

眉山蘇氏兄弟以絕人之才、博古之學，作爲文章，既以名
一時而垂後世，至其憂患之久，閱歷深而見理明，始取遺
經而闡釋之，讀其書，誠足以發孔壁之精義，函洪都之鉅
典，當與六經並耀而亡窮。……是時孟氏既歿，周程之説
未行也，而得意忘言，爽然四解，往往漢唐諸儒所未及聞
者，余以爲斷斷非故訓故家所能及也。

他認爲兩蘇的文章是將經學之道與技融化自得的成功典範，《澹園續
集》卷一〈刻兩蘇經解序〉云：

兩蘇氏以絕人之資，刻心經術，沈浸涵泳之餘，妙契其微
旨，若見夫六通四辟，無之而非是者。故發之爲文，如江
河滔滔汨汨，日夜不止，衝砥柱，絕呂梁，歷數千里，而
放之於海。雖舒爲安流，激爲怒濤，變幻百出，要以道其
所欲言而止。故世代遞更，好憎屢變，而二子之文，率與
六經爲不朽乃者，彼誠爲所自得也。不然操觚之士，代不
乏人，而灰飛煙滅，隨影響而盡，此其故可知已。二子既
以文章顯于世，及其老而多難也，思深見定，始徘徊而詮
次先聖之文，當伙而讀之，古之微言渺論，斑斑具在，蓋
浮華剝而眞實見，斯二子之至者也。世方守一家言，目爲
文人之經而絀之，而傳者稀矣。夫道非一聖人所能究，前
者開之，後者推之，略者廣之，微者闡之，而其理始著。
故經累而爲六也，乃談經者欲暖暖妹妹於一先生之言，而
以爲經盡在是也，豈不謬哉。此不知二子之文，又不知二
子有進於文者故也。

兩蘇的文學與經術並不相隔，二者沈浸涵泳，妙契微旨，由「通」而自得，這是讀書寫作的最高境界。蘇子由作〈春秋集解引〉云：「昔之儒者，各信其學是而非人，是以多窒而不通。老子有言，學不學，復眾人之所過，以輔萬物之自然而不敢為，予竊師此語，故循環而言，言無所係；理之所至，如水之流，東西曲直，勢不可常，要之於通而已。」可見他的學術觀在「通」而不在「隔」，在「合」而不在「分」，所謂「如水之流，東西曲直，勢不可常」，即是焦竑主張的自然之道。二者的精神如此契合，他們宗經的思想也不同於一般陋儒；然而儒宗之霸者往往不問實質，只計較名義，欲以偏狹的一家之言統馭學術界，兩蘇在當時為爭取自由受到很大的政治迫害，入明以後也一直受到輕視和忽略。王學平等自由的思想與蘇學相合，焦竑治學尤具有博大的精神，他為兩蘇的遭遇深感不平，具有反對專制、反對門戶之見的積極意義。

在兩蘇當中，焦竑又特別推崇東坡在文學上的造詣。《澹園續集》卷一〈刻蘇長公外集序〉云：

> 孔子曰：詞達而已矣！世有心知之而不能傳之以言，口言之而不能應之以手。心能知之，口能傳之，而手又能傳之，夫是之謂詞。唐宋以來，如韓、歐、曾之於法，至矣！而中靡獨見，是非議論，或依傍前人。子厚、習之、子由乃有窺焉，於言有所鬱勃而未暢。獨長公洞覽流略於濠上竺乾之趣，貫穿馳騁而得其精微，以故得心應手，落筆千言，坌然溢出，若有所相。至於忠國惠民鑿鑿可見之實用，絕非詞人哆口無當者之所及。使竟其用，其功名當與韓、范諸公相競美，而卒中於讒以沒，何歟？豈其才太高，鋒太雋而不能委蛇以至於是歟？抑予角拔齒，天賦之材亦有不能兩全者歟？然能錮其身而不能捈抑其言，能遏於一時而不能不彰顯於後世，至今姦邪詭諛，如蛆蟲糞壞，影響消滅，而公文與日月增光，令讀之者快然，如醉而醒、瘖而鳴，萎而起行，可謂盛矣！

這段話對東坡推崇備至，給予文學上最高的評價。在焦竑心目中，文章有三個境界：不得於心，得於心而不能應之以手，以及得心應手三種。其間的差異跟作者本人的見識和悟入的深淺有關。韓、歐、曾文雖有法，但思想以傳統儒家爲主，不免依傍前人，或缺新意；柳子厚、李習之和蘇子由深得佛老之旨，通達有見地，然而文詞不能暢達動人；獨獨東坡能透悟濠上竺乾之趣，「貫穿馳騁而得其精微」，發而爲文，既有精闢的實見，又有難以言喻的文字魅力，「道」與「文」合而爲一，內容與技巧俱臻化境，此之謂「詞達」。

要達到這個境界，佛老的助力很大，但徒恃佛老還不夠，必須加上個人的心領神會，二者缺一不可。東坡的造詣便是以聰明智慧體悟道妙而來。《澹園集》卷十四〈刻蘇長公集序〉曰：

> 蘇子瞻氏少而能文，以賈誼陸贄自命。已從武人王彭遊，得竺乾語而好之。久之，心凝神釋，悟無思無爲之宗，慨然歎曰：「三藏十二部之文皆易理也。」自是橫口所發，皆爲文章，肆筆而書，無非道妙，神奇出之淺易，纖穠寓於淡泊，讀書人人以爲己之所欲言，而人人之所不能言也。才美學識，方爲吾用之不暇，微獨不爲病而已。蓋其心遊乎六通四闢之塗，標的不立，而物無留鏃焉。迨感有眾至，文動形至，役使萬景而靡所窮盡，非形生有異，使形者異也。譬之嗜音者必尊信古，始尋聲布爪，唯譜之歸，而又得碩師焉，以指受之。乃成連於伯牙，猶必徙之岑寂之濱，及夫山林杳冥，海水洞涌，然後恍然有得於絲桐之表，而山水之操爲天下妙。若矇者偶觸於琴而有聲，輒曰：音在是矣！遂以謂仰不必師於古，俯不必悟於心，而敫然可自信也，豈理也哉？公著作凡幾，所謂有所自見而惟道者之合者也。而於易、論語二傳自喜爲甚，此公之所以爲文者，而世未盡知也。

東坡讀書，借佛老頓悟之力打通儒釋的間隔，將經史學問融化於胸中，以此天眞自然之心觀物，無物而不自得。此時「少而能文」的美

才，三藏十二部易經論孟之學識，以及萬物萬景，俱爲此心所用。所謂以心轉法輪而不爲法輪所轉，所謂李光弼入子儀之軍，旌旗壁壘爲之變色，皆是此意。由於東坡對「心」的運用出神入化，因此成爲性靈理論最佳的印證。

焦竑之崇蘇，和李卓吾是同步的，但兩人在大同之中也有小異。李卓吾認爲東坡的文學主要得自人品，焦竑則注重東坡的學問之道。李卓吾批選《坡仙集》含有東坡和他自己的個人色彩，焦竑則繼承兩蘇經學發展出他的宗經說。

宗經說雖以蘇學爲號召、以六經爲主題，其實焦竑的本意無非是在掃除僞學之餘，教人重新注重實學，善得其法，以純正的態度研讀一切經史學問。就當時而言，此說對症下藥，固然有其時代意義；就性靈派而言，他把一向爲上人說法的尺度落實到初步的、基礎的功夫，內外兼修，對性靈理論的缺失做了很大的補救。因爲在封閉的年代裡，個人生活單調，視野狹小，即使有如鏡如燈之心，無物可照，無話可說，亦是徒然；焦竑將學問一項放入性靈說中，可說是將泰州學派「實踐」的精神做了很好運用。此外，他所謂的宗經致道，是以老莊的自然之道來讀經解經，其中包括博大的三教合一思想，反對專制壟斷的精神，以及恢復《詩經》、《左傳》眞貌以見其文學價值的理念；這樣的經學主張符合王學的本旨，而與一般儒者經生的陳腐之見不同；他是在建立一種新的、正確的經學觀。正確的經學觀才能成爲文學的優良基礎，從長遠看來，對未來文學的發展自有很大的助益。人稱焦竑下開清代經史考據的徵實學風，其實在文學方面也是如此。

詩論與詩評

焦竑是少數正式以「性靈」言詩的思想家。《澹園集》卷十五〈雅娛閣詩序〉云：

> 詩非他，人之性靈之所寄也。苟其感不至，則情不深，情不深則無以驚心動魄，垂世而行遠。吾觀尼父所刪，非無顯融臚厚者，厝乎其間而諷之，令人低迴而不能去，必於

變風雅歸焉，則詩道可知也。

蒙莊有言，詩以道性情，蓋以洞達性靈而勸諭箴砭以壹歸
於正，即其懇款切至，要必和平溫厚，婉委而有餘情，故
言之無罪，聞之足以戒也。

1. 《詩經》

以性靈的眼光來看《詩經》，就能見出三百篇的文學性，而不再
視之爲訓詁注疏之物。焦竑於《澹園集》卷十四〈詩名物序〉中說，
《詩經》有兩種性質，虛者爲「風人之趣」，實爲「名物之類」，名物
可見，而「詩人之意則存而不論，讀者虛心而自得之」。讀者必需拋
開成見蔽障，純從本心體會詩人之意，領略其懇款切至之情，這是用
「虛」之法。虛者並非玄虛，而是掌握其精神情感乃至筆端飛動處，
這是訓詁文字不能盡意的，因此他說：

書禮意盡於言，而詩不盡於言。……夫詩有實有虛，虛者
其宗趣也，而以穿鑿實之，實者其名物也，而以孤陋虛之，
欲通經學古以遊聖人之樊，豈可得哉？……今之立於學宮
者，其解詩皆解他書之法也。（同前）

他批評明人治《詩》沒有認清詩的本質，以解他書之法解三百篇，結
果在精神意象方面，不能詮釋其情感，沒有審美的經驗，而失去了《詩
經》的靈魂；在名物字句方面，訓詁考據的功夫又淺薄孤陋；活者死
之，實者虛之，而詩學亡。因此他認爲不如以佛學的方法解詩，他說：
「近世竺乾之學，其徒有教有宗。教以義傳，而宗不可語解，竊謂詩
之可悟而不可傳也，蓋與宗門同風。」（同上）利用宗門虛悟之學的
道理，見出不可言傳的詩人之意，自可體會三百篇「令人低徊而不能
去」者，如此才能恢復詩學眞正的生命。

焦竑對《詩經》的見解是他和王門經學思想的一部分。明代受到
政必秦漢的影響，經學的墮落現象和西漢類似。西漢儒生識見拘執，
缺乏審美能力，詩三百篇是周代文學之美者，而漢儒以爲聖人之遺
經，用以言政治，明勸懲，以申其神祕之說，而《詩經》遂墮五里霧

中，不復呈其本來面目，此外漢人模仿三百篇，僅效其形式，而精神
相去甚遠，可知其見解固陋，抱殘守缺，不足以肩負文藝復興的責任
〔註71〕。明代八股舉業的頑固腐朽和摹擬風氣較漢儒為甚，王門學者
反對漢儒作風，講求眞僞之辨，主張回復經學眞正的面貌。這個精神
是承自北宋初年的疑經風氣；例如王陽明認為《詩經》中的淫奔之詩，
是世儒附會，以湊足三百篇之數（《傳習錄》上），此意即自宋人王柏
《詩疑》而來。李卓吾說六經語孟「非其史官過為褒貶之詞，則其臣
子極為讚美之語」，不過是疑經精神的發揮；焦竑特別推崇蘇軾、蘇
轍的經學思想，也是宋學運動的一環。他們對經學的立場不外是視六
經語孟為一時一代之文，從而見出其眞正的價值與生命。

2. 陶　謝

　　在魏晉文學方面，焦竑特別推崇的詩人是陶淵明與謝靈運。〈陶
靖節先生集序〉云：

> 古者賢士之詠歎、思婦之悲吟，莫不為詩情動於中而言以
> 導之，所謂詩言志也。後世擬詞者離其性而自託於人僞，
> 爭須臾之譽，於是詩道日微。余觀漢魏以逮，六朝作者蝟
> 起，能道其中之所欲言者，阮步兵、左太沖、張景陽、陶
> 靖節四人而已。靖節先生人品最高，平生任眞推分，忘懷
> 得失，每念其人，輒慨然有天際眞人之想。若夫微衷雅抱，
> 觸而成言，或因拙以得其工，或發奇而似易，譬之嶺玉淵
> 珠，光采自露，先生不知也。其與華疏采會，無關胸臆者，
> 當異日談矣！（《澹園集》卷十六）

淵明以性眞品高取勝，文詞因拙而得其工，康樂則以神情駕馭詞藻，
臻於奇麗而無情涸之弊，二者俱為文學的典範。〈題謝康樂集後〉曰：

> 余讀之歎曰：嗟乎！詩至於此，又黃初正始之一大變也。
> 棄淳白之用而聘丹雘之奇，離質木之音而競工商之巧，豈
> 非世運相乘，古樸易解，即謝客有不得自主者邪？然殷生
> 言：文有神采、氣來、情來；摹畫於步驟者神躓，雕刻於

〔註71〕開明書店《中國文學史大綱》頁63。

體句者氣局，組綴於藻麗者情涸。康樂雕刻組綴，並擅工
奇，而不蹈三弊者，神情足以運耳。以興致爲敷敍點綴之
詞，則敷敍點綴皆興致也，以格調寄俳章偶句之用，則俳
章偶句皆格調也。以故芙渠初日，惠休揖其高標，錯彩鏤
金，顏生爲之卻步，非此故歟？不然李唐以來，類欲攀屈
宋之逸駕，薄齊梁之後塵矣，遽使之規跡古風，配陶凌謝，
其可乎？……余觀弘正一二作者，類遺其情，而模古之詞
句，迨其下也。……本之不碩而第繁其枝，欲其有可食之
實、可匠之才難矣！以彼知爲詩，不知其所以詩也。(《澹園
集》卷十三)

從焦竑對陶謝的批評當中，可見出他對「古樸」或「藻麗」沒有明顯
的偏嗜。性靈論者首重作品之眞與假，對個人的表現方式並不設限；
不過在時風的刺激下，一般性靈論者容易走向尊陶的路子，而難於欣
賞謝；焦竑不僅崇謝，還特別於萬曆十一年校刊《謝康樂集》四卷，
其中很有提倡風雅的意思。

3. 杜甫、邵雍與白居易

對唐代文學，焦竑提到杜甫和白居易。《焦氏筆乘》卷三有〈評
杜詩〉一條：

余家有鄭善夫批點杜詩，其指摘疵纇，不遺餘力，然實子
美之知己，餘子議論雖多，直觀場之見耳。嘗記其數則：
一云，詩之妙處，正在不必說到盡，不必寫到眞，而其欲
說欲寫者，自宛然可想，雖可想而又不可道，斯得風人之
義。杜公往往要到眞處盡處，所以失之。一云，長篇沈著
頓挫，指事陳情，有根節骨格，此杜老獨擅之能，唐人皆
出其下，然詩正不以此爲貴，但可以爲難而已。宋人學之，
往往以文爲詩，雅道大壞，由杜老起之也。一云，杜陵只
欲脫去唐人工麗之體，而獨占高古，蓋意在自成一家，不
宜隨場作劇也。如孟詩云：當杯已入手，歌伎莫停聲。便
自風度。視玉佩仍當歌，不啻霄壤矣。此詩終以興致爲宗，
而氣格反爲病也。善夫之詩。本出子美，而其持論如此。

正子瞻所謂知其所長，又知其敝者也。

鄭善夫的理論接近神韻派的論調，焦竑引敘並讚同他的說法，並不表示焦竑有神韻派的見解，但可見出他對杜詩的表現技巧是有微詞的。這個態度和王龍溪接近，龍溪認為杜甫作詩太苦、太費力，而置諸邵雍之下。焦竑可能也有這個意思，不過他另外又推崇杜甫的思想情感，這點又與李卓吾相近。他說：

> 後世詩與性離，波委雲屬，祇以為流連之資，而六藝之義微，杜子美力挽其衰，閔事憂時，動關國體，世推詩人之冠冕，良非虛語。

又說：

> 李白有詩人之材而無其識，杜甫有詩人之識而無其度。(〈弗告堂詩集序〉，《澹園集》卷十六)

所謂詩人之識即是指「閔事憂時，動關國體」的胸襟懷抱，識發之於文，為道，為文學的思想內容。李白有詩人之材，作品卻缺少對現實的同情，杜甫有這份同情，卻又表現過度，能調和二者特質，達到自然境地的當屬邵堯夫。《焦氏筆乘》卷二云「堯夫詩似莊子」，又說他「蟬蛻詩人之群，創為一格」，可見從王龍溪、唐荊川到李卓吾、焦竑，都是堯夫詩的愛好者。不過焦竑從邵堯夫身上發現白居易的影子，進而上推樂天，幾欲與杜甫並列；此說則是前人所未發。

〈刻白氏長慶集鈔序〉曰：

> 余少讀堯夫先生擊壤集，甚愛之，意其蟬蛻詩人之群，創為一格。久之，覽樂天長慶集，始知其詞格所從出，雖其胸懷透脫，與夫筆端變化不可方物，而權輿概可見矣！
>
> 樂天見地故高，又博綜內典，時有獨悟，宜其自運於手，不為詞家谿徑所束縛如此。……近世宗尚子美，往往卑其音節，不復數第，膚革稍近而神情邈若燕越，非但不知樂天，亦非所以學杜也。
>
> 樂天晚出，而諷諭諸篇直與之相上下，非近代詞人比也。

焦竑推崇白居易有三個意義：第一，樂天詩為堯夫之權輿，他不為詞

家谿徑束縛，獨悟有見，實得力於內典；推崇他不僅是文學主張的契
合，也是禪門血脈相通之處。第二，樂天詩關懷時事，其深情寄託並
不亞於老杜。老杜長期以來被格調派剿竊模仿，音節卑靡，一時難以
復其真貌，與其推崇假的杜甫，不知宗主真的樂天，這是焦竑抑杜揚
白的另一重意思。第三點，也是最重要的一點：推崇白樂天具有正面
與七子抗衡的作用。在格調派貴族式的守舊觀念下，元白平民化的詩
風受到嚴厲的抨擊，王世貞說白居易是「張打油、胡打鉸」之作俑者
（《厄言》卷四），王世懋說：「生平閉目搖首，不道長慶集。」（《藝
圃擷餘》）一般人往往沒讀過元白的集子，便先存著歧視和排斥的心
理。在這種風氣下，焦竑不顧世俗的譏嘲，大力推舉白傅之詩，實是
一項勇敢的創舉。他特別鈔錄白詩警策，並交人刊刻，用意即在證明
中晚唐並非無人，「詩必盛唐」的觀念往往是拘障成見。〈刻白氏長慶
集鈔序〉末云：

> 曩鈔其警策若干篇，冀曉世之冥貪封埶，以庶幾乎詩之用，
> 而豈以爲今譚藝者道哉！管丘李君近仁見而悅之，謂雅道
> 眩瞀之中，刻而傳之，當必有助，而屬余題其簡端，噫！
> 世且以余爲不知詩也已！（《澹園集》卷十五）

標舉白居易，使焦竑成了不顧流俗、冒犯七子鋒纓的人。對性靈派而
言，他將所宗的詩家由北宋的邵雍、蘇軾推到中唐的白居易，開拓了
大家的眼界，公安派宗主白、蘇，便是受到焦竑的直接影響，後來錢
牧齋推崇韓愈、歐陽修，和元遺山，袁枚推崇楊誠齋，一系列非盛唐
的人物陸續出來，由點而線，性靈派的取向就更明顯了。

4. 批評嚴羽

焦竑也是性靈派中最先對嚴羽《滄浪詩話》有所指摘的人。嚴羽
有「詩有別裁，非關書也」之言，在格調派的提倡普及之下，這話被
曲解誤用，認爲作詩不須學問；焦竑深不以爲然。《筆乘》卷四「作
詩不讀書」條下云：

> 葛常之云：「僧祖可作詩多佳句。如懷人更作夢千里，歸思

欲迷雲一灘。又窗間一榻篆煙碧，門内四山秋葉紅。皆清
新可喜，然讀書不多，故變態少；觀其體格，不過煙雲草
樹，山川鷗鳥而已。徐師川乃極稱之，何邪？」予謂讀書
不多數語最中學者之病，世乃有謂詩不關書者，遂欲不持
寸鐵，鼓行詞場，寧不怖死！

又自注云：

世説：王恭有清詞簡旨，能敍説而讀書少，頗有重出。項
名能詩者，一事累用，殊令人憎，弊正坐此。

作詩而不讀書，上焉者缺少變化，辜負美質；下焉者重出累用，流於
習氣；所以焦竑論詩以性情、學問並重，既要師於古，也要悟於心，
二者同時並進，不可偏廢，這是他重視讀書的一貫主張。

　　焦竑此言主要是針對時弊而發，指摘滄浪之處並不中的。嚴羽的
全文是：「夫詩有別裁，非關書也，詩有別趣，非關理也，然非多讀
書多窮理則不能極其致，所謂不涉理路、不落言筌者上也。」（〈詩辯〉）
以此言之，滄浪並無廢棄學問的意思。焦竑的批評雖不夠深入，但《滄
浪詩話》是格調派的根源，焦竑初啓其端，對性靈派而言，當有其特
殊的意義。嚴氏的理論玲瓏模糊，一時之間不易詰難，要累進到清初
錢牧齋、馮鈍吟等人手中，才能形成一套完整有力的反對理論。

結　論

　　焦竑和李卓吾同是推動萬曆時代浪漫運動的思想家，他們的文學
理論都是以心性爲主，主張眞性格、眞見解的流露。對於心靈感性的
活動，他們看法一致，可是對心靈智性的活動，兩人表現的方法不同。

　　李卓吾爲求心之眞識，激烈地反對道理聞見，批評六經語孟，表
現很强的破壞性；他似乎想放棄這塊被污染的園地，另創新高。焦竑
也反對學術中陳腐固陋的包袱，但他教人重建經史學問，以正確的方
法和新的態度來收拾低級文人中的爛攤子。兩種方法看似迥異，其實
相輔相成，因爲在建設之前，必先破壞，破壞之後，亦必賴建設，以
「眞識」的觀點而言，這是一體兩面的功夫，同樣的重要。二子立論

如此，和他們設教的對象有關；李卓吾時常強調爲上人說法，不肯屈就中下人，所以學說一直保持在「盡棄筌蹄」的階段。焦竑很少提爲上人說法之類的話，從他同樣推崇楊復所和李卓吾的講學層次看來（見註21），他是「未知學者」和「既知學者」都顧及的。所以他的理論雖以頓悟自得爲主，但教人自六經讀起，實具「下學而上達，由博而返約」的規模。李卓吾的見解只適用於特定對象，在封閉的社會中，對大多數未知學者具有很大的風險性，焦竑緊跟其後從事正面的建設，對性靈論的偏失有補全救正之功；後來竟陵派講「學」與「厚」，錢牧齋講「轉益多師」「親於風雅」，實由焦竑啓其先機。

卓吾與弱侯同樣都在爲當代乾涸的文藝尋找活水生機，不過方向不同。李重視白話文學，提倡戲曲小說，走平民化的路線；焦則主宗經師古，以實學取代僞學，表現書生的本色。或許因爲這個緣故，李卓吾對民間文人如金聖歎者流影響較大，而焦竑則與清初的學問家較爲契合，以致於性靈文學發展成「雅」「俗」兩種不同的層面。雖然方向不同，他們卻具有同樣實踐的精神；李卓吾對歷史故事小說院本有大量的評點之作，焦竑則在經史考據方面有輝煌的成績，兩人都在盡一己之性分才力，實地從事研創工作，孜孜不倦，皓首窮經，在空疏的學風中爲明人做寶貴的示範。

在文學批評方面，李卓吾比較熱情，態度是主觀的投入，以自己的個性經歷去體驗作者及角色的個性經歷。他的長處是對內容思想有深刻的認識，缺點是作者與作品之間，現實與文學之間往往混淆不清。焦竑比較能保持客觀的距離，掌握文學的分際；所以同樣是喜愛邵雍和東坡，李卓吾只沉醉在人品和文品之中，焦竑卻能進而見出白居易的影響和價值。同樣是反對格調的理論，李卓吾爲了七子在現實世界的人格事功，放棄了對其詩風的批判，焦竑則很明白地處處對七子表示不滿。此外，李卓吾的言論中並未出現「性靈」一詞，焦竑則正式以「性靈」二字言詩，從這幾點看來，焦竑對詩論的建樹要比卓吾多一些。

在言行方面，人但知焦竑以博洽稱，往往忽略他務實經世的一面。據《江寧府志》卷二十二「人物」本傳載：

> 其學惟以性命名理爲極，而濟時御變，咸中窾要。丁酉，三殿災甚，竑走京營帥臨淮侯所，令集營軍以救，侯以無旨難之；竑曰：「請旨與調軍並發可也。」得旨而軍已集。及倭入朝鮮，中外爭言戰款，竑曰：「倭不習中國，閩浙人導之耳。燕人不習倭也，何導之從？無張皇搖人心。」居一年，倭遁去。楚宗人戕殺撫臣，誅譴徵調無寧日，竑曰：「此尺一可解耳。」已而，果定。他如南中襲替請南司馬以黃底竊竅，得免赴京之苦；江南浦口要害語守臣，修築堅城以固藩衛；句曲將開河直達白下，竑謂：「都城陵脈所關，不當輕開。」事乃止。其決機成務皆此類。〔註72〕

又《列朝詩集小傳》云焦竑「嘗自言胸中有國家大事二十件，在翰林九年未行一事，林下講求留京事宜，行得六事，至今不知二十事爲國家何等事也，惜哉」（丁集下本傳）！將這些事情和東宮講學叩問和上《養正圖解》之事合看，可知焦竑是個積極進取、躬行實踐的人。這本是泰州學者共有的特色，從本質上說他和李卓吾的信念是一樣的，只不過各人性情氣質有所不同，以致於李卓吾選擇了叛逆的殉道方式，焦竑選擇了正面的建設方式。兩人的表現方式有正變之分，後世的毀譽自然也有程度上的差異；加上焦竑的學術成就昭然若揭，一向爲士林所敬重，而李卓吾的作品或禁或焚，或被坊間僞書竄亂，現在要見其全貌，還有不少困難，這點也影響到他們身後的評價。

在影響方面，焦竑早得盛名，又曾爲太子講官，辭官後杜門著述，「東南學者，仰若山斗」〔註73〕，黃宗羲言其壇坫之盛，「王弇州所不如也」，可見他在學術界的地位。在文學之士當中，公安三袁得其指授最深。萬曆十七年焦竑五十歲時，以殿試第一入京爲官，當時比他早三年中式的袁宗道（伯修）正在京城；伯修時年三十，

〔註72〕此《江寧府志》爲清康熙七年刊本，記載焦竑事最詳。
〔註73〕同上。

從焦竑問學，自此結下師生的緣份。這年伯修將歸楚時，焦竑有〈書袁太史卷〉一文相贈（在《澹園集》卷二十三），文末云：「亭州有卓吾先生在焉，試一往訊之，其有以開予也夫！」隔年伯修以翰林告歸返里，便攜二弟宏道（中郎）、中道（小修）一起去拜訪卓吾，此後三袁共同受教於李、焦二師。中郎曾有詩云：「自笑兩家為弟子，空於湖海望儂舟。」（〈送焦弱侯老師使梁因之楚訪李宏甫先生〉，《袁中郎詩集》，七律）可見焦竑不僅是居中介紹三袁和李卓吾認識的人，他自己也是三袁的老師。卓吾逝後，中郎、小修繼續受學於焦竑，兩家往還密切，交情匪淺。性靈思想在兩大導師的長期指導下，成功地由思想家手中傳遞到三位文學家手中，引發了第二波浪漫思潮，在批評史上真是一樁盛事。

第二章　戲曲家的性靈說——湯顯祖

　　在李卓吾、焦竑和公安派之間，另有一位值得一提的人物是湯顯祖。湯氏以戲曲表現他的性靈說，和李卓吾的評點之作有異曲同工之妙。繼《焚書》、《藏書》之後，《玉茗堂四夢》是最受歡迎的性靈派作品，二者性質截然不同，但各有獨到的造詣。思想家以膽識取勝，別出手眼，益人神智；文學家以才情取勝，驚才絕艷，顛倒眾生。這兩家著作在十餘年間先後問世，前呼後應，在社會上發揮「魚幫水，水幫魚」的作用，一時之間膾炙人口，風行天下，將浪漫思想帶入了高潮。

　　湯顯祖，字義仍，號若士，又號清遠道人。江西臨川人，生於世宗嘉靖廿九年，卒於神宗萬曆四十五年（1550～1617），年六十八歲。他是個早熟的文學天才，五歲即能屬對，試之即應，似無難色，自十三歲參加督學公試，到弱冠舉孝廉為止，「每試必雄其曹偶」，「名蔽天壤，海內人以得見湯義仍為幸」〔註1〕，萬曆三年《紅泉逸草》刊於臨川，廿六歲便有集行世。由於才華太高，成名太早，引起宰相張居正的注意，萬曆五年，歲逢大比，這年張氏的次子嗣修要參加考試，為壯大聲勢，欲羅致海內名士陪考，湯顯祖、沈懋學首在搜延之列。顯祖風骨遒緊，不肯受其籠絡，結果遭到落榜的命運，而屈服權勢的

〔註1〕鄒迪光〈臨川湯先生傳〉。

沈懋學則以一甲一名進士及第，張嗣修以第二名及第。三年之後，事情再度重演；這次張氏的三子懋修應考，父子又欲結納之，私下「啖以巍甲」，他拒絕說：「吾不敢從處女子失身也。」〔註2〕結果再次落榜，懋修則以一甲一名進士及第。直到張居正去世之後，湯顯祖才於萬曆十一年中試，那年已三十四歲。

　　進入官場，初授南京太常寺博士，後遷禮部主事。在這段期間，他身邊發生許多事情；首先是他最敬重的老師羅汝芳去世了。羅汝芳字惟德，號近溪，是泰州學派的大師，李卓吾、焦竑都曾向他請益。他是一位口才好又富於啓發性的人，《明儒學案》卷三十四：

> 論者謂龍溪筆勝舌，近溪舌勝筆，微談劇論，所觸若春行雷動，雖素不識學之人，俄頃之間，能令其人心地開明，道在眼前，一洗理學膚淺套括之氣，當下便有受用，顧未有如先生也。

湯顯祖十三歲便受業於近溪，直到近溪去世，共有廿六年之久，以如此天才遇於如此良師，無怪乎具有超乎常人的想像力和創造力。近溪逝後兩年，湯氏在友人鄒元標家初次見到紫柏大師（名眞可，號達觀），深受吸引。其〈答鄒賓川書〉云：

> 弟一生疏脫，然幼得於明德師（羅近溪），壯得於可上人（達觀），時一在念，未能守篤以環其中。（《全集》卷四十七）

　　同時他又特別注意李卓吾，萬曆十八年，他在〈寄石楚陽蘇州書〉中云：

> 有李百泉先生者，見其《焚書》，畸人也，肯爲求其書寄我駘蕩否？（《全書》卷四十四）

這年《焚書》正好初刻於麻城，湯氏已經讀過了，還如此殷勤求訪，可見傾慕的程度。後來他於〈答管東溟書〉云：

> 如明德先生，時在吾心眼中矣！見以可上人之雄，聽以李百泉之傑，尋其吐屬，如獲美劍。（同上）

〔註2〕同上。

可知在近溪之後，影響他最大的便是達觀、卓吾二人。

　　他在四十一歲這年認識這當世兩大導師，在膽識方面很有突破。在文學上，他原本「少熟文選，中攻聲律。四十以後，詩變而之香山、眉山，文變而之南豐、臨川」〔註3〕，很明顯地由格調派的路線轉爲性靈。當時王世貞、王世懋兄弟同在南京做官，意氣甚盛，顯祖正好爲世懋下屬，而反對的立場並不稍變。《列朝詩集小傳》丁集下本傳云：

　　萬曆間，瑯琊二美同仕南都。爲敬美太常官屬。敬美唱爲公宴詩，不應，又簡括獻吉、于麟、元美文賦，標其中用事出處及增減漢史唐詩字面，流傳白下，使元美知之。元美曰：「湯生標塗吾文，異時亦當有標塗湯生者。」自王、李之興，百有餘歲。義仍當霧罧充塞之時，穿穴其間，力爲解駁。歸太僕之後，一人而已。

當時歸有光已年老，袁中郎年輕尚未成名，性靈派中能以文學家身份與七子抗衡者唯湯氏一人。他不懼權勢，當仁不讓的舉動，爲後來的支持者津津樂道。

　　在政治上，他也同樣表現出狂者的精神。萬曆十八年，神宗以星變責備言官欺蔽，停俸一年。他上書反駁皇帝，說輔臣欺蔽，而非言官，陛下授權輔臣，聖政可惜（《明史》本傳）。神宗大怒，禍且不測，他還在與友人書中說：「乘興偶發一疏，不知當事何以處我！」（同上）十足是浪漫的作風。後來因此謫爲廣東徐聞尉，又轉爲浙江遂昌令，在任期間，以古代寬簡之法治民，「縱囚放牒，不廢嘯歌」（同上），醇吏之名，爲兩浙之冠。然而他生性耿介，終究看不慣官僚的習氣，加上萬曆廿三年開征礦稅後，擾民甚劇，政治惡化，他在反感和絕望之餘，於廿六年毅然辭官，回到臨川，那年四十九歲。

　　棄官之後，發憤創作，在當年寫下《牡丹亭》（《還魂記》），五十一歲完成《南柯記》，五十二歲完成《邯鄲記》，加上早先寫的《紫釵記》（《紫蕭記》的改本），合稱《玉茗堂四夢》。四年之間完成三部作

〔註3〕《列朝詩集小傳》丁集上本傳。

品，是他一生中旺盛而密集的創作期。《牡丹亭》最能代表他浪漫思
想中積極的一面，情感熱烈，幻想豐富，用美麗的文字，誇張的描寫，
表現愛情偉大迷人的力量。《邯鄲》、《南柯》二記諷刺當日士人熱中
功名的心理，反映官場的黑暗，人情的險詐，最後以人生如夢，轉眼
成空作結，一歸於佛，一歸於道，在控訴現實之餘，也流露著消極的
浪漫思想。這些作品有為而發，在創作的背後，具有文藝理論和人生
哲理為基礎，必須合觀才能見其全貌。

以「情」為中心的文學理論

　　湯顯祖的思想承自泰州學派與禪宗，但他與思想家最大的不同是
談人情而不言性理。陳繼儒批點《牡丹亭》題詞記載著：

> 張新建相國嘗語湯臨川云：「以君之辯才，握麈而登皋比，
> 何渠出濂、洛、關、閩下？而逗漏於碧簫紅牙隊間，將無
> 為青青子矜所笑！」臨川曰：「某與吾師終日共講學，而人
> 不解也。師講性，某講情。」張公無以應。

王門學者所謂的性理，是溫厚的天理良心，並不是冷酷無欲的物理，
可是湯顯祖特別強調「情」字，一方面是為了與哲學思想有所分別，
另一方面是為了與專制世界中的法理相抗。他在〈青蓮閣記〉一文表
示「世有有情之天下，有有法之天下」，有情的天下就如唐朝，文風
鼎盛，以才情相尚，君臣遊幸，乃至共浴華清。李白在當時能「就巾
拭面」，凌厲一時，是因為生在浪漫的時代，若生在「滅才情而重吏
法」的明朝，「尚不能得一中縣而治」，不由他不斂手低眉，飄蕩零落。
他厭惡吏法政治壓抑人性，毀才滅情，嚮往唐人浪漫自由的世界，於
是建立一套以「情」為中心的人生觀和文學觀。這個觀點和歸有光相
同，不過湯顯祖所謂的「情」要比歸有光更富於想像和變化，也更具
有生命的光和熱。《全集》卷三十一〈耳伯麻姑遊詩序〉曰：

> 世總為情。情生詩歌，而行于神。天下之聲音笑貌，大小
> 生死，不出乎是。因以懵蕩人意，歡樂舞蹈，悲壯哀感鬼
> 神風雨鳥獸，搖動草木，洞裂金石，其詩之傳者，神情合

至，或一至焉。一無所至，而必曰傳者，亦世所不許也。

予常以此定文章之變，無解者。

又《全集》卷三十五〈調象菴集序〉曰：

萬物當氣厚材猛之時，奇迫怪窘，不獲急與時會，則必潰而有所出，避而有所之，常務以快其愊結，過當而後止，久而徐以平，其勢然也。是故衝孔動楗而有屬風，破隝蹈決而有潼河，已而其音冷冷，其流紆紆，氣往而旋，才距而安，亦人情之大致也。情致所極，可以事道，可以忘言，而終有所不可忘者，存乎詩歌序記詞辯之間，固聖賢所不能遺，而英雄之所不能晦也。

情的極致，可以事道忘言，爲聖賢，爲英雄，地位和效用當然是至高無上的。不過「情」的成分比較複雜，它形成於「氣」，「氣」藏於「機」，「機」生於「性」，歸根究底，還是由「心」所出。他説：

天機者，天性也。天性者，人心也。心爲機本，機在於發。

（《全集》卷四二〈陰符經解〉）

列子、莊生最喜天機。天機者，馬之所以千里，而人之所以深深。機深則安，機淺則危，性命之光，相爲延息。（《尺牘》之一〈寄王弘陽同卿〉）

「機」似乎是指靜態的聰明智慧，「氣」似乎是指動態的生命力，二者皆爲人類的本能，最好相輔以行，不可偏廢。他具體的説：

通天地之化者在氣機，奪天地之化者亦在氣機。化之所至，氣必至焉；氣之所至，機必至焉。孫策起少年，非有家門積聚之勢，朝廷節制之重，然以三千人涉江江淮吳會，立有江東，袁曹貽瞠而不敢正視，然竟以蹶，此氣勝而機不勝也。諸葛武侯精其技，至于木牛流馬，然終不能出漢中夷陵一步，窺長安許洛者，此機勝而氣不勝也。天下文章有類乎是，莽莽者氣乎？旋旋者機乎？氣與機相輔相軋以出，天下事舉可得而議也。（《詩文集》卷三一〈朱懋忠制義序〉）

文學家要具備諸葛亮一般旋轉無端的智巧，和孫策那樣莽莽然的活力，才足以言「情」。換言之，湯顯祖所謂的情必需運用「氣」與「機」

來表現，並不是衝口直出，把生野粗糙的情感迸發出來，所以他特別
強調「養氣」的功夫：

> 吾以爲二者莫先乎養氣。養氣有二，……有以靜養氣者。
> 規規環室之中，回回寸管之內，如所云胎息踵息云者。此
> 其人心深而思完，機寂而轉，發爲文章，如山嶽之凝正，
> 雖川流必溶洏也。故曰仁者之見。有動以養氣者，疊疊事
> 業之際，所謂鼓之舞之云者，此其人心練而思精，機照而
> 寂，發爲文章，如水波之淵沛，雖山立必陂陁也。故曰智
> 者之見。二者皆足以吐納性情，通極天下之變，下此，百
> 姓文章耳，蓋日用飲食而未嘗知爲者也。(同上)

養氣是創作前蘊釀蓄勢的心理活動，不論是動態或靜態，它都是
「性情」的完養吐納，此中已包括高度的智慧和精神，〈睡菴文集序〉
中說：「道心之人，必具智骨，具智骨者，必有深情。」(《詩文集》
卷二十九)文學上，表現深情是最後的目的，道心智骨是中間的過程。
他自己以《牡丹亭》爲言：

> 天下女子有情，寧有如杜麗娘者乎？夢其人即病，病即彌
> 連，至手畫形容，傳於世而後死。死三年矣，復能溟莫中
> 求得所夢者而生，如麗娘者，乃可謂之有情人耳。情不知
> 所起，一往而深，生者可以死，死可以生。生而不可與死，
> 死而不可復生者，皆非情之至也。夢中之情，何必非眞，
> 天下豈少夢中之人耶？必因薦枕而成親，待掛冠而爲密
> 者，皆形骸之論也。傳杜太守事者，……予稍爲更而演
> 之。……嗟夫人世之事，非人世所可盡，自非通人，恆以
> 理相格耳。第云：理之所必無，安之情之所必有邪？(〈牡
> 丹亭〉題詞)

湯顯祖在《牡丹亭》所示範的，是想像力。人類唯有藉著想像，才能
超越現實，騁馳飛躍，創造神奇。它一面要突破常識的限制，一方面
要有重組自然的巧思。作者必須先看透「薦枕必得成親」的世俗禮教，
打破「人死不可復生」的定理，體會「無理而妙」的人生藝術境界，
這些無一不需要高度的修養智慧。其次，想像具有移情的作用。作者

必須投注自己的情感，以深廣的同情，賦予角色神魂生命，《牡丹亭》的好處之一，在「笑者眞笑，笑即有聲，啼者眞啼，啼即有聲，歎者眞歎，歎即有氣」〔註4〕。人物一眞，即有神，有神則具有人類共同的理想欲望情感夢幻，才能引起共鳴。當人類情感強大到必須渲洩時，其勢沛然莫之能禦，足以扭轉乾坤，形成以情爲主的世界。情的世界中自有新的秩序，因夢定情，見畫成癡，爲情而死，爲情而生，凡現實界中不可能、不合理之事，在此中無不入情入理。作者藉想像之力，洞穿虛實之門，進入自由之境，因情成夢，因夢成戲，觀者亦隨之恍惚顚倒，驚心動魄，歷來評者最推崇此劇者在此。

　　「想像」下摅自然，上窺天機，是藝術超凡入聖的途徑。它的原理，與「禪」相通，故非道心智骨莫辦。如〈蘭集序〉云：

　　詩乎！機與禪言通，趣與遊道和，禪在根塵之外，遊在伶黨之中，要皆以若有若無爲美，通乎此者，風雅之事可得而言。（《詩文集》卷三十一）

然而文學若直接出之以「禪」，流於道學式的枯淡，則拙。若直接出之以「情」，流於民歌式的粗樸，亦拙。湯顯祖筆下的情，是經過巧手慧心處理過後，具有煙雲波濤，風雅動人的情。所以情字既是他文學的主題，也是他文學的技巧，爲了強調這層意思，他又提出了「靈」字。

以「靈」為主的技巧論

　　《全集》卷三十二〈序丘毛伯稿〉云：

　　天下文章所以有生氣者，全在奇士。士奇則心靈，心靈則能飛動，能飛動則下上天地，來去古今，可以屈伸長短生滅如意，如意則可以無所不如。彼言天地古今之義而不能皆如者，不能自如其意者也。不能如意者，意有所滯，常人也。蛾，伏也。伏而飛焉，可以無所不至。當其蠕蠕時，不知其能至此極也。是故善畫者觀猛士劍舞，善書者觀擔夫爭道，善琴者聽淋雨崩山。彼其意誠欲憤積決裂，挈戾關接，盡其

―――――――――――――――――
〔註4〕王思任〈批點玉茗堂《牡丹亭》敘〉。

意勢之所必極，以開發於一時。耳目不可及而怪也。

〈攬秀樓文選序〉亦云：

> 子言之，吾思中行而不可得，則必狂狷者矣，語之于文，狷者精約儼屬，好正務潔。持斤捉引，不失繩墨。士則雅焉。然予所喜，乃多進取者。其爲文類高廣而明秀，疏夷而蒼淵。在聖門則曾點之空竅，子張之輝光。于夫人之際，性命之微，莫不有所窺也。因以裁其狂斐之致，無詭于型，無羨于幅，峨峨然，颯颯然。證于方內，未知其何如。

湯顯祖毫不諱言，靈之爲物，不在凡夫俗子，而在天下狂奇之士的身上。心思聰明，才能使想像飛動，想像飛動文章才有生氣，凡天地間奇偉靈異高朗古宕之氣，無不待聰明才子，神之化之，形於筆墨，故「靈」是一切技巧的指導原則。〈賀貽孫激書〉卷二「滌習條」有一則發人深省的故事：

> 近世黃君輔之學舉子業也，揣摩十年，自謂守溪昆湖之復見矣！乃游湯義仍先生之門。先生方爲牡丹填詞，與君輔言，即鄙之，每進所業，輒擲之地，曰：「汝不足教也，汝筆無鋒刃，墨無煙雲，硯無波濤，紙無香澤，四友不靈，雖勤無益也。」君輔涕泣求教益虔。先生乃曰：「汝能焚所爲文，澄懷盪胸，看吾填詞乎？」君輔唯唯。乃授以牡丹記。君輔閉戶展玩，久之，見其藻思綺合，麗情葩發，即啼即笑，即幻即眞。忽悟曰：「先生教我文章變化在於是矣。若閬苑瓊花，天孫霧綃。目睫空豔，不知何生。若桂月光浮，梅雪暗動，鼻端妙香，不知何自。若雲中綠綺，天半紫簫，耳根幽籟，不知何來。先生填詞之奇如此也。其舉業亦如此矣。」由是文思泉湧，揮毫數紙，以呈先生。先生喜曰：「汝文成矣，鋒刃具矣，煙雲生矣，波濤動矣，香澤渥矣，疇昔臭惡化芳鮮矣！」趣歸就試，遂捷秋場，稱吉州名士。〔註5〕

所謂「焚所爲文，澄懷盪胸」，便是教人洗滌心源，擺脫習氣，不依

〔註5〕轉引自郭紹虞《中國文學批評史》下卷第三篇第四章，頁256。

不傍，獨立思考。思考的過程很複雜，天才、學力、悟性、苦心，四者缺一不可。湯顯祖悟性奇高，於書無所不讀，向以天才學力冠於天下，可是他運思之苦，少有人知。焦循《劇說》卷五云：

> 相傳臨川作還魂記，運思獨苦。一日，家人求之不可得，遍索乃臥庭中薪上，掩袂痛哭。驚問之。曰：填詞至「賞春香還是舊羅裙」句也。

他對情感的眞切，對藝術的忠誠，眞是可愛又可敬。此外查繼佐〈湯顯祖傳〉論曰：

> 海若爲文，大率工於纖麗，無關實務。然其遣思入神，往往破古。相傳譜四劇時，坐輿中謁客。得一奇句，輒下輿索市塵禿筆，書片楮，粘輿頂。蓋數步一書，不自知其勞也。（錄自《罪惟錄》卷十八）

他自己也說：

> 蘇有嫗賣水磨扇者，磨一月，直可兩，半月者，八百錢，工力貴賤可知。吾鄉文字，近不能與天下爭價者，一兩日水磨耳。（卷九〈與康日顥書〉）

可見在天才學力的背後，耗時費力的水磨功夫還是非常重要，靈感不全是憑空而來，而是經過長久的積壓發酵，從潛意識中浮現出來，這錯綜複雜的過程謂之「化」，從蘊釀融化，到創造變化，再成爲文章的「化境」，中間經過多少苦心，然而到達這一步時，「即嗁即笑，即幻即眞」，「目睫空豔，不知何生」，「鼻端妙香，不知何自」，「耳根幽籟，不知何來」，天工人巧，靈心化境，妙合而無間。以此爲文，筆墨硯紙，無一不靈，以此視物，所謂時文戲曲古文詩詞，不過是牝牡驪黃的形骸之論，豪傑之士早就打破這一關，超越形式的拘絆了。這就是湯氏的技巧論。

　　至於一般所謂的技巧，不過是仰賴各式各樣的「格」去依樣畫葫蘆。它在現實世界中是法理成見，在文學世界中是格律形式，二者皆足禁錮心靈，限制天才，使想像情感沒有充分發揮的空間，所以他第一個要打倒的是「拘儒老生」的「鄙委牽拘之識」，其次是「斤斤三

尺」，守法而拙的格律派。他說：

> 世間惟拘儒老生不可與言文。耳多未聞，目多未見。而出
> 其鄙委牽拘之識，相天下文章。寧復有文章乎。予謂文章
> 之妙不在步趨形似之間。自然靈氣，恍惚而來，不思而至。
> 怪怪奇奇，莫可名狀。非物尋常得以合之。蘇子瞻畫枯株
> 竹石，絕異古今畫格。乃愈奇妙。若以畫格程之，幾不入
> 格。米家山水人物，不多用意。略施數筆，形像宛然。正
> 使有意為之，亦復不佳。故夫筆墨小技，可以入神而證聖。
> 自非通人，誰與解此。（《詩文集》卷三二〈合奇序〉）

又說：

> 天下大致，十人中三四有靈性。能為伎巧文章，竟伯什人
> 乃至千人無名能為者。則乃其性少靈者與？老師云，性近
> 而習遠。今之為士者，習為試墨之文，久之，無往而非墨
> 也。猶為詞臣者習為試程，久之，無往而非程也。寧惟制
> 舉之文，令勉強為古文詞詩歌，亦無往而非墨程也者。則
> 豈習是者必無靈性與，何離其習不能言也。夫不能其性而
> 第言習，則必有所有餘。餘而不鮮，故不足陳也。猶將有
> 所不足，所不足者又必不能取引而致也。蓋十餘年間，而
> 天下始好為才士之文。然恆為世所疑異。曰，烏用是決裂
> 為，文故有體。嗟，誰謂文無體耶。觀物之動者，自龍至
> 極微，莫不有體。文之大小類是。獨有靈性者自為龍耳。（同
> 上·〈張元長噓雲軒文字序〉）

他反對多烘先生的見解，八股文章的習氣，多烘先生只知道要作什
麼，像什麼，不可變型走樣，結果不是走上擬古的路子，便是作慣了
程墨文字，使詩詞戲曲無往而非程墨。當時劇壇有宣揚教化的經生
派，堆砌詞藻的駢儷派，還有以沈璟（吳江人）為代表的格律派。這
三者的基本意識都在為專制政治服務，提倡封建道德，維持禮教體
面，遵守法律規範。雖然在表現的方面不同，但權威而「正統」的立
場是一致的。他們都屬於形式主義，可合稱之為戲曲中的格調派。湯
氏的作品，布局新穎，妙於神情，意深詞淺，全無一毫書本氣，在文

字內容方面，輕易的打倒經生派跟駢儷派，被譽爲直追元人。可是在音律方面，由於傳奇正當盛行，基於扮唱演練的需要，對種種規矩分外嚴格；「現實」與「理想」不能兼顧，在「藝術性」與「實用性」之間，臨川派與吳江派形成劇壇兩大對峙的勢力。王驥德《曲律》第三十九〈雜論〉云：

> 臨川之於吳江（沈璟），故自冰炭。吳江守法，斤斤三尺，不欲令一字乖律，而毫鋒殊拙。臨川尚趣，直是橫行。組織之工，幾與天孫爭巧。而傴曲聱牙，多令歌者齚舌。吳江嘗謂：寧協律而不工，讀之不成句，而謳之始協，是爲中之之巧。曾爲臨川改易還魂字句之不協者。呂吏部玉繩（鬱藍生尊人）以致臨川，臨川不懌。復書吏部曰：「彼惡知曲意哉！余意所至，不妨拗折天下人嗓子。」其志趣不同如此。鬱藍生謂臨川近狂而吳江近狷，信然哉！

值得注意的是，沈璟「寧協律而不工」，是偏執格調派的態度，湯顯祖「余意所至，不妨拗折天下人嗓子」，是任性浪漫派的作風，明人偏激的性格不止反映在詩國，在劇壇上也是一樣的。

按照湯顯祖的說法，他主張自然的音律。因爲自然的音律寬，人爲的音律嚴，寬才能與時變化，嚴則往往不合時宜，以不合時宜的規矩來限制人的精神意趣，是沒有道理的事。〈答凌初成書〉云：

> 不佞生非吳越通，智意短陋，加以舉業之耗，道學之牽，不得一意橫絕流暢於文賦律呂之事。獨以單慧涉獵，妄意誦記操作。層積有窺，如暗中索路，闖入堂序，忽然雷光得自轉折，始知上自葛天，下至胡元，皆是歌曲。曲者，句字轉聲而已。葛天短而胡元長，時勢使然。總之，偶方奇圓，節數隨異。四六之言，二字而節，五言三，七言四，歌詩者自然而然。乃至唱曲，三言四言，一字一節，故爲緩音，以舒上下長句，使然而自然也。獨想休文聲病浮切，發乎曠聰，伯琦四聲無入，通乎朔響。安詩填詞，率履無越。不佞少而習之，衰而未融。乃辱足下流賞，重以大製五種，緩隱濃淡，大合家門。至於才情，爛熳陸離，嘆時

道古，可笑可悲，定時名手。不佞牡丹亭記，大受呂玉繩改竄，云便吳歌。不佞啞然笑曰，昔有人嫌摩詰之冬景芭蕉，割蕉加梅，冬則冬矣，然非王摩詰冬景也。其中駘蕩淫夷，轉在筆墨之外耳。若夫北地之於文，猶新都之於曲。餘子何道哉。(《詩文集》卷四七)

按：「伯琦四聲無入」謂周德清中原音韻入聲派入三聲。此作周伯琦，誤。

湯顯祖「少熟文選，中攻聲律」〔註6〕，「酷嗜元人劇本，自言篋中收藏，多世不常有，已至千種，有太和正韻所不載者。比問其各本佳處，一一能口誦之」〔註7〕，為傳奇時「每譜一曲，令小史當歌，而自為之和，聲振寥廓，識者謂神仙中人」〔註8〕。從這些地方看來，他對曲子堪稱是當行的專家，所作的曲子也未嘗不能唱，據說《牡丹亭》是為他故鄉的宜黃腔而創作〔註9〕，那麼呂玉繩為「便於吳歌」而改竄曲文，當然要引起他很大的反感了。他學律多年，後來頓悟音樂的自然之理，「上至葛天，下至胡元，皆是歌曲」，古曲今絲，南歌西音，各在其所適而已〔註10〕，一代有一代之樂，一地有一地之歌，要以某種固定的、機械的法則來約束所有的詩歌，是他不能容許的，所以他抨擊沈約的浮聲切響，周德清的中原音韻，並在〈答孫俟居書〉中指責沈璟在曲律的錯誤：「詞之為詞，九調四聲而已哉？且所引腔證，不云未知出何調、犯何調，則云又一體、又一體，彼所引曲未滿十，然已如是，復何能縱觀而定其字句音韻耶？」(《詩文集》卷四六)他看不慣格調派只講法律，不近人情的作風，因此負氣的說：「弟在此自謂知曲意者，筆懶韻落，時時有之，正不妨拗折天下人嗓子。」(同上)又〈與宜伶羅章二信〉中交待：

〔註6〕同註3。
〔註7〕姚士粦見只編卷中。
〔註8〕同註1。
〔註9〕龐華〈湯顯祖的戲劇理論〉，《古代文學理論研究叢刊》第六輯 202頁，上海古籍出版社。
〔註10〕《湯顯祖集·尺牘》之一〈答劉子威侍御論樂〉與〈再答劉子威〉。

　　《牡丹亭》記，要依我原本，其呂家改的，切不可從。雖
　　是增減一二字以便俗唱，卻與我原做的意趣大不同了。往
　　人家搬演，俱宜守分，莫因人家愛我的戲，便過求他酒食
　　錢物。如今世事總難認眞，而況戲乎！若認眞，并酒食錢
　　物也不可久。我平生只爲認眞，所以做官做家，都不起耳。

　　（《詩文集》卷四九）

他堅持要以「意趣」爲重，不肯向格律屈服。〈答呂姜山〉云：

　　寄吳中曲論良是。「唱曲當知，作曲不盡當知也」，此語大
　　可軒渠。凡文以意趣神色爲主，四者到時，或有麗詞俊音
　　可用，爾時能一一顧九宮四聲否？如必按字摸聲，即有窒
　　滯迸洩之苦，恐不能成句矣！

此言誠是，但唱曲者與作詞者之間，不僅存在著音樂與文字的問題，
還包括劇場形式的問題。湯氏的意思，隱隱然認爲一切扮演技術必須
爲劇作家的理念服務，劇作家只要表現自己的意趣神色，不需要遷就
劇場上的種種限制。

　　結果他的作品「但取腕下之文草，不顧場中之點拍」，「宮調舛錯，
音韻乖方，動輒皆是。一折之中，出宮犯調，至少終有一二處」，樂
師轉換樂調不及，根本無法演奏。又「任意添加襯字，令歌者無從句
讀」，套式板式，雜出無序，上場下場，勞逸不均，優伶往往無法在
極短促的時間，更換最難穿戴之服飾，所以通常不能開演〔註11〕。文
字之美，雖是趙璧隋珠，可惜只能成爲案頭的異書，而不能成爲場上
之曲。歷來作家爲之可惜者不少，所以改編者甚眾，然而沒有湯顯祖
的才華，所改者都不能令人滿意。其實以湯氏的力量，這些缺陷是可
以避免的，然而他說：「駘蕩淫夷，轉在筆墨之外，佳處在此，病處
亦在此。」〔註12〕他故意以「病處」向格律派挑戰，能做好的卻不做
好，這就是消極浪漫主義。王驥德批評他「置法字無論」〔註13〕，凌

〔註11〕俱見吳梅《顧曲麈談》。
〔註12〕凌濛初《譚曲雜箚》。
〔註13〕《曲律雜論》第三十九。

濛初謂其「使才自造」「悍然爲之」〔註14〕，尤西堂說《四夢》是南曲的野狐禪〔註15〕，這都說中湯氏表現在形式方面的頹廢性。

詩文的批評與創作

在批評方面，鄒迪光〈臨川湯先生傳〉中云：「（先生）朝夕與古人居，評某氏某氏，誰可誰否，雌黃上下，不遺餘力，千載如對。」可見他原有一套完整的見解，不過集中未傳，只有一些零星的意見可供參考。

1. 評李杜

《詩文集》卷三二〈徐司空詩草序〉曰：

> 余見今人之詩種有幾。清者病無，有者病濁。非有者之必濁，其所有者濁也。杜子美不能爲清，況今之人。李白清而傷無。余嘗爲友人分詬而作詞。因知大雅之亡，祟于工律。南方之曲，刌北調而齊之，律象也。曾不如中原長調，庬庬隱隱，淙淙泠泠，得暢其才情。故善賦者以古詩爲餘，善古詩者以律詩爲餘。

在消極浪漫思潮中，性靈論者對格律派崇奉的李杜大多是有微辭的。「清者病無，有者病濁」，確切的意思不知何指，但必與工律有關。他認爲古詩爲賦之餘，律詩又爲古詩之餘，可見愈受格律束縛的文體，離大雅愈遠。〈與喻叔虞書〉云：

> 學律詩必從古體始乃成，從律體起終爲山人律詩耳。學古詩必從漢魏來，學唐人古詩終成山人古詩耳。（《尺牘》之六）

律詩使人才情不暢，故必從古體始，但唐人古詩時帶律氣，爲完全避免，最好從漢魏而來。性靈派好古詩的特性，在湯顯祖口中透露了跡象，老杜詩律工細，自然不會受其推崇了。

2. 評白蘇

〈寄達觀書〉云：

〔註14〕同註12。
〔註15〕轉引自吳梅《顧曲麈談》，76頁。

> 情有者理必無，理有者情必無，眞是一刀兩斷語。……諦視久之，并理亦無，世界身器，且奈之何？……白太傅、蘇長公終是爲情使耳。(《尺牘》之二)

李卓吾欣賞東坡的人品，焦竑著重東坡的經學，湯顯祖則見到其人之「情」。看來東坡雖是性靈派共同的宗主，但各家的重點還是有些差別的。

3. 評宋濂

性靈論者批評的方向多半是由北宋上溯晚唐，很少注意到元明的文學家，湯顯祖特別推崇宋濂，指出一個新的地域。〈答李乃始書〉云：

> 僕觀館閣之文，大是以文懿德，第稍有規矩，不能盡其才，久而才亦盡矣，然令作者能如國初宋龍門極其時經制彝常之盛，後此者亦莫能如其文也。(《全集》卷四九)

又〈答張夢澤書〉云：

> 我朝文字，宋學士而止。方遜志已弱，李夢陽而下，……等贗文爾。(《尺牘》之四)

明並非無人，在七子之前，還是有其清明氣象，湯顯祖提出宋濂爲代表，具有跨越摹擬王國的意義，對後來的錢謙益頗有啓示。

4. 評前後七子

攻擊格調派在湯氏的批評中佔較多的份量。他批評李夢陽、何景明的詩爲「李粗何弱」〔註16〕，文章則「李氣剛而色不能無晦，何色明而氣不能無柔」〔註17〕，這是就神色的明暗剛柔來立論。基本上湯顯祖所反對的還是摹擬秦漢，〈答王澹生書〉云：

> 嘗與友人論文，以爲漢宋文章各極其趣者，非可易而學也。學宋文不成，不失類鶩；學漢文不成，不止不成虎也。因於敝鄉帥膳郎舍，論李獻吉，於歷城趙儀郎舍論李于鱗，於金壇鄧孺孝館中論元美，各標其文賦中用事出處，及增

〔註16〕《詩文集》卷四八〈與幼晉宗侯〉。
〔註17〕《詩文集》卷三一〈孫鵬遂初堂集序〉。

減漢史唐詩字面處，見此道神情聲色已盡於昔人，今人更
無可稱雄，妙者稱能而已。（《玉銘堂尺牘》一）

他認為宋文雖「氣骨代降」，然而「精氣滿勁」，行其法而通其機，使
人思路益通〔註18〕。與其好高鶩遠，剽竊漢文，不如實事求是，自抒
機軸。這個見解和唐荊川、歸震川等文章家是相同的。

湯顯祖古文的造詣很高，但他自己並不覺得，世人亦未加留意，
事實上他的文章本於六經，迴翔於漢唐，而歸於曾鞏、王安石。沈際
飛〈玉茗堂文集題詞〉曰：

若士積精焦志於韻語，而竟不自知其古文之到家。穠纖修
短，都有矩矱。機以神行，法隨力滿。言一事，極一事之
意趣神色而止；言一人，極一人之意趣神色而止。何必漢
宋，亦何必不漢宋。若士自云，漢宋文字各極其致是也。
又云，國初文字宋龍門開山，方遜志已弱，李夢陽以下，
骨力強弱巨細不同，等贗文耳。若士不肯為其贗者，故寧
少無多。又云，古文賦秦、西漢而下率以不足病，唐四傑、
子美而外，亦無有餘，從其不足而足焉，斯已幾矣。臨川
無所不足，故一篇之中寫理入微，援情窮變，涕泗歌舞，
有並時而集，異時而擅者，真也，有餘也，非漢宋字句之
謂也。後生學人優孟於漢宋字句，而是漢非宋，或易宋難
漢，且不知有宋龍門，亦何知臨川之所以臨川哉。知臨川
真與有餘之解，可以言文，可以言臨川之文。

錢謙益〈玉茗堂文集原序〉曰：

嗟乎，義仍詩賦與詞曲世或陽浮慕之，能知其古文者或寡
矣。義仍少刻畫為六朝，長而湛思道術，熟於人世情偽，
與夫文章之流別。凡序記誌傳之文，出於曾王者為多。其
手授子洽諸篇是也。嘉隆之文，稱漢秦古文詞者爭訾謷曾
王，以為名高。二十年來日以頹敝，說者群起而擊排之。
排誠是也，而不思所以返於古。敗者東走，逐者亦東走，
古文之復，豈可幾也。義仍有憂之，是故深思易氣，去耆

〔註18〕陳田《明詩紀事》己籤序。

割愛，而歸其指要於曾王。夫曾王者，豈足以盡古文哉。
其指意猶多原本六經，其議論風旨去漢唐諸君子猶未遠
也。以義仍之才之情，由前而與言秦漢者爭爲撋撍割剝，
我知其無前人；由後而與言排秦漢者爭爲叫嚻謷突，我知
其無巨子。而迴翔弭節，退而自處於曾王，世之知曾王者
鮮，則知夫義仍者洵寡矣！

曾王的文章古雅精深，和白蘇的流暢顯豁不同，性靈派作家中，王愼
中、徐渭、湯顯祖的文風近似曾王，唐荊川、袁中郎、袁小修的語氣
近似白蘇。當時大家厭倦了「以艱深文其淺易」的假秦漢文，所以明
白如說話的文章特別受到廣大的歡迎。走曾王路線的作品，由於深奧
費解，只有少數具有深厚文學修養的人才會欣賞，在社會上流行不起
來，因此湯義仍這方面的成就，只得被詩賦詞曲的光芒所掩蓋。其實
晚明的浪漫思潮缺乏古文家，以義仍的學問功力，大可以填補這個空
缺，而與王唐歸茅諸子互相呼應，可惜他自己對詩文之道充滿矛盾與
挫折感，未能全力發揮。而這，又與王世貞有關。他在〈復費文孫書〉
云：

僕少於文章之道，頗亦耳剽前識，爲時文字所廫。弱冠乃
倖一舉，閉戶閱經史幾遍，急未能有所就。倖成進士，不
能絕去雜情，理成前緒。亦以既不獲在著作之庭，小文不
足爲也。因遂拓落爲詩歌酬接，或以自娛，亦無取世修名
之意。故王元美陳玉叔同仕南都，身爲敬美太常官屬，不
與往還。敬美唱爲公宴詩，未能仰答。雖坐才短，亦以意
不在是也。(《尺牘》之三)

又〈答張夢澤書〉曰：

丈書來，欲取弟長行文字以行。弟平生學爲古人文字不滿
百首，要不足行於世。其大致有五。弟十七八歲時，喜爲
韻語，已熟騷賦六朝之文。然亦時爲舉子業所奪，心散而
不精。鄉舉後乃工韻語。三變而力窮，詩賦外無追琢功，
不足行一也。我朝文字，宋學士而止，方遜志已弱，李夢
陽而下，至琅邪，氣力強弱巨細不同，等贋文爾。弟何人

能爲其眞？不眞不足行，二也。又其贗者，名位頗顯，而
家通都要區，卿相故家求文字者道便，其文事關國體，得
以冠玉欺人。且多藏書，纂割盈帙，亦借以轉。弟既名位
沮落，復往臨樊僻絕之路。間求文字者，多邨翁寒儒小墓
銘時義序耳。常自恨不得館閣典制著記。餘皆小文，因自
頹廢，不足行三也。不得與於館閣大記，常欲作子書自見。
復自循省，必參極天人微窈，世故物情，變化無餘，乃可
精洞弘麗，成一家言。貧病早衰，終不能爾。時爲小文，
用以自嬉，不足行四也。元以前文字，除名人外，不可多
見。頗得天下郡縣志讀之，其中文字不讓名人者，往往而
是。然皆湮沒無能爲名。名亦命也，如弟薄命，韻語自謂
積精焦志，行未可知。韻語行，無容兼取。不行，則故命
也。故時有小文，輒不自惜，多隨手散去。在者固不足行，
五也。嗟夫夢澤，僕非衰病，尚思立言。茲已矣！微君知
而好我，誰令言之，誰爲聽之。極知知愛，無能爲報，喟
然長嘆而已。(《尺牘》之四)

在這兩封信中，湯顯祖說出他頹廢思想和王世貞有密切的關係。當時
王世貞繼李攀龍之後，成爲詩壇的霸主，在南京意氣聲華，籠蓋海內，
以「黃金紫氣之詞，叫囂亢壯之章」，此唱彼和，聲應氣求，凡論詩
者若「不奉李、王之教，則若夷狄之不遵正朔」，以錯誤的作法挾持
一世，是任何有個性的人都無法接受的事情。湯顯祖以窮老蹭蹬之身
與之抗衡，認定那些僞文贗詩，不足傳世，亦思有以振之，然而他和
大多數人一樣，先受了舉業的毒害，又爲格調的固定手法所囿，這些
「積習」成了創作時最大的困境。他想奮力從中翻脫出來，但「自恨
不得館閣典制著記」，故於小文不自珍惜，而「積精焦志」於韻語詩
歌。然而詩歌不比戲劇，沒有那麼長的篇幅可資馳騁，沒有那麼多的
角色可供變化，四五十字能表現的題材有限，還要受許多律法的約
束，何況贗品充斥，眞詩落入其中，也分不出眞假，要寫出與眾不同
的好詩談何容易！他「三變而力窮」，終於筆懶韻落，心餘力絀。此

時王氏以「冠玉欺人」而致顯達，帶給他不小的刺激；苦心孤詣，得不到應有的報償，靠抄襲拼湊輕易得手的人卻逍遙自在，這象徵著整個時代的倒錯黑暗。他在憤懣不平，自傷身世之餘，便不免以拓落的態度爲詩。沈際飛〈玉茗堂詩集題詞〉云：

> 臨川詩集獨富。自謂鄉舉後乃工韻語，詩賦外無追琢功。於中萬有一當，能不朽如漢魏六朝李唐名家。其教人則云：學律詩必從古體始，從律始，終爲山人律詩耳。學古詩必從漢魏來，學唐人古詩終爲山人古詩耳。似臨川於詩復有獨詣，乃反覆詳攬有不然者。全詩贈送酬答居多。惟贈送酬答，不能無揚詡慰恁，而揚詡慰恁不能切著，於是有沈稱休文、揚稱子雲之類。稱名之不足，則借夫樓顏榭額以爲確然。而有時率意率筆以示確然，未能神來情來，亦非鄙體野體，徒見魔劣。蓋靖節多俚，少陵多不成語，而未可以此少之者，其聲律風骨氣味，厚薄眞僞不同故也。長律落數衍聯偶，猶是作賦伎倆。絕句佻易，便似下場小詩。律則河下輿隸矣。全詩非無風藻整栗，沉雄深遠，高逸圓暢者，而疵累既繁，聲價頗減。

陳田《明詩紀事》庚籤卷二〈湯顯祖小傳〉按語云：

> 義仍才氣兀傲，不可一世。集中五古，清勁沈鬱，天然孤秀。而時傷寒澀，則矯枉之過也。其詩云：「常恐古人先，乃與今人匹。」又云：「文家雖小技，目中誰大手？何李色枯薄，餘子安定有？」李、何取法於杜，義仍則並杜而薄之。曰：「少陵詩少一清字。」可謂因噎廢食也。義仍與袁中郎善，舍七子而另闢蹊徑，趣向則一。但義仍師古，較有程矩，尚能別派孤行。中郎師心自用，勢不至舍正路而入荊榛不止。余論兩家之得失如此。不得一概抹殺，致沒作者苦心也。

這兩段評語都指出他率易偏激的傾向，但也不抹殺他想要創新變化、另闢蹊徑的苦心。晚明的性靈派就是夾纏在這矛盾複雜的情結中從事創作的。在湯顯祖眼中，格律是吏法政治的象徵，所以他討

厭律詩，貶抑杜甫，自己也不好好作。他一方面想放棄這塊園地，
一方面想嘗試將其他體裁的手法引入詩中，結果律詩成了他洩憤和
實驗的東西。縱觀他的成就，戲曲、文章、尺牘、辭賦，無不流露
極高的才華，獲得很高的評價，獨獨在詩的表現特別差，此中的消
息難道不值得深究嗎？

晚年的心境

　　湯顯祖辭官之後，里居近二十年，玉茗堂中，圖書滿床，不大整
理，致室中狼藉不堪，又喜飼雞豕，「雞塒豕圈，接跡庭戶」〔註19〕，
蕭閒自得，不以貧爲意。最初三年，他將胸中塊壘陶寫於詞曲之中，
致力於劇本的創作，可是在他五十二歲寫《邯鄲記》那年，官場小人
爲了防止他復出，利用歲劫大計的機會，以「浮躁」的罪名褫奪其資
格，使他在歸田之後，仍不免遭受官僚的惡氣，他自言：「辛丑（萬
曆廿九年）夏五，予坐廢，交遊殆絕。」語氣中頗爲抑鬱。萬曆三十
年，他所傾慕的李卓吾因反抗名教，被捕下獄，自剄而死。次年，素
所厚善的紫柏大師也因呼籲停止礦稅，被牽連妖書一案，逮死獄中。
在短時間內，士林連失兩大導師，人人無不痛惜，而對湯顯祖打擊尤
大。他有〈歎卓老詩〉和〈西哭三首〉追悼紫柏，又屢屢在文中流露
傷心感歎之意〔註20〕。他體認到「若吾豫章之劍，能干斗柄，成蛟龍，
終不能已世之亂」〔註21〕，頹廢之想，更爲濃厚。萬曆四十二年，作
〈續棲賢蓮社求友文〉，表示要棄絕人間一切欲望，從佛教思想中尋
求精神的歸宿：

　　　歲之與我甲寅者再矣！吾猶在此爲情作使，劬于伎劇。爲情
　　轉易，信于痿癃，時自悲憫，而力不能去。嗟夫！想明斯聰，
　　情幽斯鈍，情多想少，流入非類。吾行于世，其于情也不爲

〔註19〕《列朝詩集小傳》丁集中本傳。
〔註20〕如《尺牘》之四〈寄董思白〉曰：「卓、達二老，乃至難中解去，開
　　　　之、長卿、石浦、子聲轉眼而盡，董先生閱此能不傷心？」
〔註21〕《玉茗堂文集》卷四〈李無問劍序〉。

　　　　不多矣！其于想也則不可謂少矣！隨順而入，將何及乎？應
　　　　須絕想人間，澄清覺路，非西方蓮社莫吾與歸矣！

「情」是他文學思想的中心，是他創作的動力，可是在吏嚴法酷的社
會裡，「情」字只帶給他無盡的痛苦，他消化不了，只好藉佛禪的力
量斬斷情根，棄絕俗想，無形中也失去了創作的力量。自《邯鄲》以
後，直到過世，十五年間沒有作品問世。爲了求解脫，他最後將心愛
的戲曲都放棄了，這情形和唐荊川晚年棄文學道不是相同的嚜？

對性靈派的影響

　　湯顯祖在性靈派中具有「承先啓後」的人際關係。他除了以羅近
溪、李卓吾、焦竑、達觀爲師外，又與公安三袁有親密的友情。他長
伯修十歲，長中郎、小修各十八歲和二十歲，從他分別寫給三袁的信
看來，彼此的交往如同兄弟。袁小修說萬曆二十三年（乙未）的春天，
袁氏兄弟與王子聲、湯顯祖聚首都門，「無夜不共讌笑」〔註22〕，可
知他們有一段快樂的時光。伯修逝於廿八年，中郎逝於三十八年，二
子皆壯年而卒，令湯義仍十分難過。他有〈寄袁小修書〉云：

　　　　都下雪堂夜語，相看七八人。而三公並以名世之資，不能
　　　　半百。古來英雄不欲委化遺情，而爭長生久視者，亦各其
　　　　悲苦所生。然何可得也。弟不能世情愴惻事，而於此際無
　　　　服之喪，無聲之哭，時時有之，更在世情之外。小修當此，
　　　　摧裂何如。天根來，知兄意氣橫絕，無損常時。而中郎有
　　　　子而才，稍用爲慰。湘沔間正圖一把晤也。（《尺牘》之四）

這時他已六十一歲，頹然不復措意文詞，除了對袁小修「意氣橫絕」
感到安慰外，另外將希望放在錢受之與張元長身上。《詩文集》卷三
〈張元長噓雲軒文字序〉曰：

　　　　近吳之文得爲龍者二。龍有醇灝豐焯，雲氣從滃鬱而興，幽
　　　　毓橫薄，不可窮施者，錢受之之文也。有英秀蜷媚，雲氣從
　　　　之，天矯而舒，淩深傾洗，不可測執者，張元長之文也。受

────────────
〔註22〕袁小修《珂雪齋前集》卷廿三〈答王天根書〉。

之之文已貴。獨元長廢然家居，尚未有貴而獨行之者。

此外他又爲譚元春的《譚子五篇》作序〔註23〕。這份獎勵後輩，闡揚性靈的苦心，後來發揮了不小的作用；譚元春和鍾惺建立了竟陵詩派，錢謙益建立了虞山詩派，他們在批評史上都佔有一席之地。其中錢氏的成就最大，也是最了解湯顯祖的人，他說：「以義仍（顯祖）之才之情，由前而與言秦漢者爭爲撏撦割剝，我知其無前人；由後而與言排秦漢者爭爲叫囂隳突，我知其無巨子。」（〈玉茗堂文集原序〉）在明代性靈派中，湯顯祖的確具有這樣的地位。

〔註23〕湯顯祖《詩文集》卷五十補遺「譚子五篇序」條下：「譚元春《譚友夏合集》卷十六〈寄黃貞父先生兼懷湯臨川〉，湯曾序刻譚子五篇詩云：『我昔愛文章，論公與臨川。語似註易理，舉世以爲然。臨川抱遠想，遙題我新篇，曰今之譚子，世遂子其編。』據《天門縣志‧藝文志》，元春著作除《簡遠堂集》、《嶽歸堂集》、《湖霜草》、《虎井詩集》、《鵠灣古文》、《鵠灣遺集》外，尚有屬於子部之《遇莊集》。顯祖序文可能在此書中。」

第三章　性靈詩論的中堅——公安派

　　萬曆十八年，王世貞去世，摹擬王國後繼無人，逐漸鬆動瓦解，此時社會上商業發達，城市興起，禪風盛行，陽明學說普及於士大夫之間，人心愈趨自由開放，這些因素成為性靈說的基礎，時機成熟，加上公安派的出現，第二次浪漫思潮便在晚明一舉成功。公安派本身有幾個特殊的條件，第一，它是由眞正的詩人來解決詩壇的問題，而不再是由思想家、文章家和戲曲家來議論，這使性靈說的重要性凸顯出來，不再爲其他方面的光芒所掩蓋，公安三袁以專業當行的姿態出現，使性靈派進入以理論爲主導的時代，在詩壇上具有很大的說服力。此外，它結束性靈派孤軍奮鬥的時期，改以團體的方式和格調派抗衡，此唱彼和，互相標榜，以年輕的活力，天眞的熱情來發揚浪漫的詩風。雖然有人批評結社的方式不免「以暴易暴」，但在當時的詩壇上卻發生鼓舞風潮的作用，一時之間，人人捨王、李而從之，天下翕然以清新輕俊爲尚，大有取代前後七子的架勢。

　　三袁之中，伯修啓其先機，中郎發揚光大，小修補偏救弊，各依其性情才分和實際需要扮演不同的角色，他們代表公安派三個階段的變化，大同之中，又有小異，故不可混同論之。

一、袁宗道

　　袁宗道，字伯修，號石浦，公安人。生於嘉靖廿九年，卒於萬曆

廿八年（1560〜1600），四十一歲。伯修早年在家鄉讀書時，從事舉
業之餘，亦醉心古詩文。當時，王、李之學盛行，伯修接受格調派的
訓練，凡先秦兩漢之文，濟南瑯琊之集，過目皆能成誦，提筆即肖其
語〔註1〕。萬曆十四年，廿七歲，以會試第一，授庶吉士，進翰林編
修，三年後，焦竑以殿試第一，入朝爲官，黃輝（字平倩）亦在此年
中進士，伯修在北京從焦竑問學，和黃輝成爲至交，良師益友，對他
的啓迪很大。《列朝詩集小傳》云：

> 爾時館課文字，皆沿襲格套，熟爛如舉子程文，人目爲翰
> 林體。至王、李之學盛行，則詞林又改步而從之，天下皆
> 誚翰林無文。平倩入館，乃刻意爲古文，傑然自異館閣課
> 試之文，頗取裁於韓歐，後進稍知嚮往，古學之復，漸有
> 端倪矣。己丑（萬曆十七年），同館者詩文推陶周望（望齡），
> 書畫推董玄宰（其昌），而平倩之詩與書與之齊名。（丁集下·
> 黃少詹輝）

伯修在詞館與焦竑、黃輝、陶望齡等人講性命之學，精研內典，悅慈
湖、陽明、龍溪、近溪之書〔註2〕，受了心學的洗禮，幡然改悟，厭薄
俗學，便不肯再受格調派的拘絆。他和黃輝力排假借盜竊之失，于唐
好香山，于宋好眉山，並以白蘇爲其齋名，以顯示自別於流俗的決心。

　　萬曆十八年，伯修以冊封歸里，臨行前焦竑指點他去拜訪李卓
吾。他返鄉後，中郎以會試下第，和小修居家讀書，李卓吾正巧在這
年春天來到公安縣，住在村落野廟中，於是兄弟三人初見卓吾於柞林
〔註3〕，次年，正式往黃州龍潭問學，一住三月；又在萬曆廿一年，
再度前往龍潭。李卓吾與世不合，孤苦寂寞，晚年得此三徒，十分快
慰，三袁亦對他大爲傾倒，受其啓悟甚多。師生相得，往還密切。伯
修曾與李卓吾書云：

> 不佞讀他人文字，覺懑懑，讀翁片言隻字輒精神百倍，豈

〔註1〕〈袁中道石浦先生傳〉，《珂雪齋前集》卷十六。
〔註2〕《列朝詩集小傳》丁集下「陶祭酒望齡」。
〔註3〕見《李溫陵外紀》，袁中道柞林紀譚。

因宿世耳根慣熟乎？（《白蘇齋類集》卷十五）

又〈書李卓吾「讀書樂」後〉曰：

> 龍湖老子手如鐵，信手許駁寫不輟，縱橫圓轉輕古人，邊
> 也無筆儀無舌。一語能寒泉下膽，片言堪肉夜臺骨。……（《白
> 蘇齋類集》卷一）

他對卓吾的著作如〈與焦弱侯書〉、〈四海〉、〈八物〉、〈孫武子敘〉〔註
4〕、〈四書義〉數十首〔註5〕讚不絕口，又將李氏〈答周西巖書〉、〈答
鄧石陽書〉、〈四勿說〉、〈童心說〉收錄在他集中卷廿二「雜說類」，
可見這幾篇文章對他有很大的影響。

　　他最像李卓吾的部分，是反對成見和專制，而要求以「恕」字來
包容人情，創造平等自由的環境。他說：

> 從古大聖人一生，僅辦得一箇恕字。何也，人情固不甚相
> 遠也。故眾人所有者，亦聖人所不能無，眾人所無者，亦
> 聖人所不能有，惟聖人能與天下同其有，故不惡人之有，
> 惟聖人能與天下同其無，故不責人之無。與天下同其有無，
> 故心地平，不以所有所無責天下，故一切皆平，故一恕而
> 天下平矣！（《白蘇齋類集》卷十六〈答同社〉）

聖人應該體悉人情，同天下之有無，不該以自己的標準，強人從之，
並以此判定別人的美醜善惡。一般常以「己所不欲，勿施於人」教人，
然而求好心切，做過了頭，成了「己之所欲，必施於人」，也是令人
難以消受的。道學先生之責人，格調論者之責詩，往往如是。他們總
不明白，自己守正擇善，以「名教之樂地」約束人，為什麼會遭到反
抗。殊不知強人同之，樂地亦為之不樂，何況在封閉的年代中，名教
趨於狹隘頑固，根本無法包容天下之人情，因此伯修說：

> 學未至圓通，合己見則是，違己見則非，如以南方之舟，笑
> 北方之車，以鶴脛之長，憎梟脛之短也。夫不責己之有見，
> 而責人之異見，豈不悖哉！（《白蘇齋類集》卷十六〈答友人〉）

〔註4〕《白蘇齋類集》卷十五〈與李卓吾書〉。
〔註5〕同上卷十九〈讀孟子〉。

批評七子

　　將這反專制的精神發揮於詩國中，伯修第一個要打倒的是七子的專權霸道。他對此有深入的批評，〈論文下〉曰：

> 余少時喜讀滄溟、鳳洲二先生集，二集佳處，固不可掩，其持論大謬，迷誤後學，有不容不辨者。滄溟〈贈王序〉謂「視古修詞，寧失諸理」。夫孔子所云「辭達」者，正達此理耳，無理則所達爲何物乎？無論〈典謨〉、《語》、《孟》，即諸子百氏，誰非談理者？道家則明清淨之理，法家則明賞罰之理，陰陽家則述鬼神之理，墨家則揭儉慈之理，農家則敍耕桑之理，兵家則列奇正變化之理，漢、唐、宋諸名家，如董、賈、韓、柳、歐、蘇、曾、王諸公，及國朝陽明、荊川，皆理充於腹，而文隨之。彼何所見，乃強賴古人失理耶？鳳洲《藝苑卮言》不可具駁，其〈贈李序〉曰：「六經固理藪，已盡，不復措語矣。」滄溟強賴古人無理，而鳳洲則不許今人有理，何說乎？（《白蘇齋類集》卷二十）

伯修少時，王、李之集，皆能成誦，因此自格調派翻脫出來之後，摘其旨意以攻之，比其他性靈論者具體而精到。李攀龍爲求秦漢文的面貌，寧可失其理，王世貞爲維護秦漢文的地位，無視於唐宋元明諸家的思想內容，這都是格調派在最偏執時期的主張，當然是錯誤的。不過王世貞的才華高於李，晚年又修正爲開明的格調派，胸襟造詣終究高出一層。伯修於此看得仔細，〈答陶石簣書〉云：

> 弇州才卻大，第不奈頭領牽掣，不容不入他行市。然自家本色時時露出，畢竟不是歷下一流人。聞其晚年撰造，頗不爲諸詞客所賞，詞客不賞，安知不是我輩所深賞者乎？前范凝宇有抄本，弟借來看，乃知此老晚年全效坡公，然亦終不似也。坡公自黃州以後，文機一變，天趣橫生，豈應酬心腸、格套口角所能彷彿之乎？（《白蘇齋類集》卷十六）

這個批評下得十分高明。他見出弇州早年走向偏執的不得已處，又見出他晚年詩風的轉變傾向「詞達」與「性靈」，然而在格調派眼中，「性靈」不過是作詩之一法而已，終究不是眞正的性靈說。這個見解與後

來的錢牧齋不謀而合，牧齋佩服的說：「吾近來拈出弇州晚年定論，恰是如此，伯修可謂具眼矣！」〔註6〕

伯修對前七子的領袖李夢陽也有公允的評論，〈論文上〉曰：

> 空同不知，篇篇模擬，亦謂反正。後之文人，遂視為定制，尊若令甲。凡有一語不肖古者，即大怒罵為野路惡道。不知空同模擬，自一人創之，猶不甚可厭。迨其後以一傳百，以訛益訛，愈趨愈下，不足觀矣。且空同諸文，尚多己意，紀事述情，往往逼眞，其尤可取者，地名官銜，俱用時制。今卻嫌時制不文，取秦、漢名銜以文之，觀者若不檢《一統志》，幾不識為何鄉貫矣。且文之佳惡，不在地名官銜也。司馬遷之文，其佳處在敘事如畫，議論超越，而近說乃云，西京以還，封建宮殿官師郡邑，其名不馴雅，雖子長復出，不能成史。則子長佳處，彼尚未夢見也，而況能肖子長也乎？（卷二十）

他的優點是能將空同本人與庸俗文化分開來看。空同以摹擬為返正之道，固然是錯誤的想法，但他自己未嘗沒有高遠的理想和可取的作品，只是傳遞到濁流中後，不善學者以訛傳訛，失去空同的好處，而將空同的劣處變本加厲地表現出來。學之適足以害之，這正是庸俗文化的特性，伯修能見出這一點，對上層人物的功過，比較能出之以「恕」道，定出公平精確的評價，比起一般將人物事理混在一塊責備的方式，當然是很大的進步。

綜合伯修對七子的看法，是前李（空同）優於後李（于鱗），後七子中，李（于鱗）又在王（弇州）之下。這個次序清人在反覆討論之後，做出同樣的結論，而伯修早就說出來了，可見他確實頗具慧眼。

文學理論

在文學理論方面，伯修發揮李卓吾童心說的論點，主張「文必己出」。創作時無論如何要有自己的情感，自己的意見，文章的功用，

〔註6〕《列朝詩集小傳》丁集中「袁庶子宗道」。

不過是表達人類的情感意見而已，從表達的好壞便可判定技巧的優劣，所以他反對七子故作奇奧，以致「展轉隔礙」，寧願以平易暢顯來矯正時弊。〈論文上〉曰：

> 口舌代心者也，文章又代心口舌者也。展轉隔礙，雖寫得暢顯，已恐不如口舌矣；況能如心之所存乎？故孔子論文曰：「辭達而已。」達不達，文不文之辨也。唐、虞、三代之文，無不達者。今人讀古書，不即通曉，輒謂古文奇奧，今人下筆不宜平易。夫時有古今，語言亦有古今，今人所詫謂奇字奧句，安知非古之街談巷語耶？……左氏去古不遠，然傳中字句，未嘗肖《書》也。司馬去左亦不遠，然《史記》句字，亦未嘗肖左也。至於今日，逆數前漢，不知幾千年遠矣。自司馬不能同於左氏，而今日乃欲兼同左、馬，不亦謬乎？中間歷晉、唐，經宋、元，文士非乏，未有公然攟撦古文，奄爲己有者。昌黎好奇，偶一爲之，如《毛穎》等傳，一時戲劇，他文不然也。

七子所以走上「以艱深文其淺易」的路子，是因爲泥古，泥古是因爲沒有進化的概念，因此伯修說：「奇字奧句，安知非古之街談巷語？」便是要以自然演進的事實，打破人爲的「尊古卑今」的成見。他不講「復古」，而講「學古」，「學古」的意義是學得古人通達之意，通達就是自然演進，就是創新，所以性靈派對古人的態度與格調派完全不同。他說：

> 或曰：信如子言，古不必學耶？余曰：古文貴達，學達即所謂學古也。學其意，不必泥其字句也。今之圓領方袍，所以學古人之綴葉蔽皮也；今之五味煎熬，所以學古人之茹毛飲血也。何也？古人之意，期於飽口腹蔽形體，今人之意亦期於飽口腹蔽形體，未嘗異也。彼摘古字句入己著作者，是無異綴皮葉於衣袂之中，投毛血於穀核之內也。大抵古人之文，專期於達，而今人之文，專期於不達。以不達學達，是可謂學古者？（同上）

學古要有正確的方法，師其意則活，師其詞則死，通達此理，才能在

欣賞時得古人之神情，創作時發自己之精神。不明此理，則不論人我，皆不免「抱形似而失眞境，泥皮相而遺神情」〔註7〕，在上者指導錯誤，自誤誤人，在下者茫昧跟從，圖人稱揚，假借行乞之風，勢必難以遏阻。〈論文下〉曰：

> 爇香者沉則沉煙，檀則檀氣，何也？其性異也。奏樂者鍾不藉鼓響，鼓不假鍾音，何也？其器殊也。文章亦然，有一派學問，則釀出一種意見，有一種意見則創出一般言語。無意見則虛浮，虛浮則雷同矣。故大喜者必絕倒，大哀者必號痛，大怒者必叫吼動地，髮上指冠；惟戲場中人，心中本無可喜事而欲強笑，亦無可哀事而欲強哭，其勢不得不假借模擬耳。今之文士浮浮泛泛，原不曾的然做一項學問，叩其胸中，亦茫然不曾具一絲意見，徒見古人有立言不朽之說，又見前輩有能詩能文之名，亦欲搦管伸紙，入此行市；連篇累牘，圖人稱揚。夫以茫昧之胸，而妄意鴻鉅之裁，自非行乞左、馬之側，募緣殘溺，盜竊遺矢，安能寫滿卷帙乎？試將諸公一編，抹去古語陳句，幾不免於曳白矣！其可媿如此，而又號於人曰，引古詞，傳今事，謂之屬文。則二典三謨，非天下之文乎？而其所引果何代之詞乎？

這段話專爲俗學僞文而發。濁流中人，空洞虛浮，不得不摹擬盜竊，摹擬盜竊則千篇一律，假文充斥。欲治此病，唯有眞心，人人之性情器識不同，以眞情感眞見識爲文，才能改善雷同的現象。從唯心論出發的個人主義可以解決庸俗文學的問題，進化論又可以扭轉七子泥古的觀念，「心」不止是文學的本源，並且是一切問題的本源，所以伯修認爲上上下下都必須由心做起，以「器識」爲先。他說眾人的病源，「不在模擬而在無識。若使胸中的有所見，苟塞於中，將墨不暇研，筆不暇揮，兔起鶻落，猶恐或逸，況有間力暇晷，引用古人詞句耶？故學者誠能從學生理，從理生文，雖驅之使模，不可得矣！」（同上）

〔註7〕《白蘇齋類集》卷七〈文章辨體序〉。

　　歸究到最後，伯修的結論是「士先器識而後文藝」。器是肚量，「若萬斛之舟，無所不載」，識是眼光，「若登泰巔而瞭遠，尺寸千里也」，這兩個條件是文藝之本，若器量狹隘，識見卑下，文藝將一併喪失其價值〔註8〕。

文學批評

　　「器識」是袁伯修文學批評的標準。《白蘇齋類集》卷七「士先器識而後文藝」一文中說：

> 長卿摛藻於《上林》，而聆竊貲之行者汗頰矣；子雲苦心於
> 《太玄》，而誦《美新》之辭者靦顏矣；正平弄筆於《鸚鵡》，
> 而誦江夏之厄者捫舌矣；楊脩閱捷於色絲，而悲舐犢之語
> 者驚魄矣；康樂吐奇於春艸，而耳其逆叛之謀者穢譚矣。
> 下逮盧、駱、王、楊，亦皆用以負俗而賈禍，此豈其才之
> 不瞻哉，本不立也。本不立者，何也？其器誠狹，其識誠
> 卑也。

他的觀點和唐荊川批評揚子雲「閃縮譎怪」「本色卑下」並沒有太大的不同，只是範圍放大了些，將逞才使氣者都包括在內。在他看來，凡是刻意為文，就離失了本心，器量不夠開闊，見識不夠高尚。唯有陶淵明、白居易、蘇東坡那種人格真實自然的流露，才是他心目中的理想。伯修傾慕這三子，人盡皆知，他在集中時常提到，不過都是將自己的性情生活與古人做各種比擬對照，這雖是推崇備至的表現，但全然投入式的欣賞態度往往失去文學應有的距離。他的兄弟朋友都說他和白蘇二公極像，例如《袁中郎隨筆》〈識伯修遺墨後〉云：

> 伯修酷愛白、蘇二公，而嗜長公尤甚。每下直，輒焚香靜
> 坐，命小奴伸紙，書二公閒適詩，或小文，或詩餘一二幅，
> 倦則手一編而臥，皆山村會心語，近懶近放者也。余每過
> 抱甕亭，即笑之曰：「兄與長公，真是一種氣味。」

袁小修《白蘇齋記》亦云：

〔註8〕同上卷七〈士先器識而後文藝〉。

> 伯修賦性整潔，所之必葺一室，掃地焚香宴坐，而所居之
> 室，必以白蘇名。……室雖易，而其名不改，其尚友樂天
> 子瞻之意，固有不能一刻忘者，詩云：惟其有之，是以似
> 之。予謂惟其似之，是以好之也。(《珂雪齋前集》卷十一)

這樣欣賞的方式顯然受他們老師李卓吾的影響很大。李卓吾認為人品
即文品，所以欣賞東坡時，將自己的心靈完全投入，覺得自己與東坡
合而為一，分享生命中的一切。伯修同樣用這個方法對待白蘇，中郎、
小修也不覺得有什麼不好，可是他們無形中都被白蘇的人格籠罩住，
看不見其他的問題，李卓吾還能說出一番道理，伯修卻說不出所以
然，可見過分注重內容情感，還是會造成批評上的缺失。

　　如果將距離推遠一些，情形就會好得多。伯修在白蘇之下，復取
南宋的陸放翁，《白蘇齋類集》卷五〈偶得放翁集帙讀數日志喜因效
其語〉一首曰：

> 模寫事情俱透脫，品題花鳥亦清奇，儘同元白諸人趣，絕
> 是蘇黃一輩詩。老眼方饑逢上味，吟脾正渴遇仙醫。明窗
> 手錄將成帙，恰似貧兒暴富時。

這裡他很明白的指出放翁詩的好處在「透脫」和「清奇」，敘事如在
目前，活潑而不落俗套，謂之透脫；命意出人意表，清高之中自有情
味，謂之清奇。元白蘇黃之趣，大致如此。既要平凡，又要不凡，既
要出之真情，又要佐之以聰明，這就是「性靈」。

　　對當代作者，伯修推崇陽明、荊川，謂二子「理充於腹，而文隨
之」(〈論文下〉)，又〈答陶石簣書〉云：

> 我朝文如荊川、遵嚴兩公亦有幾篇看得者，比見《歸震川
> 集》，亦可觀。若得盡借諸公全集共吾文精揀一帙，開後來
> 詩文正眼，亦快事也。(卷十六)

陽明、荊川、遵嚴、震川是一系列性靈派的人物，血脈相承，自然契
合如故。這當中荊川對伯修的影響可能不小，因為荊川的「本色論」
──〈答茅鹿門知縣書〉──和伯修〈論文〉上下兩篇有很多相同的
地方。

其 他

伯修的理論在三袁中是最少的，這和他的想法和個性有關。袁小修〈石浦先生傳〉說：「當是時海內談妙悟之學者日眾，多不修行，先生深惡圓頓之學爲無忌憚之所託宿，……于時益悟陽明先生不肯逕漏之旨。」伯修對庸俗文化的警惕心很強，他深知濁流中人有扭曲學術的能力，所以謹守陽明宗旨，不肯洩漏。例如他自己天性好莊、列之書，讀之而「神動心豔」〔註9〕，但是爲世道人心著想，仍然以洙泗聖學爲重。他主張三教合一，認爲學禪而後知儒，更能見本業之妙義，但他反對「拾其涕唾，以入帖括」，把性命之學和功利的舉業混爲一談〔註10〕。他說禪學是「瀉情垢之巴豆，斷意根之利刀」，世俗之盲流卻認作是「補中益氣湯引」，日日咀嚼〔註11〕，做爲放恣縱情的藉口，所以他非常厭惡盲禪和假王學，在四十一歲那年，特別爲中郎作〈四方合論引〉，對狂禪大加抨擊。當時的洩漏之病如此嚴重，伯修對學術的態度也趨於保守謹慎，這點是他和李卓吾、袁中郎大異其趣的地方。

其次伯修的個性也影響他的成就。「懶向時人爭巧拙，久遊畏路耐鹹酸」；「人間何物度朝昏，懶性新來更厭喧」〔註12〕，這些詩句是他性情生活的寫照。他因爲身體多病的關係，懶散畏人，意緒潦落，凡事都比較消極些，寡交遊，少遊歷，也不多著作，平日掃地焚香，吃齋唸佛，一心追求生死性命之學，很有棄文學道的意味。

伯修雖不問世事，但心思縝密，有獨到的眼光。萬曆廿七年，李卓吾《藏書》刻成於金陵，他說：「禍在是矣！」〔註13〕，同年又有〈與陶石簣書〉曰：

老卓住城外數月，喜與一二朦朧人談兵，談經濟，不知是

〔註 9〕同上，卷七〈文中子序〉。
〔註10〕同上，卷十七〈說書類（序）〉。
〔註11〕同上，〈答友人書〉。
〔註12〕同上，卷五〈春日閒居〉。
〔註13〕同註 1。

　　　　格外機用耶？是老來眼昏耶？兄如相見，當能識之。(卷十
　　　　六)

以他謹慎的個性，對卓吾大膽的行逕感到很擔心。萬曆廿八年，伯修
去世，兩年後，李卓吾果然發生獄事，回想伯修的預警，中郎、小修
不禁佩服長兄的遠見。

　　伯修長中郎八歲，長小修十歲，他的天份沒有二弟高，但沉穩細
密，為後者所不及。他對家庭的貢獻和對二弟的影響很大，小修於〈告
伯修文〉曰：

　　　　兄身致青雲，二十年以內，家門昌熾，無一髮一毛，非兄
　　　　賜也。蕞爾之邑，不知有所謂聖禪學，自兄從事于官，有
　　　　志於生死之道，而後我兄弟始仰青天而見白日矣！(《珂雪
　　　　齋前集》卷十八)

錢牧齋《列朝詩集小傳》丁集中本傳評曰：「其才或不逮二仲，而公
安一派實自伯修發之。」這話是不錯的。

二、袁宏道 (陶望齡、江盈科附)

　　袁宏道，字中郎，號石公，宗道弟。生於穆宗隆慶二年 (1568)，
萬曆二十年進士 (1593)，知吳縣，官終稽勳郎中，卒於萬曆三十八
年 (1610)，年四十三。

個性與師承

　　中郎天生穎悟，年輕時讀書里中，「語言奇詭，興致高遠」，學為
古詩文，「上自漢魏，下及三唐，隨體模擬，無不立肖」，以他的天份，
要作出格調派的詩絕非難事，不過他自知模擬並非詩的極致，所以從
一開始便不好此道，不像伯修弄到篇篇成誦的地步。〔註14〕

　　伯修與中郎的個性全然不同，一個謹慎老成，消極好靜，一個活
潑熱情，積極好動，前者是狷者，後者是狂者，中郎有一首五言古詩，
頗能說明兄弟間的差異：

────────────────
〔註14〕袁小修《珂雪齋前集》卷九〈解脫集序〉。

一母生三人，頂踵皆相類，發願窮無生，百劫相砥礪。……
兄性溫而眞，弟性坦而毅，余性兼寬猛，弦韋時相濟。……
長兄見老成，勤余勉爲吏，錢穀愼出入，上下忌同異。小
弟發狂譚，兄言仍乃贅，胸臆自可行，榮枯安足計，縱使
挂彈章，亦止數行字，八十日彭澤，獨非男兒事。……（《袁
中郎詩集‧出燕別大哥三弟》）

另外袁小修也說：

伯修與先生（中郎）雖于千古不傳之祕，符同水乳，而于
應世之跡，微有不同。伯修則謂居人間當斂其鋒鍔，與世
抑揚，萬石周愼，爲安親保身之道。而先生則謂鳳凰不與
凡鳥爭巢，麒麟不共凡馬伏櫪，大丈夫當獨往獨來，自舒
其逸耳！豈可逐世啼笑，聽人穿鼻絡首。意見各不同如此。

（〈中郎先生行狀〉）

從兄弟二人應世的態度中，可見出中郎具有濃厚的浪漫性格。他凡事
不太考慮現實的問題，一意伸張「獨往獨來」的個人主義，認爲鳳凰
麒麟不該受俗務的絆羈，不必與凡鳥凡馬共群，所以伯修所顧及的「安
身保親之道」或「陽明不肯逕漏之旨」，在中郎心中，並沒有多大作
用。他又特別具有容易激動的、狂熱的個性；自言「性不耐靜」〔註
15〕，「少年佻達躁如猴，枕肱疊膝百自由，欹杯畫筯恣嘈咻」〔註16〕，
平日「揮毫命楮，恣意著述，每一篇成，跳躍大呼，若狂若顛，非誠
不改其樂……」〔註17〕，這種狂放中帶著幾分毛躁的個性，使他和李
卓吾一見如故，深爲契合，同時也促使性靈說後來走向偏激的路子。

三袁初見卓吾的時候，伯修問：

學道必須要做豪傑否？

叟曰：

這等便是死路，不是活路。人人各有一段精采，學既成章，
自然是豪傑矣！豈定有豪傑可學耶？

〔註15〕袁中郎《尺牘》〈答王以明〉。
〔註16〕袁中郎詩集七言古〈哭劉尚書晉川〉。
〔註17〕袁中郎《尺牘》〈答王百穀〉。

叟又謂伯修曰：

> 公如何只在枝葉上求明白？縱枝葉上十分明白，也只是枝葉。〔註18〕

伯修不是頓悟的人，聞道之後，屢悟屢疑，七八年後，才逐漸精進〔註19〕，而中郎當下便有會於心。後來三袁往龍潭請益，住了三個多月，對中郎大有啓悟，袁小修說：

> 先生（中郎）既見龍湖（李卓吾），始知一向掇拾陳言，株守俗見，死于古人語下，一段精光不得披露，至是浩浩焉如鴻毛之遇順風，巨魚之縱大壑，能爲心師，不師于心，能轉古人，不爲古轉，發爲言語，一一從胸襟流出，蓋天蓋地，如象截急流，雷開蟄戶，浸浸乎其未有涯也。（《中郎先生行狀》）

李卓吾也特愛中郎，認爲他膽識過人，可以擔荷大事：

> 李子語人，謂伯也穩實，仲也英特，皆天下名士也。然至于入微一路，則諄諄望之先生，蓋謂其識力膽力，皆迥絕於世，眞英靈漢子，可以擔荷此一事耳。（同上）

這師徒二人如此相契，他們的思想幾乎沒有什麼分別，唯一不同的是，袁中郎並不像他老師那樣在現實世界中與名教抗爭，而是將這份膽識全部挪到詩國中去對付格調派，袁小修說他「一以文字爲佛事」〔註20〕，就是說他將儒釋之爭的模式引入文學中去。例如李卓吾要打倒儒教的偶像，袁中郎則要打倒詩國的偶像；他說：「余性狂僻，多狂詩，貢高使氣，目無諸佛。」〔註21〕這佛，指的是李杜王孟。李卓吾說百姓日用之言，鑿鑿有味，遠勝假道學之虛語，袁中郎則說：「世人以詩爲詩，未免爲詩苦。弟以打草竿、劈破玉爲詩，故足樂也。」〔註22〕李卓吾是個不滿現實，「嗔性」極重的人，而中郎作詩亦多「嗔

〔註18〕《李溫紀外紀》卷三，袁小修柞林紀譚。
〔註19〕同註1。
〔註20〕同註14。
〔註21〕《袁中郎隨筆》〈記藥師殿〉。
〔註22〕袁中郎《尺牘》〈與伯修書〉。

人語」，〈答吳敦之書〉云：「弟遊覽詩章，近亦成帙，其中非驚人語，則嗔人語。嗔人語，爲人所嗔者也。」（袁中郎《尺牘》）以嗔性論詩，自不免和李卓吾一樣具有強烈的批判性、破壞性，而遭到攻擊。李卓吾又反對世俗的禮教，中郎則以之反對詩中的格套，他說：

> 格套可厭，習氣難除，非眞正英雄，不能於此出手。所謂日日新又日新者也，豈鹵莽滅裂之夫所能草草承當者哉？故曰實實要學。（《尺牘·又答梅客生》）

破除格套，有賴於「學」，不過此「學」絕非指六經子史、道理聞見，而是自心性之學所出的獨立思考、正確判斷的能力。〈陝西鄉試錄序〉曰：

> 臣竊歎昔之士以學爲文，而今之士以文爲學也。以學爲文者，言出于所解，而響傳於所積，如雲簇而雨注，泉湧而川浩，故昔之立言難而知言易也。以文爲學者，捨餘唾於他人，架空言於紙上，如貧兒之貸衣，假姬之染黛，故今之立言易而知言難矣！（《袁中郎文鈔》）

〈敘四子稿〉曰：

> 文之不正，在于士不知學，聖賢之學，惟心與性。……險也，……表也，……貸也，三者皆由于不知學。（《文鈔》）

可知中郎所謂的「學」，即是李卓吾所謂的「識」，李卓吾教人擺脫依傍，不學孔子，故中郎所謂的「學」也不含書本學問的成份，而是指「膽識」。〈暑談〉一文曰：

> 有聰明而無膽氣，則承當不得，有膽氣而無聰明，則透悟不得。膽勝者，只五分識，可當十分用，膽弱者，縱有十分識，只當五分用。
> 今之慕禪者，其方寸潔淨，戒行精嚴，義學通解，自不乏人，我皆不取，我只要個英靈漢擔當此事耳。夫心行根本，豈不要淨，但單只有此，亦沒幹耳，此孔子所以不取鄉愿而取狂狷也。（《袁中郎隨筆》）

這個論調和李卓吾是一模一樣的。

李卓吾的是非大異於昔人，袁中郎對美醜的褒貶亦與時人不同，

〈敘梅子馬王程稿〉曰：「余論詩多異時軌。」「凡余所擯斥詆毀，俱一時名公鉅匠，」「而其所贊歎不容口者，皆近時墨客所不曾齒及之人。」（《袁中郎文鈔》）其抑揚上下的氣概，頗與李氏《藏書》相類。他又說：

> 白蘇張楊，眞格式也；陽明近溪，眞脈絡也。（《尺牘・答陶
> 周望》）

既然白蘇在性靈派中的地位，相當於王學中的陽明近溪，那麼，中郎也可以說是「詩中的李卓吾」了。

公安派的形成

中郎是個具有領袖魅力的人，「年十六爲諸生，即結社城南，爲之長，間爲詩歌古文，有聲里中」（《明史》本傳）。二十七歲任吳縣縣令時，結交了許多志同道合的朋友，包括江盈科、陶望齡、湯顯祖、屠隆、王穉登、丘坦等人，他們一起遊山玩水，論文賦詩，公安派的班底和文學思想在這段期間逐漸成型。三年後，中郎辭去吳令一職，與陶望齡偕遊東南，無意中在陶家發現徐渭文集，這是他首次與第一波浪漫思潮的文學家接觸，印證歷歷，無不切合，在狂喜讚歎之餘，更加堅定「欲圖大事」──推翻摹擬王國的決心。萬曆廿六年，年初伯修入京任東宮直講，四月，中郎入京爲順天府教授，不久，小修也來到京師，入太學讀書〔註23〕，兄弟三人到齊，便廣邀朋友聚首，於城西崇國寺蒲桃林中結社，稱之爲「蒲桃社」。社友除三袁外，還有黃輝、陶望齡、江盈科、藩士藻、吳用先、李騰芳、方子公、劉日升等人。他們一起論學作詩，參禪飲酒，發表作品，偶而也批評時政，在萬曆廿六年到廿八年之間，形成一股活躍的勢力，公安派的性靈說也開始風動天下。

中郎年紀雖輕，在眾人當中卻是主導的人，袁伯修與黃平倩「兩人皆爲中郎所轉，稍稍失其故步」〔註24〕，陶望齡大中郎六歲，江進

〔註23〕袁小修《珂雪齋前集》卷十七〈中郎先生行狀〉。
〔註24〕袁小修語，錢牧齋《列朝詩集小傳》丁集下「黃少詹輝」引。

之大中郎十一歲，也都成爲他的羽翼。黃平倩的文集是身後門生故舊掇拾而成，不能表現個人的特色，陶望齡與江進之的集子還有幾篇文章足以凸顯公安派的理念和訴求，值得和袁中郎合併觀之。

　　陶望齡，字周望，號石簀，會稽人。生於嘉靖四十一年，卒於萬曆三十七年（1562～1609），四十七歲。萬曆十七年中會試第一，廷試第三，授編修，再遷諭德告歸，起國子祭酒，以母老固辭不拜，母喪，以毀卒，謚文簡。他是泰州學派的學者，禪學色彩浪漫，但氣質與中郎稍異，袁小修說：

　　　　（中郎）之資近狂，故以承當勝，石簀之資近狷，故以嚴密勝，兩人遞相取益，而間發爲詩文，俱從靈源溢出，別開手眼，了不與世匠相似。（〈中郎先生行狀〉）

　　江盈科，字進之，號綠蘿山人，胡廣桃源縣人，生於嘉靖三十七年（1557），與中郎同年進士，授長洲令，官至四川提學副使，萬曆三十三年卒（1605），年四十九。中郎於其〈雪濤閣集序〉曰：

　　　　余與進之遊吳以來，每會必以詩文相勵，務矯今代蹈襲之風。進之才高識遠，信腕信口，皆成律度，其言今人之所不能言，與其所不敢言者。（《袁中郎文抄》）

江進之與中郎聲應氣求，彼此爲對方詩集作序作引〔註25〕，闡揚理論和創作路線，時人以袁江並稱〔註26〕。中郎有陶、江二人爲其羽翼，成爲公安派的中堅，他們的共同特色是標舉性靈，強調進化，求新求奇，崇宋抑唐。

文學理論

1. 「性靈」

　　「性靈」一詞，自「良知」、「天機」、「眞心」、「靈機」這些詞彙演變而來，到公安派手中成爲穩定而合用的口號，不再有什麼改變。它的優點是比「良知」、「天機」富於文學性，在詩國中能發生較大的

〔註25〕中郎的《敝篋集》、《錦帆集》、《解脫集》序引皆爲江氏所作。
〔註26〕郭紹虞《中國文學批評史》下卷第三篇明代，283 頁。

作用，又可以包括「眞心」和「靈機」兩層意義，更完善的表達唯心的文學理論。江進之〈敝篋集引〉曰：

> 世之稱詩者必曰唐，稱唐詩者必曰初曰盛，惟中郎不然。
> 曰詩何必唐？何必初與盛？要以出自性靈者爲眞詩爾。夫
> 性靈竅于心，寓于境，境所偶觸，心能攝之，心所欲吐，
> 腕能運之。心能攝境，即螻蟻蜂薑皆足寄興，不必雎鳩騶
> 虞矣！腕能運心，即諧詞讔語，皆足觀感，不必法言莊什
> 矣！以心攝境，以腕運心，則性靈無不畢達，是之謂眞詩。
> 而何必唐？又何必初與盛之爲沾沾？（《雪濤集》卷八）

「性靈」就是眞心。小民百姓，心地單純，發爲詩歌，情眞語直，是性靈。文人才士，以靈心慧性，融鑄學問，深造自得，亦是性靈，二者雖有雅俗難易的分別，其爲眞詩則一。換言之，「眞」是文學的基本要求，不眞不足以言詩。爲了反對冒牌士大夫的假文假詩，中郎與江進之特別注重民間的俗文學。《袁中郎文鈔》〈陶孝若枕中囈引〉曰：

> 夫迫而呼者不擇聲，非不聲也。鬱與口相觸，卒然而聲，
> 有加於擇也。古之爲風者，多出於勞人思婦，夫非勞人思
> 婦爲藻於學士大夫，鬱不至而文勝焉，故吐之者不誠，聽
> 之者不躍也。
> 夫鬱莫甚於病者，其忽然而鳴，如瓶中之焦聲，水與火暴
> 相激也，忽而展轉詰曲，如灌木之縈風，悲來吟往，不知
> 其所受也。要以情眞而語直，故勞人思婦有時愈于學士大
> 夫，而呻吟之所得，往往快于平時。夫非病之能爲文，而
> 病之情足以文，亦非病之情皆文，而病之文不假飾也。是
> 故通人貴病。

民間的歌謠土風是文學的起源，它的形態是原始的，技巧是粗俚的，可是它情感最眞。可見眞情是產生文學的力量，一切技巧可以外求，眞情則不能取代。中郎將「眞」的表現範圍定得很廣，一般文人士夫引以爲醜者往往包括在內，「鬱」與「病」不過是其中兩項，另外還有「色情」與「滑稽」。關於色情部分，中郎沒有專就這點發揮，但他在寫給董思白的《尺牘》中提到：

金瓶梅從何得來？伏枕略觀，雲霞滿紙，勝於枚生七發多矣！後段在何處？抄竟當於何處倒換？幸一的示。

又〈與謝在杭〉曰：

金瓶梅料已成誦，何久不見還？

他毫不掩飾對金瓶梅的喜愛，就是承認色情的題材也可以產生很好的作品。

至於「滑稽」，自唐荊川等八才子起，詩風就有滑稽的傾向，徐渭、湯顯祖撰著戲曲，李卓吾講禪家機鋒，更是常藉嬉笑怒罵發洩心中的壘塊。到公安派手中，這個特色愈發明顯。袁中郎有五言古〈聽朱生說水滸〉一首曰：

少年工諧謔，頗溺滑稽傳。後來讀水滸，文字益奇變。六經非至文，馬遷失組練；一雨快西風，聽君酣舌戰。

江進之《雪濤集》卷十四〈善謔〉曰：

淇澳之詩曰：善戲謔兮。謔亦有一段自然出于天性者。……此雖無大用，要之矢口而出，令人解頤，亦是一段別裁，非可襲取。

說笑話是天生的本領，脫口而出，最為自然，這靈機一動，便是性靈。至於說書先生上天入地的奇思妙語，更是民俗文學的高手，他們所表現的創造力是經生腐儒難以企及的。江進之有一篇〈笑林引〉是特別為「滑稽說」而發的文章，他說：

人生大塊中百年耳，才謝乳哺，入家塾，即受蒙師約束，長而為民，則官法束之，為士則學政束之，為官則朝議束之，終其身處乎利害毀譽之途，無由解脫。莊子所謂一月之間開口而笑者，不能數日，嘻！亦苦矣！予鄉譚子玉夫，生長閭閻，耕鑿自給，進不躐名，退不營利，鶉衣草食，泊如也。性暢快，喜談說，每耕鋤之暇，即與田夫野叟酌濁醪、縱諧謔，聞人作謔語，輒筆記之，漸次成帙，題曰笑林。余讀之，大都真而雅者十三，贗而俚者十七間，或悖教拂經，不可以訓，然其旨歸皆足為哄堂胡盧之助。使經濟之儒、禮法之士覽之，當未及終篇，遽付秦焰，至于

迂散閑曠、幽憂抑鬱之夫，取而讀焉，亦自不覺其眉之伸、

頤之解，發狂大叫，而不能自己。(《雪濤集》卷八)

在禮法嚴苛的社會裡，士大夫被管束得呆板拘謹，陷在利害毀譽之
間，常處在緊張憂慮的狀態，幾乎喪失了詼諧的能力，田夫野叟的笑
話，對他們而言顯得那麼新鮮和珍貴。江進之願意爲一本不太好的笑
話書作序，便是表明笑是人類的天性，機智詼諧是一種創造力的表
現，道學先生看不起它，要扼殺它，殊不知當文學僵死的時候，還必
須從民間汲取一段性靈，做爲活水生機。中郎和進之特別著意民俗文
學的「滑稽」，其實是自王陽明、王心齋的喜樂說和李卓吾童心說延
續下來的主張，它的原意是希望養成士大夫開朗豁達的人格，如果不
被誤解，應該是很有正面意義的。

　　至於文人學士的「性靈」表現在「氣」。陶望齡〈羅澄溪制義序〉
云：

韓退之教人爲文必自己出，而歸本於養氣，其言曰：氣猶
水也，文浮物也，水盛而物之巨細畢浮。文猶是也。夫瀚
焉而溢，氾焉而浮者，是豈有爲之者哉？莫爲而爲之，此
文之至妙，而退之所謂必己爲者歟！(《歇菴集》卷三)

士大夫爲文，和書本學問脫不了關係，但書本學問是死物，必須消化
蘊釀，成爲自己的意見，以自己的精神表現出來，方爲活物。氣是一
種活潑的生命力，像水一般自由不受拘束，故韓愈、蘇軾論文，皆以
水爲喻，袁中郎亦云：

夫天下之物，莫文于水。……故余所見之文，皆水也。今
夫山高低秀冶，非不文也，而高者不能爲卑，頑者不能爲
媚，是爲死物。水則不然。故文心與水機，一種而異形者
也。(《袁中郎遊記・文漪堂記》)

心和水都是靈活的東西，要讓它「動」起來，動則能流轉變化，不動
則乾涸腐臭，文章之得氣與否，也是如此。陶望齡《歇菴集》卷三〈上
官進士夷門稿序〉曰：

文之得氣在動，得意在虛。動以機，虛以神。善畫者鳥獸

> 飛伏，花木翩舞，人之舉止指顧，必於其動取焉。至駃羽
> 奔蹄，若驚若喜，風藤露艷，若笑若泣，逸士之逸，靜女
> 之靜，武夫之武，今見者或肅或冶，或畏或慕，並取態有
> 無之間，而見巧於不可容思之域，所謂虛也。惟虛故能善
> 動，文不動而蕭然稿矣。

文氣雖是虛物，卻必須實修。它應該是個人情、趣、膽、識、才、學
的具體表現，而不是空洞不可捉摸的道理。陶望齡說：

> 接而不勝遷者，情也。多而不勝易者，事也。虛而不勝出
> 者，才也。饒而不勝取者，學也。叩虛給饒，以抒至遷，
> 紀至易，故一日之間而供吾文者新，新而不可勝用，夫安
> 得而窮之？（《歇菴集》卷三〈徐文長三集序〉）

人類的情感才華，宇宙的景物學問，取之不盡，用之不竭，以此虛靈
之心，鼓動氣機，開發創造，文學的生命自然日新又新。文學家必須
體認這個道理，善於融鑄變化，才能負起這個使命。袁小修在〈中郎
先生行狀〉中謂中郎與石簣別于人者有五：

> 上下千古，不作逐塊觀場之見，脫膚見骨，遺蹟得神，此
> 其識別也。天生妙姿，不鑢而工，不飾而文，如天孫織錦，
> 園客抽絲，此其才別也。上至經史百家，入眼注心，無不
> 冥會，旁及玉簡金疊，皆採其菁華，任意驅使，此其學別
> 也。隨其意之所欲言，以求自適，而毀譽是非，一切不問，
> 怒鬼嗔人，開天闢地，此其膽別也。遠情逸性，瀟瀟灑灑，
> 別有一種異致，若山光水色，可見而不可即，此其趣別也。
> 有此五者，然後唾霧皆具三昧，豈與逐文字者較工拙哉？

這段話雖是恭維中郎與石簣，但實際上可視為公安派對理想中作家的
宣言。所謂才、學、膽、識、趣，是詩人應具的條件，有此五者，「唾
霧皆具三昧」，這就是「氣」，也就是文人才子靈心慧性的自然流露。

2. 存真去偽

「真」字是性靈派的基本信條，秉持這個理念，中郎對當時的抄
襲剽竊發出激烈的抨擊。他說：

> 文固遞相屬也，聖人不再生，文明之氣橫宇內，屬之豪者、

幽者、奇者、慧者，不可勝窮。有一等人，意氣浮薄，之乎者也，穿插得來，遂謂秦漢後無文字，膩臉向前，調嘴弄舌，優古劣今，可恨也。……胸中原無特見，不過拾他人餘唾為自己識見，把秦漢文字定為程式，後來文字，眉目稍不似處，便為不佳，藏其懶惰，肆其誇張，不知其佳處正在不同古人，若同古人，又作此文何用？竟不成文矣！

（《隨筆‧讀桃花源記》）

又說：

且夫天下之物，孤行則必不可無，必不可無，則欲廢焉而不能。雷同則可以不有，可以不有，則雖欲存焉而不能，故吾謂今之詩文不傳矣！其萬一傳者，或今閭閻婦人孺子所唱擘破玉、打草竿之類，猶是無聞無識真人所作，故多真聲。不效顰於漢魏，不學步於盛唐，任性而發，尚能宣于人之喜怒哀樂嗜好情欲，是可喜也。（《文鈔‧敘小修詩》）

中郎痛恨庸俗大眾扭曲古人、利用文學的心態，寧取民間的土風歌謠，真人真詩。他和徐渭一樣，認為虛偽的美，還不如真實的醜，真而醜的東西至少有生命，有創造性，假的東西包裝精美，骨子裏卻腐臭不堪。他們的主張雖然不錯，可是把真假美醜推向極端，中間沒有商榷的餘地，不免犯了矯枉過正的毛病。民歌雖是文學的源頭，但和成熟的藝術還有一段距離，一廂情願的相信「任性而發」即可為詩，是天真而危險的事。

3. 進化論與復古

　　進化論是袁中郎文學理論的重心，在他之前沒有人發揮得如此痛快和透徹。唐順之、歸有光只講「本色」「人情」，還沒有進化的觀念；徐渭、湯顯祖致力於格律的抗爭，也沒有將這問題視為思想的主幹，李卓吾是最具進化平等觀的人，但他只用以闡述學術觀點，並沒有用來攻擊格調派。只有袁中郎用進化論解釋一切文學現象，證明七子在學理上的錯誤，以此做為推翻摹擬王國的根基。他說：

夫物始繁者終必簡，始晦者終必明，始亂者終必整，始艱

者終必流麗痛快。其繁也晦也亂也艱也，文之始也。如衣之繁複，禮之周折，樂之古質，封建井田之紛紛擾擾是也。古之不能爲今者也，勢也。其簡也明也整也流麗痛快也，文之變也。夫豈不能爲繁爲亂爲艱爲晦，然已簡安用繁？已整安用亂？已明安用晦？已流麗痛快，安用贅牙之語，艱深之辭？辟如〈周書〉〈大誥〉〈多方〉等篇，古之告示也，今尚可作告示不？〈毛詩〉〈鄭〉〈衛〉等風，古之娼詞媟語也，今人所唱〈銀柳絲〉、〈掛鍼兒〉之類，可一字相襲不？世道既變，文亦因之，今之不必摹古者也，亦勢也。(《全集》卷二十二〈與江進之書〉)

文之不能不古而今也，時使之也。妍媸之質，不逐目而逐時。是故草木之無情也，而鞓紅鶴翎，不能不改觀於左紫溪緋。唯識時之士爲能隈其隤而通其所必變。夫古有古之時，今有今之時，襲古人語言之跡，而冒以爲古，是處嚴冬而襲夏之葛者也。(《全集》卷一〈雪濤閣集序〉)

文學是一股自然的潮流，隨著「時」與「勢」發生整體的變化，它本身不能回頭，也不需要回頭，因爲「動」與「變」就是它的本質。格調派想把它切割爲「格」，固定在一個定點上，根本沒有認清它是一個有機體。既然無法掌握文學的本質，其他的理論也都不能成立，所以進化論一出，第一個遭到否決的便是「尊古卑今」說。古既不必尊，今亦不必卑，各代作各代的文章，沒有相襲的必要，所以連帶被推翻的是「摹擬論」。〈與丘長孺書〉曰：

大抵物眞則貴，眞則我面不能同君面，而況古人之面貌乎？唐自有詩也，不必選體也。初、盛、中、晚自有詩也，不必初、盛也。李、杜、王、岑、錢、劉，下迨元、白、盧、鄭，各自有詩也，不必李、杜也。趙宋亦然，陳、歐、蘇、黃諸人，有一字襲唐者乎？又有一字相襲者乎？至其不能爲唐，殆是氣運使然，猶唐之不能爲《選》，《選》之不能爲漢、魏耳。今之君子，乃欲概天下而唐之，又且以不唐病宋。夫既以不唐病宋矣，何不以不《選》病唐，不漢、

魏病《選》，不《三百篇》病漢，不結繩鳥跡病《三百篇》
耶？果爾，反不如一張白紙，詩燈一派，掃士而盡矣。（《全
集》卷廿一）

要創造一代的文學，首先必須擺脫過時法令的約束，於是進化論又涉
及「法」的問題；〈雪濤閣集序〉曰：

古人之法，顧安可概哉？夫法因於敝而成於過者也。矯六
朝駢麗飣餖之習者，以流麗勝，飣餖者，固流麗之因也。
然其過在輕纖，盛唐諸人以闊大矯之，已闊矣，又因闊而
生莽，是故續盛唐者，以情實矯之；已實矣，又因實而生
俚，是故續中唐者，以奇僻矯之；然奇則其境必狹，而僻
則務爲不根以相勝，故詩之道，至晚唐而益小。有宋歐、
蘇輩出，大變晚習，於物無所不收，於法無所不有，於情
無所不暢，於境無所不取，滔滔莽莽，有若江河。今之人，
徒見宋之不唐法，而不知宋因唐而有法者也。如淡非濃，
而濃實因於淡。然其弊至以文爲詩，流而爲理學，流而爲
歌訣，流而爲偈誦，詩之弊，又有不可勝言者矣。近代文
人，始爲復古之說以勝之。夫復古是已，然至以剿襲爲復
古，句比字擬，務爲牽合，棄目前之景，撦腐濫之辭；有
才者詘於法，而不敢自伸其才，無才者拾一二浮泛之語，
幫湊成詩。智者牽於習，而愚者樂其易，一倡億和，優人
騶從，共談雅道。吁！詩至此，抑可羞哉！夫即詩而文之
爲弊，蓋可知矣。

中郎認爲古法「因於弊而成於過」，各受其時代影響，不見得適用於
今日，若強行以成法定見壓制性靈，將使「有才者詘於法，而不敢
自伸其才」，「智者牽於習，而愚者樂其易」，所謂「名教之樂地」只
不過是宜於鄉愿苟且偷安的不公平之境。人人歸於庸懦，則無法承
當繼往開來的使命，故豪傑之士，惟恐爲其所困，施盡解數，變怪
求奇，近平、近俚、近俳，無非是想「脫其粘而釋其縛」（同上），
此固有所激耳。若以進化的眼光論法，則無此病，中郎〈敘小修詩〉
曰：

> 唯夫代有升降，而法不相沿，各極其變，各窮其趣，所以
> 可貴，原不可以優劣論也。

這話的確是持平之論。法的本身，並無優劣，只看適不適合當時的需
要，在一時代新文學尚未產生前，一作家風格尚未建立前，都需要有
足夠的時間和空間，讓他摸索、實驗，此時所有的古法都是參考取擇
的對象，經過篩選研磨，消化鎔鑄，產生新的文學，才是真正的「復
古」之道。「復古」一詞，在中國文學史上是個很空泛的口號，似乎
人人都可用它，然而復那一段的古？以什麼樣的眼光去復？又以什麼
樣的手段去施行？其間有很大的不同。韓愈是把「復古」講得最好的，
「師其意不師其辭」、「惟陳言之務去」，借古文打倒駢文，創出一時
代的新散文，他的理念明顯的是創新與前進。格調派不然，它講詩必
盛唐，並不是和盛唐的浪漫詩風有什麼連繫，而是取其標準規格，為
自己的專制守舊服務，約束人人在體面正派的範圍內作詩。它的本意
是退化的、保守的，和韓愈絕不相容，所以格調派對韓愈以下，歐、
蘇、黃一系列創新的人物抨擊不遺餘力。有人執著「復古」一詞，將
前後七子視為韓愈之後最成功的復古運動，實在是很嚴重的錯誤。

　　真正繼承韓愈精神的應該是性靈派。性靈派為建設新文學而「復
古」，它取韓愈的創新、蘇軾的廣大、元白的平易近人、歐曾的文從
字順，目的是在爭取「於物無所不收，於法無所不有」的創作空間，
袁中郎有一段話說得好：

> 善畫者師物不師人，善學者師心不師道，善為詩者，師森
> 羅萬象，不師先輩。法李唐者，豈謂其機格與字句哉？法
> 其不為漢、不為魏、不為六朝之心而已，是真法也。(《文鈔‧
> 敘竹林集》)

中郎要復的古，是韓蘇廣大求新的精神，是歷代文學各不相襲之心，
是包羅萬象的活法。跟格調派的復古何嘗有一絲一毫相同？有人抓住
中郎「夫復古是已，……」一句話（見前〈雪濤閣集序〉），以為性靈
和格調之間多少有些重合之處，而欲調和折衷之，這是見樹不見林的

作法，唯心論和唯物論本就是兩大對立的系統，進化觀又是退化觀的剋星，二者之間並沒有什麼可妥協的地方。

　　中郎談時代演進的文章有十餘篇，其中反對崇古卑今，反對抄襲雷同，反對專制，反對死法，反對平凡，反對陳腔爛調，不一而足。大抵格調派的主張都可以用進化論來推翻，所以「進化」不只是中郎文學思想的重心，也是摧毀摹擬王國的利器，他能掃除王李之雲霧，成爲性靈詩論的中堅，主要原因在此。另外，江進之有〈重刻唐文粹引〉〔註27〕，陶望齡有〈徐文長三集序〉、〈八大家文集序〉、〈方布衣文集序〉等文〔註28〕，分別以四季的百卉草木，書法的篆籀隸草來闡喻進化的觀點，反對摹擬，表達對韓、蘇的支持。這些是中郎的輔助力量，附及於此，不再贅引。

4.「求奇」與「守正」

　　求新求變，是性靈派進一步的訴求。江進之《雪濤集》卷八〈璧緯編序〉曰：

　　　夫近世論文者輒稱復古，貢崇正而諱言奇。然有不奇而可言文者耶？夫正者，文之脈理，從脈而生息變化，時隱時見，時操時縱，時闔時闢，時陰時陽，時短時長。有自然之奇，然後盡文之態，而極虛明之變。世徒厭夫似奇者，至并奇諱之，相舉爲戒，嗟嗟！六經而下，若左、若國，若莊列、韓非、司馬子長，諸皆極天下之至奇。至奇將盡舉，而付諸祖龍，而徒取老生腐儒訓詁講解之語，指而名之曰：此文之純正者，而以爲軌。有不爲豪傑之士之所掩口者歟？

偏執格調派所謂的「中正之則」，是極其平庸狹小的境地，江進之說當時將老生腐儒之語視爲文章之純正者，就是最好的證明。正統派斤斤計較，從題材、情感、技巧各方面加以限制，將「正」的範圍由平

〔註27〕《雪濤集》卷八。
〔註28〕《歇菴集》卷三。

正通達壓縮到平凡平庸。詩壇長期受到這樣的禁錮，有才的人翻不出
窠臼，無才的人剽竊雷同，以平庸爲正派，視奇縱爲異端，到了公安
派，終於忍不住苦悶，公開喊出求奇的呼聲。他們要追求熱烈的情感，
包羅萬象的題材，大開大闔的技巧，寧可走「偏至」的路線，不願拘
守狹小的格局。陶望齡〈馬曹稿序〉一文很明確的表明態度：

> 劉邵志人物嘗言：具體而微，謂之大雅，一至而偏，謂之
> 小雅。蓋以詩喻人耳。予嘗覆引其論，以觀古今之所謂詩
> 辭，求其具體者不可多見。因妄謂自屈宋以降，至於唐宋，
> 其間文人韻士，大抵皆小雅之流。而偏至之器，惟人就其
> 偏而後詩之大全出焉。……吾觀唐之詩，至開元盛矣。李
> 杜高岑王孟之徒，其飛沉舒促，濃淡悲愉，固已若蒼素之
> 殊色。而其流也，抑又甚焉；元白之淺也，患其入也，而
> 郊島則惟患其不入也。韋柳之沖也，患其盡也，而籍建則
> 惟患其不盡也。溫許之治也，患其榫也，而盧劉則惟患其
> 不榫也。韓退之氏抗之以爲詰崛、李長吉氏探之以爲幽險。
> 予於是歎曰：詩之大，至是乎！偏師必捷，偏嗜必奇，諸
> 君子者殆以偏而至，以至而傳者與？眾偏之所湊，夫是之
> 謂富有。獨至之所造，夫是之謂日新。向令諸君子者舍獨
> 以群眾，易己以摹古，療偏以造完，將困躓之不暇，而暇
> 成其能哉？而說者遂謂唐以後無詩，於戲！詩也者，富有
> 日新之業也。無詩焉，是無才與情也。斯人之生久矣，其
> 狀貌有同而莫辨者耶？童而老，晨而暮，矗對論說，有窮
> 而莫繼者耶？此不求異而異，無意爲新而時出焉。人之材
> 如其面，而情如其言。詩也者，附材與情而有者也。欲不
> 新與異得耶？鳥之慧者，其效人至數十語而止。善繪人者，
> 其肥瘠動靜，各異態焉。然至百人而止矣。此人言者也，
> 非自言也，人貌者也，非自貌也。欲新與異得耶？然則所
> 云：宋以後無詩者，非詩之果窮，爲者窮之耳。夫杜韓之
> 詩信大矣，群宋人之稱詩者而畢效焉，不亦至小而可笑乎？
> 蓋望齡之持論夙如此。(《歇菴集》卷三)

陶望齡這篇文章在性靈派中很有意義，他正式提出「奇正說」，並表達三個論點：

第一，他不認爲文學中還能「有具體而微」的「大雅」，正如道德世界不大可能有孔子希望的「中行」，大雅中行既不可求，爲了與鄉愿有所區別，勿寧求之於狂狷。於是他主張作者各自伸張才情意志，向四面八方做不同的發展，人人出奇制勝，使原先狹小偏枯的「正格」開拓爲廣闊的天地。從作者個人看來，是求奇，是偏勝，可是從整體看來，是得詩道之「大全」。他理想的創作空間至少必須包括初盛中晚整個唐詩，絕不是只有盛唐或王孟。作家負有展現自我，開拓疆域的責任，有此責任在身，就不可能去抄襲模仿。

第二，他提出「富有日新」的口號。「眾偏之所湊」是富有，「獨至之所造」是日新，富有則百卉爭妍，眾美並具，日新則千載而下，光艷長存，這是性靈派博大平等的文學觀。

第三，所謂求奇，並非故意作怪，而是要隨作者性靈的自然流露，「不求異而異，無意爲新而時出爲」，這是很重要的原則。袁中郎〈答李元善書〉曰：

> 文章新奇，無定格式，只要發人所不能發，句法、字法、調法，一一從自己胸中流出，此眞新奇也。近日有一種新奇套子，似新實腐，恐一落此套，則尤可厭惡之甚。(《尺牘》)

庸俗文化具有扭曲變質的能力，格調派原本所謂的「正」被曲解爲平庸，性靈派所謂的「奇」，則被誤認爲俗惡，故中郎等人辯解甚力。江進之〈敝篋集引〉曰：

> 蓋中郎嘗與余方舟汎蠡澤，適案上有唐詩一帙，指謂余曰：唐人之詩，無論工不工，第取而讀之，其色鮮妍，如旦晚脫筆研者。今人之詩，即工乎，然句句字字，拾人飣餖，纔離筆研，已似舊詩矣。夫唐人千歲而新，今人脫手而舊，豈非流自性靈與出自模擬者所從來異乎？(《雪濤集》卷八)

詩自性靈流出，就有新鮮的生命力，不致流爲平庸俗惡，至於要造乎平淡或奇麗，則必須順其自然，不可強求。陶望齡對此有進一步的解

釋。《歇菴集》卷十六〈登第後寄君奭弟書五首之三〉：

> 今人不曉作文，動言有奇平二轍。言奇言平，詿誤後生。
> 吾論文亦有二種，但以內外分好惡，不作奇平論也。凡自
> 胸膈中陶寫出者，是奇是平，爲好。從外剝賊沿襲者，非
> 奇非平，是爲劣。骨相奇者以面目，波濤奇者以江河，風
> 恬波息，天水澄碧，人曰此奇景也。西子雙目兩耳，人曰
> 此奇麗也，豈有二哉，但欲文字佳勝，亦須有勝心。老杜
> 言「語不驚人死不休」，陸平原云「謝朝華於既披，啓夕秀
> 於未振」，昌黎曰「惟陳言之務去」，戛戛乎難哉！自古不
> 新不足爲文，不平不足爲奇，鎔范之工，歸於自然，何患
> 不新不古，不平不奇乎？

又曰：

> 作文之道，雖以平粹爲體，然必鉤深極遠，出之淺近。若
> 因循陋轍，自稱捷徑，一涉熟爛，不復可振救矣。(〈五首之
> 二〉)
>
> 文之平淡者，乃奇麗之極。今人千般作怪，非是厭平淡不
> 爲，政是不能耳。來書云：心厭時弊，思力洗之。甚善，
> 但不可失之枯寂。恐難動人目，此是打門瓦子，亦不可大
> 認眞，切忌舍奇麗而求平淡，奇麗不極，則平淡不來也。(〈甲
> 午入京寄弟書五首之一〉)

性靈論者唾棄平凡，表現自我，追求奇麗；奇麗至極，則造乎平淡。
平淡並不是道學家似的枯槁淡泊，也不是尋常的平庸平凡，而是一種
最高的藝術境界，相當於「化工」。簡單的說，它是深入淺出，令人
一見就懂的東西，因爲要「深入」，所以要經過千錘百鍊的功夫，要
具備臻乎奇麗的手段，因爲要「淺出」，又必須將所有功夫學問融化
殆盡，看不出絲毫斧鑿痕跡。它渾然天成，至平至易，背後卻要花費
最多的心血，孔子說：「詞達而已矣！」詞達二字，豈是容易？陶望
齡〈湯君制義引〉曰：

> 詞者意之極，而淡者詞之極也。其入深者其出必淺，其造
> 端也甚難，其成章也似不易，不知者率然而讀之，未能知

其工也。蘇子瞻云：「揚雄好爲艱深之詞，以文淺易之説，若正言之，則人人知之矣！」夫文固有似艱深而眞淺易者，揚子雲是也。則豈無似淺易而眞艱深者乎？蘇子瞻是也。（《歇菴集》卷十四）

中郎則謂「平淡」是「眞」、「質」的極致，〈行素園存稿引〉曰：

物之傳者必以質，文之不傳，非曰不工，質不至也。樹之不實，非無花葉也，人之不澤，非無膚髮也，文章亦爾。行世者必眞，悦俗者必媚，眞久必見，媚久必厭，自然之理也。故今之人所刻畫而求肖者，古人皆厭離而思去之。古之爲文者，刊華而求質，歛精神而學之，唯恐眞之不極也。博學而詳説，吾已大其蓄矣，然猶未能會諸心也；久而胸中渙然，若有所釋焉，如醉之忽醒，而漲水之思決也。雖然，試諸手猶若掣也，一變而去辭，再變而去理，三變而吾爲文之意忽盡，如水之極於澹，而芭蕉之極於空，機境偶觸，文忽生焉，風高響作，月動影隨，天下翕然而文之，而古之，人不自以爲文也，曰是質之至焉者矣。大都入之愈深，則其言愈質，言之愈質，則其傳愈遠。夫質猶面也，以爲不華而飾之朱粉，妍者必減，媸者必增也。（《文鈔》）

「眞」「質」的境界其實就是荆川的本色論，只不過中郎形容得比較藝術化罷了。他於〈敍呂氏家繩集〉曰：

蘇子瞻酷嗜陶令詩，貴其淡而適也。凡物釀之得甘，炙之得苦，唯淡也不可造。不可造，是文之眞性靈也，濃者不復薄，甘者不復辛，唯淡也無不可造。無不可造，是文之眞變態也。風値水而漪生，日薄山而嵐出，雖有顧吳，不能設色也，淡之至也，元亮以之。東野、長江欲以人力取淡，刻露之極，遂成寒瘦，香山之率也，玉局之放也，而一累於理，一累於學，故皆望岸焉而卻，其才非不至也，非淡之本色也。（《文鈔》）

中郎以陶淵明爲平淡的最高典範，和荆川謂淵明「本色高也」是相同的意思。其實性靈派之論淡，是宋學的一部分。宋人自梅聖俞起，論

詩好言平淡，〈依韻和晏相公詩〉云：「因吟適情性，稍欲到平淡。」
〈讀邵不疑學士詩卷〉云：「作詩無古今，惟造平淡難。」歐陽修〈再
和聖俞見答詩〉：「子言古淡有眞味。」東坡也說：「所貴乎枯澹者，
謂其外枯而中膏，似淡而實美，淵明、子厚之流是也。若中邊皆枯淡，
亦何足道。」〔註29〕然則所謂平淡者，內容豐富，意象飽滿，而外表
質樸自然之謂也。王學承北宋蘇學而來，故王門學者中論「淡」的文
字不少，唐荊川、李卓吾都曾提到這個境界，焦竑則以「澹園」爲號，
可知在性靈說中這理想是一貫的。

「趣」與「韻」

「平淡」一詞被思想家用久了，往往專指人生修養的道德，而引
不起藝術的意象，文學家爲了強調文學世界中的「平淡」造詣，分別
換用其他詞彙來代替。徐渭講「神」與「眼」，湯顯祖講「靈」與「奇」，
袁中郎則提出「趣」與「韻」。

《袁中郎文鈔》〈敘陳正甫會心集〉云：

> 世人所難得者唯趣。趣如山上之色，水中之味，花中之光，
> 女中之態。雖善說者不能下一語，唯會心者知之。今之人
> 慕趣之名，求趣之似，於是有辨說書畫，涉獵古董以爲清，
> 寄意玄虛，脫跡塵紛以爲遠。又其下，則有如蘇州之燒香
> 煮茶者，此等皆趣之皮毛，何關神情。夫趣得之自然者深，
> 得之學問者淺。當其爲童子也，不知有趣，然無往而非趣
> 也。面無端容；目無定睛，口嗬嗬而欲語，足跳躍而不定，
> 人生之至樂，眞無踰於此時者！孟子所謂不失赤子，老子
> 所謂能嬰兒，蓋指此也，趣之正等正覺最上乘也。山林之
> 人，無拘無縛，得自在度日，雖不求趣而趣近之。愚不肖
> 之近趣也，以無品也。品愈卑，故所求愈下，或爲酒肉，
> 或然聲伎，率心而行，無所忌憚，自以爲絕望于世，故舉
> 世非笑之不顧也。此又一趣也。迨夫年漸長、官漸高、品
> 漸大、有身如梏，有心如棘，毛孔骨節，俱爲聞見知識所

縛，入理愈深，然其去趣愈遠矣！

〈壽存齊張公七十序〉曰：

> 山有色，嵐是也。水有文，波是也。學道有致，韻是也。
> 山無嵐則枯，水無波則腐，學道無韻，則老學究而已。昔
> 夫子之賢回也以樂，而其與曾點也以童冠詠歌，夫樂與詠
> 歌，固學道人之波瀾色澤也。江左之士，喜爲任達，而至
> 今談名理者必宗之。俗儒不知，叱爲放誕，而一一繩之以
> 理，於是高明玄曠清虛澹遠者，一切皆歸之二氏。而所謂
> 腐濫纖嗇卑滯局局者，盡取爲吾儒之受用，吾不知諸儒何
> 所師承，而冒焉以爲孔氏之學脈也。且夫任達不足以持世，
> 是安石之談笑，不足以靜江表也；曠逸不足以出世，是白、
> 蘇之風流，不足以談物外也。大都士之有韻者，理必入微，
> 而理又不可以得韻。故叫跳反擲者，稚子之韻也；嬉笑怒
> 罵者，醉人之韻也。醉者無心，稚子亦無心，無心故理無
> 所托，而自然之韻出焉。由斯以觀，理者是非之窟宅，而
> 韻者大解脫之場也。

中郎所謂的「趣」和「韻」，本是一物，不必細分。它承自王陽明的
「灑落」，唐荊川的「本色」、李卓吾的「童心說」而來，都是指人生
經過重重歷練，學道入理之後，不失赤子之心的境界。在這個境界中，
沒有「情」和「法」的衝突，人生圓滿，生機沛然，從透悟中尋回自
由，得到解放，一切從心所欲不逾矩。這樣的心境，反映在文學作品
上，形成種種新鮮、靈活、情韻、趣味的特質，這些特質如同山嵐水
文，波光雲影，極其自然平易，美麗動人，人人都能立即領會，毫不
費力，可是任憑你如何分析觀察，拆解製造，也弄不出所以然，這就
是造化之工神妙的地方。性靈論者認爲它唯一的來源，唯一的解釋，
便是作者個人的「心」。

中郎言「趣」，陶望齡則以「圓」字表達類似的感受，不過「趣」
傾向內容，「圓」傾向形式。《歇菴集》卷四〈序馬遠之奏淮草〉：

> 法書家之妙，在運腕狀之如漏痕畫沙，歌之妙在轉喉狀之
> 如串珠，皆言其圓也。昔人稱好詩如彈丸，又言廿字詩如

> 二十賢人，夫句櫛而字比之，靡不圓美者，而後摹難狀之
> 景於目前，含不盡之音於詞外，詩而不圓，如書偏鋒，歌
> 曲而直噪者耳。余嘗引以論詩古文時義，其佳處類然，而
> 世之爲偏鋒直噪者多矣！……夫和於手，斯筆圓，和於聲，
> 斯調圓，夫其文詞若彈丸珠琲者，心和之應也。

如果說造乎平淡指的是精進的歷程，趣與韻是指個人魅力流露，那麼
「圓美」應該是指外觀技巧了。性靈說中一向缺乏具體的技巧論，圓
美一說稍可補此不足。

文學批評

「崇宋抑唐」是中郎等人在批評方面的特徵，這個主張純是針
對七子「詩必盛唐」而發，並不是中郎對唐詩有偏見。中郎曾說唐
詩千載而下，讀之清新自然，如初出口〔註30〕，又說詩至老杜，體
格大備，如覆如載，洗人肺肝，絕非剪葉綴花者可比〔註31〕。他對
「眞唐詩」和「假唐詩」的分別很清楚，有人認爲不妨越過格調派
的籠罩，直接學眞唐詩，他說此言雖是，但心中存了一個「學」的
念頭，不免又走上王李的舊路，唐人所以獨立古今，正因爲不學漢
魏，不學沈宋李杜，一家有一家面貌，所以爲妙〔註32〕。明人要創
造一代文學，亦當如是。

當中郎辨析毫芒，高自期許的時候，胡應麟的《詩藪》正在群眾
間散播摹擬說。胡氏公然表示：摹擬的目的在求工而不在求實，即使
「在楚言秦，當壯稱老」，後人看了，誰辨得出眞假？「格律卑陬，
音調乖舛」，是詩家大病，求其完美猶恐不及，何暇計較時間地點，「故
實矛盾，景物汗漫，情事參差」，只是小節，再挑剔的批評家也只能
說我「文人無實」，不能說我「句語不工」〔註33〕。這些理論使市井

〔註30〕袁中郎詩集〈哭江進之詩序〉。
〔註31〕同上五言古詩，〈夜坐讀少陵詩偶成〉。
〔註32〕《尺牘》〈答張東阿〉。
〔註33〕《詩藪》外編一周漢。

傭兒剽竊得理直氣壯,「見人有一語出格,或句法事實非所曾見者,則極詆之爲野路詩」〔註34〕,似唐則爲美,不似唐則爲醜。這些成見謬論使中郎大受刺激,他憤怒的對張幼于發出一篇「反唐」的宣言:

> ……至於詩,不肖聊戲筆耳,信心而出,信口而談。世人喜唐,僕則曰唐無詩;世人喜秦、漢,僕則曰秦、漢無文;世人卑宋黜元,僕則曰詩文在宋、元諸大家。昔老子欲死聖人,莊生譏毀孔子,然至今其書不廢;荀卿言性惡,亦得與孟子同傳。何者,見從己出,不曾依傍半箇古人,所以他頂天立地,今人雖譏訕得,卻廢他不得。不然糞裏嚼渣,順口接屁,倚勢欺良,如今蘇州投靠家人一般。記得幾個爛熟故事,便曰博識;用得幾個見成字眼,亦曰騷人;計騙杜工部,囤紮李空同,一個八寸三分帽子,人人戴得。以是言詩,安在而不詩哉!不肖惡之深,所以立言亦自有矯枉之過。公謂僕詩亦似唐人,此言極是,然要之幼于所取者,皆僕似唐之詩,非僕得意詩也。夫其似唐者見取,則其不取者,斷斷乎非唐詩可知。既非唐詩,安得不謂中郎自有之詩,又安得以幼于之不取,保中郎之不自得意耶?僕求自得而已,他則何敢知。近日湖上諸作,尤覺穢雜,去唐愈遠,然愈自得意。昨已爲長洲公覓去發刊,然僕知幼于之一抹到底,決無一句入眼也。何也,眞不似唐也,不似唐,是干唐律,是大罪人也,安可復謂之詩哉?……(袁中郎《尺牘》)

他這份反抗唐律的氣性,眞和李卓吾反抗名教相似。

宋代詩文是性靈派發現的另一片天地,中郎毫不諱言宋人文集帶給他的驚喜,〈答王以明〉曰:

> 近日始學讀書。盡心觀歐九、老蘇、曾子固、陳同甫、陸務觀諸公文集,每讀一篇,心悸口怯,自以爲未嘗識字。……古人微意或有一二悟解處,輒叫號跳躍如渴鹿之奔泉也。
>
> (《尺牘》)

〔註34〕《袁中郎文鈔》,〈敍善陸二公同適稿〉。

又〈答陶石簣〉曰：

> 弟近日始遍閱宋人詩文。宋人詩，長於格而短於韻，而其爲文，密於持論而疏於用裁。然其中實有起秦漢而絕盛唐者。夫詩文之道，至晚唐而益小，歐蘇矯之，不得不爲巨濤大海。至其不爲漢唐人，蓋有能之而不爲者，未可以妾婦之恆態責丈夫也。(《尺牘》)

宋代詩文和唐詩比起來，雖有寡韻疏裁的毛病，但它的價值即在於不似唐詩漢文。它另有一份莽莽丈夫之氣，如巨濤大海，沙石俱下，非小格局的妾婦之態所能比擬。這是中郎對宋代文學的總評。

至於人物方面，他首推歐、蘇。〈答梅客生開府〉曰：

> 邸中無事，日與永叔、坡公作對。坡公詩文卓絕無論，即歐公詩文，當與高岑分昭穆，錢劉而下，斷斷乎所不屑。完甫選蘇公文甚妥（按當作宏甫，指李卓吾坡仙集），至於詩，百未得一，蘇公詩無一字不佳者。青蓮能虛，工部能實，青蓮唯一於虛，故目前每有遺景。工部唯一於實，故其詩能人而不能天，能大能化而不能神。蘇公之詩，出世入世，粗言細言，總歸玄奧，恍忽變怪，無非情實。蓋其才力既高，而學問識見又迥出二公之上，故宜卓絕千古。至其道不如杜，逸不如李，此自氣運使然，非才之過也。(《尺牘》)

又〈與李龍湖〉曰：

> 近日最得意，無如批點歐蘇二公文集。歐公文之佳無論，其詩如傾江倒海，直欲伯仲少陵。宇宙間自有此一種奇觀，但恨今人爲先入惡詩所障難，不能虛心盡讀。蘇公詩高古不如老杜，而超脫變怪過之，有天地來，一人而已。僕嘗謂六朝無詩，陶公有詩趣，謝公有詩料，餘子碌碌，無足觀者。至李杜而詩道始大，韓柳元白歐，詩之聖也。蘇，詩之神也。彼謂宋不如唐者，觀場之見耳，豈真知詩爲何物哉？(《尺牘》)

自李卓吾、焦竑宗蘇之後，東坡在性靈派中的地位已不可動搖，但思想家、學問家僅側重其人品、經學、文章，而不及於詩，這在批

評上是一個不小的漏洞。中郎見出這點，特別對蘇詩做了一番專論，指出東坡的人格詩風兼有李白杜甫的長處，爲天地間第一人，以詩家的身份給予蘇詩最高的評價，固然具有不尋常的意義，對格調派所崇奉的偶像，無疑也是一種衝擊。七子專以供奉老杜爲事而狹小之，中郎則以李杜爲起點而廣大之；上起陶謝，中及李杜，韓柳元白，歐蘇黃陳，乃至南宋陸游，無一不可標舉爲聖。他上下千古，打破時代局限，以縱向的手法破壞七子橫斷一代的成見，用寬廣自由的創作空間號召天下才人，這對專制封建的摹擬王國自然構成很大的威脅。

另外值得一提的是，從中郎開始，性靈派不再推崇邵雍，而改以比較「當行」的詩人取代。這象徵著性靈派已擺脫道學家的氣味，而純以藝術的眼光爲尙了。

中郎所推介者是當代的徐渭，自他發現《徐文長文集》後，無時不向人稱揚引薦，喻爲「今之李杜」〔註35〕。〈與馮侍郎座主〉云：

> 宏於近代得一詩人曰徐渭。其詩盡翻窠臼，自出手眼，有長吉之奇而暢其語，奪工部之骨而脫其膚，挾子瞻之辨而逸其氣，無論七子，即何李當在下風。（《尺牘》）

又於〈徐文長傳〉曰：

> 文長既已不得志於有司，遂乃放浪麴蘗，恣情山水，走齊魯燕趙之地，窮覽朔漠。其所見山奔海立，沙起雲行，風鳴樹偃，幽谷大都，人物魚鳥，一切可驚可愕之狀，一一皆達之於詩，其胸中又有勃然不可磨滅之氣，英雄失路託足無門之悲，故其爲詩，如嗔如笑，如水鳴峽，如種出土，如寡婦之夜哭，羈人之寒起，雖體格時有卑者，然匠心獨出，有王者氣，非彼巾幗而事人者所敢望也。文有卓識，氣沉而法嚴，不以模擬損才，不以議論傷格，韓曾之流亞也。（《袁中郎文抄》）

中郎對徐渭雖推崇備至，但其中也不無幾分誇張和矛盾。文長詩學晚

〔註35〕袁中郎《尺牘》，孫司李。

唐，「體格時有卑者」，又深奧如盧仝、孟郊〔註36〕，嚴格說來並不是中郎最喜歡的典型，不過他氣息沉鬱，情感強烈，變化豐富，特色鮮明，在當代十分難得。中郎譽爲今之李杜，乍看之下不免太過，但背後有深一層的意思在，便是欲以文長扳倒王世貞等人「假李杜」的形象。虞淳熙（長儒）說：

> 往余開龍月玉文之館，中郎與陶周望偕來，……因問袁：『世文章誰爲第一？』陶睨袁笑曰：「將無語長儒，徐文長第一耶？」袁曰：「如君言，豈第二乎？且讓元美家鈍賊第一耶？」……余始知文長囊有此士，奉文長居然南面王矣！」〔註37〕

沈德符《野獲編》卷廿三也提到：「（徐渭）詩文久爲袁中郎所推戴，謂出弇州上，此自有定論。」可見中郎當時想以徐渭壓倒王世貞的意圖，是大家都知道的。

關於七子個人的批評，中郎不如伯修那麼詳細，但於前七子較寬，後七子較嚴，則頗爲一致。他有一道五言古詩評何、李曰：

> 草昧推何李，聞知與見知。機軸雖不異，爾雅良足師。後來富文藻，詘理競修辭，揮斥薄大匠，裹足戒旁歧，模擬成險狹，莽蕩取世譏。〔註38〕

摹擬王國的形成，在上者有匠人裹足之病，在下者有險狹莽蕩之譏，然而在草昧之時，何李亦足爲良師，知人論世，不可一筆抹殺。至於後七子推波助瀾，變本加厲，中郎則有痛切的批評；〈敘姜陸二公同適稿〉曰：

> 蘇郡文物，甲于一時，至弘正間，才藝代出，斌斌稱極盛，詞林當天下之五。厥後昌穀少變吳敝，元美兄弟繼作，高自標譽，務爲大聲壯語，吳中綺靡之習，因而一變，而剽竊成風，萬口一響，詩道寖弱，……間有一二稍自振拔者，

〔註36〕見陶望齡《歇庵集》卷三〈徐文長三集序〉。
〔註37〕《叢書集成新編》第六八冊《青藤書屋文集》〈徐文長集序〉。
〔註38〕《袁中郎詩集》五言古〈答李子髯〉。

每見彼中人士皆姍笑之，幼學小生貶駁先輩尤甚，撥厥所
由，徐、王二，公實為之倡。然二公才亦高，學亦博，使
昌穀不中道夭，元美不中于鱗之毒，所就當不止此。（《文鈔》）

陶望齡亦云：「弇州諸體……使荄繁撮要，選作三兩卷，自足傳世。」
〔註39〕這些意見，後來都為錢牧齋擷取，用之於《列朝詩集小傳》之
中。袁中郎對王世貞的批評，特別著重地域性的問題。吳蘇一帶是全
國人文薈萃之區，領導一時風騷，應當最具有自由的空氣和浪漫的精
神，然而王世貞以其才高學博的優越條件，率先投效北地，驅使南人
接受北人的意識型態，不能反省自覺。他身為南方領袖，竟不明時勢，
決策錯誤，自然應當比北方的二李多負另一種責任。

　　世貞晚年逐漸由偏執格調派轉為開明格調派，一方面是因為本身
南人的性格氣質開始抬頭，另一方面則是萬曆年間流行的浪漫思潮所
致。當時「性靈」一詞十分流行，王世貞也開始容納蘇學，講講性靈；
不過，這並不代表他的想法有什麼改變，只是尺度放寬罷了。在他看
來，不依賴格式學問，純以一點小聰明作詩，也是一種方法，但是必
須「下字欲妥，使事欲穩，四聲欲調，情實欲稱。穀率規矩定，而後
取機于性靈」〔註40〕。換言之，他還是以格律聲色為重，最後才考慮
性靈，而且性靈只是一種技巧而已，絕不是他理論的重心。可見格調
派和性靈派之間討論的問題雖有交集，但立場和眼光截然不同，欲執
此一小部分去搓合兩大派系，是沒有必要又不合邏輯的事情。多年以
前，日本漢學家松下忠先生曾發表〈袁宏道性靈說溯源〉一文〔註41〕，
認為袁中郎的性靈說孕釀於王世貞，便是犯了這樣的錯誤。他的方法
是先設定性靈說「首創」於中郎，於是上溯至時代稍早的王世貞，發
現王氏晚年常提到性靈一詞，而中郎也曾對復古說「給予部分的肯
定」，便斷言在中郎之前，王氏的理論中「明顯地具有性靈說的萌芽」。

〔註39〕《歇庵集》卷十五〈與袁石浦書〉。
〔註40〕《弇州山人續稿》一八二《尺牘》，〈與顏廷愉〉。
〔註41〕原載日本《東方學》第十九輯。1981年遼寧大學李漢超譯。上海古
　　　　籍出版社《古代文學理論研究叢刊》第六輯，251～262頁。

　　中郎的文學理論的確具有溯源的價值，但溯源不必非得關在文學理論的圈子找，時代相連也不代表理論就能相連，拿一個距離最近的文學批評家套在中郎頭上，勉強湊和，證明他們有「孕育」和「發展」的關係，是很狹隘的方法，難保不會溯錯了方向。其次執著於「性靈」、「復古」這些名詞，全然不問實質意義，也容易造成混淆視聽的結果。「性靈」二字並不等於「性靈說」，常將性靈掛在嘴上的人不見得就有性靈思想。王陽明時代並沒有這個詞彙，可是他卻是明代性靈說的源頭，其間傳承演變的歷程清晰可見，到中郎手中轉化成功，在批評界發揚光大，其間並沒有夾雜程朱派或格調派的思考模式，何況中郎一生以推翻摹擬王國，扳倒王世貞爲職志，實不可能從王氏理論中蘊釀出什麼。王氏晚年修正爲開明溫和路線，是格調派內部必然的改革，自王世貞到陳子龍、王漁洋、沈德潛，改革的運動一直持續著，這是進步的、可喜的現象，性靈論者抱著樂觀其成的態度，對改革者通常比較軟化，批評沒有那麼尖銳，但這並不表示他們放棄自己的立場，想和對方妥協，因爲唯心與唯物二者永遠是壁壘分明的，只有交集的部分偶有增減現象罷了。

詩和小品文

　　中郎在理論方面尚有持平之處，在詩作方面卻十分偏激。他在李卓吾、梅客生、顧升伯、李湘洲的支持下〔註42〕和伯修、小修、江進之、陶石簣、曾退如、丘長孺等人標榜性靈，以真詩相尚。爲了擺脫文人蹊徑，他們的表現方式是信腕直寄，力求新奇，以瑕疵爲本色，以滑稽爲率真。中郎〈敘小修詩〉曰：

> 弟小修詩，……大都獨抒性靈，不拘格套，非從自己胸臆流出，不肯下筆，有時情與境會，頃刻千言，如水東注，令人奪魂。其間有佳處，亦有疵處，佳處自不必言，即疵處亦多本色獨造語。然余則喜其疵處，而所謂佳者，尚不能以粉飾蹈襲爲恨，以爲未能盡脫近代文人氣習故也。(《文鈔》)

〔註42〕袁中郎《尺牘》，〈又寄馮琢菴師〉。

又〈與江進之尺牘〉曰：

　　……越行諸記描寫得甚好，譃語居十之七，莊語居十之三，
　　然無一字不眞。把似如今作假事假文章人看，當極其嗔怪，
　　若兄定絕倒也。

喜疵處是爲了反對粉飾，好譃語是爲了反抗假事假人。中郎的寫作
態度故意要引起正統派的「嗔怪」，嚴格說來並不能表現他眞正的本
色。王門學者曾一再強調要以平常心論事，中郎也說：「凡事只平常
去，不必驚群動眾，纔有絲毫奇特心，便是名根，便是無忌憚小人。」
（《尺牘・與黃平倩》）然而受了時代的刺激，他自己實在做不到。
由於矯枉過正，他在詩中表現著比較生野粗糙的情感，不夠含蓄，
沒有餘韻，也不講風華，缺少鍛鍊之功。他將文章「詞達」的宗旨
拿來作詩，又採入民歌的寫法，雖然達到明白顯豁的效果，可是也
陷入了狹小的格局。他曾反對晚唐，認爲晚唐刻意避開盛唐的路線，
雖奇而狹，只能與盛唐合觀，不能單獨標舉出來。沒想到創作時他
同樣犯了晚唐的錯誤。有人說他有元白之風〔註43〕，可是元白還能
反映民生疾苦，當代的社會現象，而公安派的作品卻欠缺對國家社
會的關懷。當礦稅使天下騷動，生靈塗炭的時候，他們絲毫反映不
出時代的影子，只能在遊山玩水，品茗賞花的名士生活中打轉。情
感不深，題材不廣，自然只能成爲元白的後塵〔註44〕。對於自己的
缺點，中郎是知道的。他有詩云：

　　新詩日日千餘言，詩中無一憂民字。〔註45〕

又於〈敘曾太史集〉中自承：「余詩多刻露之病。」（《文鈔》）在他過
世的前一年，屢次對小修說：「我近日始稍近，覺往時太披露，少蘊
藉。」〔註46〕「如前所作，禪家謂之言忌，十成不足貴也。」〔註47〕

〔註43〕《明詩選》李舒章曰：「中郎淺俗，有元白之風。」
〔註44〕《龍性堂詩話》：「中郎矯枉初盛，終落元白後塵。」
〔註45〕《袁中郎詩集》七言古〈顯靈宮集諸公以城市山林爲韻〉。
〔註46〕《珂雪齋前集》卷十八〈告兄中郎文〉。
〔註47〕《珂雪齋近集》卷六〈花雪賦引〉。

大概只有最後一冊《華嵩遊草》，是他比較滿意的作品，其他諸作，用他自己的話形容，「語語似戲」而已。既然是戲，就當不得真，可見他大多數時候是在不自覺的狀況下，走上消極浪漫主義的路子。

中郎的作品雖無關乎國計民生，但表達個人的情感生活卻毫無問題，「有自己面貌」，是他勝過格調派的地方。就整體看來，他的散文勝於古詩，古詩勝於律詩。古詩方面以擬古樂府最好，錢牧齋一口氣選了十一首。在《列朝詩集》中，中郎詩入選者不過二十餘首，擬古樂府幾乎佔了一半，連前面小序也選了進去，這對中郎的樂府詩是很大的肯定。空同、于鱗的樂府呆板生硬，手法拙劣，牧齋逐句批駁，責備嚴厲，比較起來，二者高下可知。

在散文方面，中郎的小品文具有很高的藝術成就。說起來它才應該是中郎真正的「詩」，雖然沒有詩的形式，卻有「詩意」。講格調的人，用形式來區分詩和散文，說「有韻為詩，無韻為文」，結果多烘學究堆砌陳腔爛調編成五言八句，也自以為是在作詩。講神韻的人，用風格來區分詩和散文，認定散文宜於說理，詩宜於抒情，字面手法不可互越。畫分得太清楚，形成傳統的偏見，結果使人格與風格脫節，造成虛偽的文風。性靈派以意象為主，不在乎形式，凡是具有純文學價值的作品都是詩，所以打破形式風格，是他們常用的手法。韓蘇以文入詩，開創了宋詩，明人以詩入文，產生了小品文，新的文體往往就是這樣變出來的。從中郎的態度中，可以見出他對小品文的重視；他的詩不加修飾，小品文卻風華絕代，他的詩衝口而出，小品文卻屢次改易，花費了許多苦心。袁小修謂其「游程詩記，情冶秀媚之極，不惟讀之有聲，而且嗅之有香。……今底藁具存，數數改易，非信筆便成者，良工苦心，未易可測」〔註48〕。可知中郎表現真我，流露性靈者，在此而不在彼也。

結　論

〔註48〕《珂雪齋前集》卷二十〈雪照存中郎花源詩集草冊後〉。

　　掃除王李雲霧，中郎功不可沒。他以進化論爲核心，以求新求變爲號召，用犀利的言辭直指其弊，將頑固格調派攻擊得體無完膚。加上他的語調富掀動性，熱情具有感染力，使人精神振奮，不得不跟著他走，終於形成一股大的力量，將性靈說推廣開來。在他之前，沒有人有這樣的膽識。早期的性靈論者對格調派只隱約發出些微辭，並不直指其名，中期的歸有光、徐渭和湯顯祖則以一兩件抗爭的言行著稱，也並未形成有系統的批評；他們的事業主要在創作，理論寥寥可數。而中郎不同，他的集子裏文學見解俯拾皆是，藉各種管道宣揚他的思想，把這當成他一生最重要的事。〈答李元善〉曰：

> 弟才雖綿薄，至於掃時詩之陋習，爲末季之先驅，辨韓歐之極冤，搗鈍賊之巢穴，自我而前，未見有先發者，亦弟得意事也。（《尺牘》）

在詩國中扮演革命家的角色，領導眾人推翻專制，追求平等自由，是中郎最大的貢獻。

　　不過中郎和李卓吾一樣，長於破壞，短於建設。在心學傳遞的過程中，他將之轉化爲新奇痛快的文學主張，但是也失去傳統「治心」和「治學」的功夫。王陽明所要求的治心修養和唐荊川、焦弱侯的新學術觀，中郎不是不懂，只是二者容易和拘儒老生之言混爲一談，沒有什麼新意，卓吾、中郎一向厭棄聞見知識，又立論甚高，以爲治心治學本來就是上才該具備的條件，結果在伸張個人意志之餘，忽略了基本的問題。他沒有考慮到，要將一個運動推廣開來，不顧及中下階層人是不行的，尤其在庸俗文化扭曲力很強的時候，冒然教人直出己意是相當危險的事。此外，中郎對性靈理論的詮釋也有幼稚的地方；性靈說以「情」爲中心，不論是歸有光的人情、湯顯祖的深情或李卓吾的激情，都在以深廣的人生觀照形成力量，感動讀者。可是中郎在這方面的表現比較薄弱，他一生平順，對人生的體驗不夠深入，只能講「眞」而不講情。他以才趣爲情，使詩看來只是幾句聰明人說的聰明話，其中的成份是理智，而不是深情。他以滑稽爲豁達，中間沒有

淑世的沉痛，只有玩世不恭；詼諧若缺少至性至情，不免流於輕薄和打油。中郎倡言滑稽，破律壞度，是一時掉弄機鋒的手段，可是缺乏深情卻是他本身避免不掉的缺陷。他之所以「淺」者在此。在表現手法上，中郎又將「真」字誤會為「直」，認為詩人只要把自己的悲歡愛怨赤裸裸地寫出來，就算盡了責任，忽略了創作是「從沉靜中回味」的過程，也忽略了「傳神寫真」的本意，結果在中郎手上，性靈說出現執著、主觀、唯我主義的傾向，而使詩成了個人怪癖的表現。

錢牧齋說：

> 中郎之論出，王、李之雲霧一掃，天下之文人才士始知疏淪心靈，搜剔慧性，以蕩滌摹擬塗澤之病。其功偉矣。機鋒側出，矯枉過正，於是狂瞽交扇，鄙俚公行，雅故滅裂，風革掃地。(《列朝詩集小傳》丁集中「袁稽勳宏道」小傳)

中郎的功過，其實和年紀有關。他一生什麼都比別人早；廿四歲中進士，廿五歲從李卓吾問學，五、六年之間，就大有所契。一般性靈論者大多以四十為一大關，例如唐荊川、徐渭、湯顯祖的思想都在四十以後起了變化，李卓吾更晚，五十以後才頓悟；而中郎二、三十歲便領悟四、五十歲人的道理，從整個性靈體系看來，他的特色就是「年輕」。當他在北京組織蒲桃社時，才三十一歲，其他社員也不過是四十上下，年輕人的衝勁使他一掃王李之雲霧，但年輕人的莽撞也使他忽略治心治學的功夫以及對庸俗文化的考量。中郎直到四十二歲主試秦中之後，才自我修正，可惜時不我予，沒有留下進一步的文學見解。所以袁小修常說中郎所存者是少年「未定之詩」、「未定之見」〔註49〕，若能多活三十年，成就絕不止此，說起來中郎的長處短處都和年輕的特質脫不了關係，後人評論時，這點應該要考慮進去。

中郎逝後，性靈說擴散到庸俗文化中，起了很大的影響，也受了不少拖累。最明顯的是偽書的出現。偽託中郎者有盛廷彥的《狂言》與《狂言別集》，偽託江進之的有署名冰華生的《雪濤小書》。這兩

〔註49〕《珂雪齋近集》卷六〈花雪賦〉引，以及《遊居柿錄》九八五條。

本書都堅持求眞貴眞的立場，將公安派的理論說得更明白、更肯定，但他們以俚俗爲風雅，以不工爲工，並特別強調滑稽說；《狂言別集》中有「滑稽選」，《雪濤小書》中有「諧史」，收錄了許多笑話故事和一些謎語。這些僞書作者名不見經傳，內容平凡無奇，偶而有進一步闡發性靈之處，但大部分故作放達，落入另一種格套，帶著令人生厭的頹廢氣息。《狂言》的僞詩、僞文很多摻入了中郎集中，尤其是〈西湖〉詩：「一日湖上行，一日湖上坐，一日湖上住，一日湖上臥。」成了中郎最知名的「代表作」，袁小修曾生氣地罵道：「不知是何傖父，刻畫無鹽，唐突西子，眞可恨也。」〔註 50〕可是啓禎以後，以訛傳訛，知道眞相的人不多，朱彝尊《靜志居詩話》、陳田《明詩紀事》都據此責備中郎，這對中郎本人當然是冤枉的。不過，以今視之，這些僞書並非毫無價值，它可以反映公安末流的眞貌，讓我們觀察性靈說沉澱到社會底層的情形，做爲晚明文壇的見證。末流的毛病之一，是愚直不知變通，他們的詩可以用王船山一段話來形容：

> ……更有數種惡詩，有似衲子者，有似鄉塾師者，有似游食客者。婦人、衲子，非無小慧，塾師、游客，亦侈高談，但其識量不出鍼線、蔬筍、數米、量鹽、抽豐、告貸之中，古今上下，哀樂了不相關，即令揣度言之，亦粵人詠雪，但言白冷而已。〔註 51〕

性靈以眞立說，意義原本最爲靈活，沒想到實施到庸俗文化中成了這個樣子，難怪自中郎以後，袁小修、鍾譚、錢謙益的工作大部分在補偏救弊上進行。

三、袁中道

袁中道，字小修，是伯修、中郎的同母弟。生於穆宗隆慶四年，卒於熹宗天啓四年（1507～1624），年五十四。

〔註 50〕《遊居柿錄》一一〇九條。
〔註 51〕《薑齋詩話》，夕堂永日緒論內編。

　　他比中郎小兩歲，年齡相近，性情投合，兄弟間非常親密友愛。在兄長的提攜下，成名甚早，十八九歲即與中郎結社城南之曲〔註52〕，伯修到京師做官後，交往的師友皆成為小修的忘年之交，最長者如李龍湖、梅客生、焦弱侯、潘雪松，其次為黃愼軒、曾退如、雷思霈、陶望齡、湯顯祖。一時名公鉅匠，英雄豪傑，慷慨之論，談笑之言，無不影響著他的思想和生活。小修聰穎豪達，特別受到長者的垂愛，大家譽之為兄弟中最為英特的「白眉」〔註53〕。處在這種浪漫的氣息中，小修過著醉嘯南樓的日子，寫著搜雲入霞的文章，以為功名可唾手而取〔註54〕，並不加留意。

　　他認識李卓吾時，才廿三歲，卓吾對這個最幼的弟子特別疼惜〔註55〕，小修受其影響也最深，他的集子中有幾篇文章如〈狂狷說〉、〈傳神說〉、〈名教鬼神〉、〈論史〉、〈殺禍〉等，很明顯的是自李卓吾而來，這類議論在伯修、中郎的文集裏是沒有的。在文學方面，他積極支持中郎的主張，反對聞見，抒張性靈〔註56〕，要以意役法，不以法役意〔註57〕，他強調「神悟」、「自得」，以求奇變怪來打破格套〔註58〕，提倡民間的真詩，推舉詩文大家可愛、可驚、可笑之語〔註59〕，是典型公安派的主張。大抵而言，小修在四十以前受卓吾和中郎的影響很大，他前半期只能算是他們的附庸，沒有獨立的見解；要等師友兄弟相繼謝世後，才擺脫籠罩，成一家之言。

　　小修的個性原本比中郎具有反省的能力。就拿讀書一事來說，中

〔註52〕《珂雪齋前集》卷九〈送蘭生序〉。

〔註53〕見袁伯修《白蘇齋類集》卷十五〈又答梅開府書〉。

〔註54〕同註52。

〔註55〕小修自云：「我有弟兄皆慕道，君多任俠獨憐予。」《珂雪齋前集》卷一〈武昌坐李龍潭邸中贈答〉。

〔註56〕如〈成元岳文序〉，《珂雪齋前集》卷十。

〔註57〕《珂雪齋前集》自序。

〔註58〕如《珂雪齋前集》卷九〈曹醫序〉，卷十〈牡丹史序〉，卷四〈答蔣子厚訊詩旨〉。

〔註59〕同上卷十一〈遊荷葉山記〉，卷十六〈江進之傳〉。

郎性不耐靜，必須藉婢女敲頭提耳才能苦讀〔註60〕，而小修在動靜之
間，一半精神用於沈思苦誦，一半精神用於飲酒看花〔註61〕。既然能
靜下來思考，看問題總是比較深入一些。其次，小修在際遇上不如伯
修中郎那麼幸運，自十九歲入場，到萬曆四十四年（四十六歲）中進
士，共經歷十一次大考。大半生受困於舉業，使他的豪情壯志消磨殆
盡，當他考上的時候，至親的父兄和師友都早已去世，從前的歡樂，
俱成雲煙，遲來的功名，徒增淒涼。經過人生的挫折、歷練，小修多
了一份兄長們所沒有的蕭條氣象，也比較能正視現實的問題，不再一
味地追求浪漫與理想。

　　四十一歲是小修轉變的關鍵。那年春試下第之後，他南歸入玉泉
山讀書。閉門深思，平心靜氣地從自身開始反省；不久對心學大有所
悟。他寫了一篇很長的文章叫做〈心律〉，詳細記下思考的過程，其
中一段提到「嗔性」的問題。他說：

> 嗔念，吾極重。眞是胎性帶得，氣甚不平。雖轉盼即忘，
> 然一時暴起，焚和已甚。盤結諸根，隨處即發，姑不論大
> 利大害，或意有所是，人與相違；或議論蜂起，爲人所抑；
> 或與人言，其人痴愚，不領己意；或問者窮詰，不中理解；
> 或見人以強凌弱，心大不平；……種種皆是嗔性。……又
> 與人論學，見其異己，輒自動嗔，不須更論是非，以行嗔
> 者。……其人失路，亦非勝氣所能轉移，若能自信，豈以
> 人之不信而動？又何必求信于人？……莫云悟道之人，嗔
> 亦無妨，……其中本嗔，又添一嗔，即是道之所見，益無
> 忌憚。悟後之人，正好修行。（《珂雪齋前集》卷廿一）

小修所說的嗔性，不止是說自己，也是指李卓吾、袁中郎共有的毛
病。與人論學，一言不合，便生氣不耐，逞其快意，而失其本心，
往往不自覺的走上偏激之路，掉入「以暴易暴」的陷阱。小修憬悟
到這一層，以此爲出發點，把思想中有「嗔性」的部分剔除，做了

〔註60〕《袁中郎全集》〈答王以明書〉。
〔註61〕《珂雪齋前集》卷十〈劉性之孝廉詩序〉。

一番全面性的修正。

首先是「狂者」的定義；當他廿七歲的時候，他和其他人一樣，認為「聖賢」「中行」「完人」是不存在的，世上只有豪傑與庸人兩種人，豪傑幾乎可以取代聖賢〔註62〕，可是後來他承認豪傑與聖人終究是不同的：

> 人有胎骨帶來習氣，入于骨髓，貫于老少，而不可解者。……
> 雖大智慧人，且通學問，亦未能使之頓消融也，可畏也，
> 所以使人能為豪傑不能為聖賢者有以也哉！
> 狂者是資質瀟脫。若嚴密得去，可以作聖，既至于聖，則
> 狂之跡化矣！必謂狂即是聖，此無忌憚者之所深喜也。（〈示
> 學人〉，《珂雪齋近集》卷十）

其次，他不再強調頓悟，而主張頓漸並重，不分先後；在頓悟之後，尤其要修：

> 宋儒多言工夫，陽明而後多直指本體。然必先見本體而後
> 有保任工夫，所謂頓悟漸修四字，千古真脈絡也。（同上）
> 與雲浦論學，大約頓悟必須漸修。陽明所云：「吾人雖漸悟
> 自心，若不隨時用漸修工夫，濁骨凡胎，無所脫化。」是
> 真實語。卓吾諸公一筆抹殺，此等即是大病痛。（《遊居柿錄》
> 八九四條）

小修直接以陽明之言糾正卓吾，公然指出他的病痛，這並非不敬，而是想將左派王學推回到最初的、真正的王學，在學術傳承上有很大的意義。李卓吾一生以求真為目標，沒想到無形中失去了王學的真貌，小修追本溯源想尋回心學之真，可謂善承師旨。他在很多地方表達了回歸陽明的意思，例如〈書學人冊〉云：

> 良知之學，開於陽明，當時止以為善去惡教人，更不提著
> 此向上事，使無王汝中發之，幾不欲顯明之矣。蓋陽明先
> 生認得世間人資質虛浮者多，概以語之醍醐上味，翻成毒
> 藥，不若令其為善去惡，且作箇好人。如有靈根，發起真

〔註62〕同上，卷廿二〈報伯修兄〉。

疑，亦自可引之，以達于上，然此中亦千中無一、萬中無
一事也。後來王汝中于天泉橋上發之，陽明雖指四無為向
上一脈，而亦未嘗絕四有之說，以為不須有。正如創業祖
宗，兒孫事體，百凡俱慮到，亦不偏有所祖，令後來易成
寫春，而尤諄諄語汝中曰：「吾人凡心未了，雖已得悟，不
妨隨時用漸修功夫，不如此不足以超凡入聖，所謂上乘兼
修中下也。」是何等隱密。近日論學者專說本體，未免逗
漏，大非陽明本旨，予故違眾拈出，高明以為何如？（《珂
雪齋前集》卷二十）

陽明的本旨在頓漸並重，上乘也要兼修中下，所以回歸王學的方針，
是必需放棄自王龍溪以來的高明一路，不再以上上人為主，而是上智
下愚、鈍根利根都要兼顧。真正的上才，千萬人中不得一二，連王陽
明都自稱濁骨凡胎，不敢廢修持之功，何況是其他的人？那麼，為上
上人說法豈不是空疏不切實際嗎？照小修的意思，是對王龍溪也有微
辭的，他希望超越龍溪，直接繼承陽明，以真正持平的態度發為性靈
說。立場一旦不同，整個理論也跟著做大幅的修正，有人說他後期的
理論幾乎與公安派相反，其原因在此。

從反省中建立的文學理論

哲學思想與文學理論息息相關。不久，小修開始反省自己年輕時
候的作品，他說：

檢生平詩文，止得二十餘卷，回顧少作，幾欲覆瓿。（《珂雪
齋前集》卷廿三〈答王勁之〉）
少年勉作詞賦，至于作詩，頗厭世人套語，極力變化。然
其病多傷率易，全無含蓄，蓋天下事未有不貴蘊藉者，詞
意一時俱盡，雖工不貴也，近日始細讀盛唐人詩，稍悟古
人鹽味膠青之妙，然其一二語合者，終無有也，此亦氣運
才力之所限。（同上，〈寄曹大參尊生〉）

由「率易」轉為「含蓄」，由宋轉為盛唐，是他修正後的宗旨。小修
少年時意氣最豪，又受李卓吾影響，「不免時露粗豪抗浪本色」，中年

漸趨恬退，常自嘲所作「未免如銅將軍鐵綽板唱蘇長公大江東去詞」
（見〈王惟果文序〉、〈李仲達文序〉、《珂雪齋前集》卷十），又於〈蔡
不瑕詩序〉（同上）曰：「僕束髮即知學詩，即不喜爲近代七子詩，然
破膽驚魂之句，自謂不少，而固陋朴鄙處，未免遠離於法。」可見他
也逐漸承認「法」的重要了。他四十六歲左右，爲《珂雪齋前集》寫
了篇自序，對自己的缺點做了更深入的探討，認爲不及古人的原因有
五，其中除了第一項舉業的牽絆是他個人因素之外，其他四項無一不
是公安派的通病。他說：

> 古人詩文皆本之六經，以溯其源，參之子史百家，以衍其
> 派，流溢發滿，中和外肆。吾輩於本業外，惟取涉獵，一
> 經不治，何論餘書？或如牖中窺日，或如隙處視月，此其
> 不如古人者二也。古人研經十年，練都一紀，盡絕外緣，
> 爲深湛之思；今者雖有制作，率爾成章，如兔起鶻落，決
> 河放溜，發揮有餘，淘練無功，此其不及古人者三也。古
> 人慶弔餞送之文，實情眞境，不尚浮夸，作者不以爲嫌，
> 受者不以爲過；近時厭諛進熟，不當口出，少不稱揚，便
> 同譏刺，自惟骨體靡弱，未能免俗，雖抒性靈，間雜酬應，
> 此其不如古人者四也。少忝聞道，有志出世，……所作多
> 偶爾寄興，模寫山容水態之語，而高文大冊，寂然無有，
> 此其不如古人者五也。

無六經爲本源，是學淺；率爾成章，是思淺；以酬應調笑爲性靈，是
對人生世情的體驗淺；只知模寫山容水態，是文學的取材造境淺。小
修見出這些弊病，相對的，所提出的建議都指向「深厚」一路，這點
分別是竟陵派和錢謙益的先聲。

　　在學問方面，他主張對六經子史百家博取熟參，由中和而自得，
由自得而外溢，以健康的學術孕育健康的文學。這個論點雖是唐荊
川、焦弱侯「宗經說」的餘緒，但比起李卓吾和中郎鄙棄聞見的態度，
算是很有建設性的了。

　　在作者的創造過程方面，小修特別強調蘊釀淘鍊之功。他告誡子

姪輩說：

> 若輩當然熟讀漢魏及三唐人詩，然後下筆切莫率自矜臆，
> 便謂不阡不陌可以名世也。夫情無所不寫，而亦有不必寫
> 之情。景無所不收，而亦有不必收之景，知此乃可以言詩
> 矣！（〈蔡不瑕詩序〉）

這段話言簡意賅地指出：作家對現實要有擇取的智慧和能力。最初王
陽明講良知、唐荊川講本色時，都是經過嚴格的治心功夫，才敢直出
己意。後來治心的功夫不講了，所謂的「心」，淪爲一般的人性，普
遍的現實，把這種美醜雜陳的現實當成「眞」，毫不修飾的、赤裸裸
的搬上檯面，有什麼天工人巧可言呢？必需是經過充分鍛鍊陶冶的
「眞」，才有表達的價值，才是藝術家追求的美。小修這番話對性靈
派的技巧論是個很好的註腳。

對於作者的人生態度，小修也重新有一番嚴肅的體認。他說：

> 吾輩聚首，開口即是浪謔調笑，借以銷日，亦謂世上難可
> 莊語，不得不出是耳。然學道之人，揀擇良友，與之揚扢，
> 所謂借他人戰場演自己軍馬，何得逐淫朋之隊，邪言謔語，
> 一切隨他去也？發揮性情，聊借詩文以遣興則可，艷詞淫
> 曲，俱當實之。（〈心律〉）

這番話公然反對中郎和江進之所提倡的「滑稽」與「色情」。因爲在
他們手中，滑稽與色情經常只是謔浪調笑的題材，並沒有對文學人生
發揮什麼積極的作用，他們表面上過著風雅的名士生活，以掉弄機
鋒，故作瀟灑掩飾不負責任的玩世心態，又在應酬之間不能免俗地彼
此稱揚，無形中都掉入另一種「虛僞」的模式。小修看清了這一點，
不滿當年那種淺薄的人生態度，雖沒有說出「忠厚」兩字，但此意已
呼之欲出了。

至於文學題材的狹窄，則與作者的閱歷有關。他說：

> 士生而處豐厚，……即有所成，去凡品不遠。惟夫計窮慮
> 迫，困衡之極，有志者往往淬勵磨練，琢爲美器。何者？
> 心機震撼之後，靈機逼極而通，而知慧生焉。（《珂雪齋前集》

卷十〈陳無異寄生篇序〉）

「計窮慮迫，困衡之極」，才能深入的體驗人情世態，閱歷廣則感懷深，此所以「詩窮而後工」也。歷來性靈論者大多強調心靈的內在活動，很少加入人生經驗這一項，小修認為心機靈機經過人事的磨練才能生出智慧，所以在他的性靈說裏面，智慧是最高的特質。

《珂雪齋前集》卷十〈劉玄度集句詩序〉曰：

> 凡慧則流，流極而趣生焉。天下之趣，未有不自慧生也。
> 山之玲瓏而多態，水之漣漪而多姿，花之生動而多致，此
> 皆天地間一種慧點之氣所成，故倍為人所珍玩，故隨其口
> 所出，手所揮，莫不灑然而成趣，其可寶為何如者！

他繼中郎所言之「趣」進而拈出「慧」字，強調趣不是衝口而出，一蹴可幾的。「若慧之中，不必戒定，即為狂慧，豈西來之妙旨？」（〈心律〉）慧是一種冷靜、靈敏、具有創意和悟性的審美能力，它是智性的活動，為情感而服務。情感是藝術的原動力，可是有了充沛的情感，沒有學習、設計、表達的能力也是枉然。「慧」在創作過程中扮演重要的角色，有了它，欣賞時才能領悟古人之「神」，創作時才能「傳神寫真」。它和唐荊川的「天機」、李卓吾的「識」不太相同，天機器識猶偏於學問道德之智，小修所謂的慧眼慧心則純是文人才子的智。

〈四牡歌序〉曰：

> 學古詩者，以離而合為妙。李杜元白，各有其神，非慧眼
> 不能見，非慧心不能寫，直以膚色皮毛而已，以之悅俗眼
> 可也。近世學古人詩，離而能合者幾人耳，而世反以不似
> 古及唐為恨。昔人疑徐吏部不受右軍筆法而體裁似之，顏
> 太保受右軍筆法而點畫不似，解之者曰：「徐得右軍皮膚眼
> 鼻耳，所以似之；顏得右軍筋骨心髓，所以不似也。」故
> 曰：恆似是形，時似是神，世眼以貌求，宜嗤其不似古也。
> （《珂雪齋前集》卷九）

慧眼見古人之神，慧心寫我之神，外貌相離而精神相合，學唐而不似唐。在「傳神寫真」、「不求形似」這個觀點上，小修還是堅持性靈派

一貫的立場的。

文學批評——宗唐說

　　中郎宗宋，小修宗唐，表面上看，是兄弟倆最大的歧異，實際上浪漫思潮由消極轉向積極的契機便在於此。中郎之崇宋抑唐，主要是以明白痛快的作風打倒假古典主義的扭捏造作，其中含有不少負氣的成分，以致於他不願正視唐詩的價值。小修中年以後，火氣漸消，成見化去，以恬退的心情重新品味盛唐，領略到精深的藝術境界，便不再避忌這片園地，而欲以此建立新的詩學。這個道理，和焦竑的新學術觀相同，只是文學理論通常比學術思想慢半拍，所以到袁小修身上，才出現這個見解。〈淡成集序〉曰：

> 天下之文，莫妙於言有盡而意無窮，其次則能言其意之所欲言。左傳、檀弓、史記之文，一唱三歎，言外之旨藹如也，班孟堅輩其披露亦漸甚矣。蘇長公之才，實勝韓柳者，而不及韓柳者，發洩太盡故也。詩亦然；三百篇及蘇李河梁古詩十九首，何其沉鬱也，陳思王、謝康樂輩出，而英華始漸洩矣！杜工部、李青蓮之才實勝王維、李頎，而不及王維、李頎者，亦以發洩太盡故也。（《珂雪齋前集》卷十）

〈蔡不瑕詩序〉曰：

> 詩以三唐爲的。舍唐人而別學詩，皆外道也。國初何李變宋元之習，漸近唐矣！隆萬七子輩，亦效唐者也，然倡始者不效唐諸家，而效盛唐一二家；若維若頎，外有狹不能收之景，內有鬱不能暢之情，迫脅情境，使遏抑不得出，而僅僅矜其殼，率以爲必不可踰越，其後浸成格套，眞可厭惡。後之有識者矯之，情無不寫，景無所不收，而又未免舍套而趨於俚矣！（同上）

　　小修的宗唐說有以下幾個意義：

　　第一，他理想的範圍是整個的唐詩。所謂「三唐」，是將中唐以元和爲界，分入盛唐、晚唐，成爲初、盛、晚三期，和「四唐」的範圍相同。學詩應該觀摩唐代諸家，而不是坐井觀天，只取一某一期或

一二家而已。這個定義，符合性靈派「詩道廣大」的原則。

第二，他在廣大之中，又有專精。「言有盡而意無窮」，溫柔敦厚，是文學的最高境界，相當於道德界的「聖人」、「中行」；其次吐露英華，窮其變化，「能言其意之所欲言」者，相當於狂狷豪傑；最下者效顰學步，情境鬱狹，則為詩中之鄉愿〔註63〕。從前，性靈論者認為聖人大多為鄉愿所偽裝、取代，便據孔子之言，否認中行之士存在的可能，也否認了世上還有真唐詩的希望。結果三層境界只剩下中、下兩層，豪傑之士只要不做鄉愿，即可傲然不自檢點，露其狂態，無形中流於消極頹廢。現在小修發現真聖人的存在，豪傑之士受登峰造極的指引，自然會鼓動士氣，善加淬厲，去掉率性俚易種種瑕疵，往目標努力。這就是積極的浪漫主義了。

第三，小修所指的最高境界，其實和格調派的第一義是相同的，──文章是《左傳》、〈檀弓〉、《史記》，古詩是《三百篇》、〈蘇李〉十九首，律詩是王維、李頎──，但是「對象」相同，「運用」的方法卻大異其趣。格調派設立第一義，具有階級意識和專制性。它執此風格技巧，強迫人人都要依這個模式創作，不服從的，不是左道異端，便是瑕疵品、次級貨。而小修不然，他雖見出王維、李頎的藝術造詣，但絕不以此限制別人；基本上他認為唐代諸家都是平等的，各有各的特色，善學者應依自己的本性，採擷眾家之長，以自由靈活的方式形成自己的風格。他說：「近日學詩者纔把筆，即絕口不言長慶。如琵琶行，使李杜為之，未必能過。大都元白之警策處亦自有李杜，李杜之流暢處自有元白，未可輕議也。」〔註64〕就是很明白的反對階級論。

第四，第一義的美，不外深厚蘊藉，意在言外，香色流動，透徹玲瓏；這份鑑賞力並非格調派神韻派所獨有，性靈詩家也是具備的，只是對它的解釋，雙方又不相同。格調派自嚴羽到王漁洋，對「神韻」之美如何而來始終說不清楚，迷離恍惚，令人摸不著邊際。聰明一點

〔註63〕同上，卷十〈淡成集序〉。
〔註64〕同上，卷十二〈東遊記十三〉。

的，以神龍見首不見尾來掩飾這個缺失；笨拙一點的，以描花繡朵來取代活色生香，他們一向從外觀察作品，總是隔了一層。同樣的問題在性靈派看來就很簡單，性靈從內部論詩，有王維那樣的人，自然就有那樣的詩；王維詩之所以美，因為詩中有他的生命靈魂，旁人再怎麼學也學不來。小修說：「蓋剪彩作花，與出水芙蓉一見即知，不待摸索也。」〔註65〕這就是性靈與神韻最大的不同。

　　第五，小修宗唐說的最後建議是「不效前人」。不學七子，也不學公安，甚至不學唐人。更仔細地說，是不學前人的形跡，不作前人的末流；而學前人的本意和精神。〈阮集之詩序〉曰：

> 國朝有功於風雅者，莫如歷下。其意以氣格高華為主，力塞大曆以後之實；于時宋元近代之習為之一洗。及其後也，學之者浸成格套，以浮響虛聲相高，凡胸中所欲言者，皆鬱而不能言，而詩道病矣！先兄中郎矯之，其意以發抒性靈為主，始大暢其意所欲言，極其韻致，窮其變化，謝華啟秀，耳目為之一新。及其後也，學之者稍入俚易，境無不收，情無不寫，未免衝口而發，不復檢括，而詩道又將病矣！由此觀之，凡學之者，害之者也。變之者，功之者也。中郎已不忍世之害歷下也，而力變之，為歷下功臣，後之君子其可不以中郎之功歷下者功中郎也哉？……夫昔之功歷下者，學其氣格高華，而力塞後來浮泛之病；今之功中郎者，學其發抒性靈，而力塞後來俚易之習；有作始，自宜有末流，有末流，自宜有鼎革，此千古詩人之脈所以相禪于無窮也。（《珂雪齋前集》卷十）

這段話完全針對庸俗文化而發。他見出公安派被扭曲的現象和格調派相同，設身處地，見出對方也有其無可奈何的一面，於是造誡後生大眾：「學之者，害之者也，變之者，功之者也。」善學者才是學術的功臣，不善學者只會成為學術的絆腳石，學者應該保持補偏救弊的機動性，不該影附盲從，默守成規，拖累了前人的成果。這個見解深刻

〔註65〕同上，卷十〈成元岳文集〉。

而新穎，發前人所未發，對以下竟陵派的影響相當大，對正統派強人同己的策略也是一劑針砭。

把格調家從泥淖中拉拔出來，恢復他的真貌，是另一種貢獻。學術競爭終究不比政治鬥爭，君子揖讓，英雄相惜，對事不對人的雅量還是要有的。王陽明拈出朱子晚年定論，錢牧齋拈出弇州晚年定論，其意無非如此。許多人以為小修常有坦護中郎的傾向，其實他的立場很公正，批評很中肯，對七子的態度也相當尊敬〔註66〕。他教人「不效七子詩，亦不效袁氏少年未定詩，而宛然復傳盛唐詩之神，則善矣」（〈蔡不瑕詩序〉）！這話何嘗有一絲偏頗呢？

得「盛唐之神」，是最高的境界，然而「盛唐之合者不數人，人不數首」；若中行真不可得，退而求其次，得「唐人之神」〔註67〕，亦可為狂狷。張養浩、湯顯祖、袁中郎便是這一流人物。《遊居柿錄》一四四六條：

> 去歷程三十里，有龍洞，欲往遊，以他冗不果。因憶元張文忠公養浩一記，模寫光景，雜以詼諧，至今讀之，精神奕奕生動，誰謂元人遂無好文字也？……此老是白香山一流人，故詩文亦清脫乃爾！

小修為避開宋詩的界域，於宋不及一人，反而從元代尋出張養浩。元詩在格調派的階段中，比宋詩更早，小修不顧世俗眼光，首先著意於此，是頗具突破性的。

〈評湯氏玉茗堂集〉曰：

> 讀玉茗堂集，沈著多于痛快，近調稍入元白，亦其識高才大，直寫胸臆，不拘盛唐三尺，不覺其有類元白，非學之也。今人見詩家流變易讀者，即以為同于元白，然則詩必詰曲贅牙，至於不可讀然後已耶？且元白又何可易及也！王敬美自云：生平閉目不欲看元白詩。今敬美詩何如哉？

〔註66〕《遊居柿錄》一二七○條引李獻吉詩，可見小修嘗熟讀之。又五○五條見李、何親筆字，「道古可敬」，禮敬之心，見於字裏行間。

〔註67〕《珂雪齋前集》卷十〈吳表海先生詩序〉。

　　　　　　（《珂雪齋前集》卷廿三〈答天王根〉）

不刻意去學元白，也不刻意歧視元白，是小修對中晚唐的態度。「直寫胸臆，不拘盛唐三尺」，是性靈派宗唐和格調派宗唐不相同的地方。

　　至於中郎的詩，小修坦承於盛唐之渾含尚未及也：

　　　　昔吾先兄中郎，其詩得唐人之神，新奇似中唐，溪刻處似晚唐，而盛唐之渾含尚未也。自嵩華歸來，始云：「吾近日稍知作詩。」天假以年，蓋浸浸乎未有涯也。今人好中郎之詩者忘其疵，而疵中郎之詩者掩其美，皆過矣！（〈蔡不瑕詩序〉）

又論中郎於文學批評的地位云：

　　　　夫文章之道，本無今昔，但精光不磨，自可垂後，唐宋于今，代有宗匠，降及弘嘉之間，有搢紳先生倡言復古，……黃茅白葦，遂遍天下。中郎力矯敝習，大格頹風，昔昌黎文起八代之衰，亦非謂八代以內都無人才，但以辭多意寡，雷同已極，昌黎去膚存骨，蕩然一洗，號為功多，今之整刷，何以異此？（《珂雪齋前集》卷九〈解脫集序〉）

中郎在文學理論方面，能繼承昌黎的精神，在創造方面，能得中晚唐之神，他的疵處，只是達到盛唐的境界罷了。小修這樣解釋中郎的表現，小心翼翼的避開北宋的圈子，不提歐陽修，不提蘇東坡，和中郎視歐蘇為變化之大成有很大的出入，這自然是不符合中郎本意的。他之所以如此，主要是想站在「守正」的立場，進一步發出「抑宋」的主張。他說：

　　　　詩以三唐為的，舍唐人而別學詩，皆外道也。（〈蔡不瑕詩序〉）
　　　　今之作者不法唐人而別求新奇，原屬野狐。（〈答夏樸山書〉、
　　　　《珂雪齋前集》卷廿五）

明言宋詩為野狐外道，這口氣幾乎和正統派一模一樣了。這一來，便和卓吾、中郎形成很大的矛盾和衝突。對這兩位他最親近敬愛的人，小修做了以下的結論：

　　　　昔李邕書法謂：「學我者拙，似我者死。」不肖于中郎之詩亦然。總之，本朝數百年來，出兩異人，識力膽力，迥超世外，李龍湖、中郎非歟？然龍湖之後，不能復有龍湖，

亦不可復有龍湖也。中郎之後，不能復有中郎，亦不可復
有中郎也。(〈答須水部日華〉，《珂雪齋前集》卷廿三)

卓吾、中郎的膽識固然超人一等，但在小修看來，無異遊走在刀劍之
上，驚心動魄，十分危險，因此說他們「不能復有」，是恭維，「不可
復有」，是防範。不可無一，不可有二，是守正之士對「奇」的最大
容許範圍了。

其　他

　　袁小修是個值得注意的人物。四十以前，是消極的浪漫主義，四
十以後是積極的浪漫主義。在性靈派中，同時具有這兩種特質，而又
轉變得如此明顯的，還沒有第二人。所以他可說是浪漫主義改變的契
機。有些人認爲他前半期的主張比較具有代表性，其實他的特色全在
後半期，也就是四十一至四十八歲這幾年間。

　　這段期間，他經歷了不少人生的悲歡離合。四十一歲那年，中郎
病逝，給他的打擊相當大，傷痛未平，隔年父親也過世了，他「外支
門戶，內撫孤孀，中間患難侮辱，所不忍言，憂傷之餘，疾病繼之，
幾無生理」〔註68〕。由於父親在病中命他不廢進取〔註69〕。所以小修
在父兄俱亡後，強打精神，繼續應考，他說：「一生心血，半爲舉子業
耗盡，已得痼疾，如百戰老將，滿身箭瘢刀痕，遇風雨則益其痛。」〔註
70〕真是道盡箇中辛酸。抱著了此俗緣的決心，小修終於在四十六歲中
試，四十七歲當徽州府教授，遷國子博士。可是此時他已看淡功名，
不僅無意宦途，連著作量也大爲減少，他說：「書債已了，世局可結，……
無心用世，有意還山。」〔註71〕「欲於此後打疊精神，歸併一路，期
到古人大休大歇之地乃已。」〔註72〕爲了追求生死性命之學，他在四

〔註68〕同上，卷廿四〈答段二室憲副〉。
〔註69〕《遊居柿錄》五七三條。
〔註70〕《珂雪齋前集》卷廿三〈答秦中羅解元〉。
〔註71〕同上，卷廿四〈寄度門〉。
〔註72〕同上，〈答錢受之〉。

十八歲那年完成《珂雪齋近集》和《遊居柿錄》後，就不再有著作出現，直到他五十五歲去世，這六七年間的生活紀錄是一片空白。只知道他五十一歲時任南京禮部主事，歷郎中，不久乞休。晚年深於禪理，據他的兒子袁祈年說：「卒時鼻垂玉筯，人以爲禪定云。」〔註73〕

　　積極的性靈說在小修後半生反省的心態下產生。跟消極的性靈說比起來，它大致具備三個特徵：一，比較莊重的人生態度，二，注重學問；三，宗唐抑宋。可惜這些論點因爲他棄文學道的關係，沒有進一步的發揮，也沒有足夠的作品來印証，所以一般還是把他歸類爲公安派。事實上小修後半期已可歸爲竟陵派或虞山派（牧齋）了，因爲透過他與鍾惺、錢謙益的交往，這些建設性的主張發生很大的作用。

　　小修和鍾伯敬大約在萬曆三十七年相識於金陵〔註74〕，由於彼此是同鄉、同年〔註75〕，加上伯敬對中郎十分推崇，所以小修引之爲同道。《珂雪齋近集》卷六〈花雪賦引〉曰：

> 友人竟陵鍾伯敬意與予合，其爲詩清綺邃逸，每推中郎，人多竊訾之。自伯敬之好尚出，而推中郎者愈眾。湘中周伯孔意又與伯敬及予合，伯孔與伯敬爲同調，皆有絕人之才，出塵之韻，故其胸中無一酬應俗語。予三人誓相與宗中郎之所長，而去其短，意詩道其張于楚乎？

這篇文章在中郎逝後不久所作，當時鍾惺對鞏固中郎的地位可能出了不少力，所以小修特別稱揚他，隱隱然視爲自己的羽翼；而鍾惺經過這番確認，似乎也具有繼承公安的架勢。不過到萬曆四十二年，爲編雷思霈的詩集，他們出現意見不同的地方。雷氏是小修的好友，鍾惺的座師，萬曆三十九年卒，鍾惺整理他的詩集，精選之後，只得二冊，小修頗不以爲然。《遊居柿錄》一〇九二條曰：

> 太史（雷思霈）詩精選之僅得二冊。姑毋論其爲唐爲宋，要以「筆下有萬卷書，胸中無一點塵」二語，太史眞足以

〔註73〕《公安縣志》卷六「袁中道傳」。
〔註74〕見《遊居柿錄》一三四條。
〔註75〕小修與伯敬同爲楚人，萬曆卅一年同舉孝廉。

當之矣！在伯敬之見，必欲其精，而在予則謂此等慧人之語，一一從胸中流出，盡揭而垂之於天地間，亦無不可。昔白樂天，詩中宗匠也，其所愛劉禹錫詩，都非其佳者，豈自以為工者，人或不以為工，而自以為拙者，反來世之激賞也？不若并存之為是。

小修晚期不脫公安本色，仍然主張瑕疵論，而鍾惺已趨向精嚴，逐漸出現分歧的現象；後來鍾氏「見日益僻，膽日益粗」，「惟其僻見之是師」〔註76〕，小修便引錢牧齋排擊之。錢牧齋說：

小修又嘗告余：「杜之秋興、白之長恨歌、元之連昌宮詞，皆千古絕調，文章之元氣也。楚人何知，妄加評竄，吾與子當昌言擊排，點出手眼，無令後生墮彼雲霧。」蓋小修兄弟間，師承議論如此；而今之持論者，夷公安於竟陵，等而排之，不亦過乎？（《列朝詩集小傳》丁集中「袁儀制中道」）

小修這番話在他自己的文集中並未出現；他集中有六封給牧齋的信，只論生活近況，不及文事，所以沒有直接証據可以印証錢氏的說法，不過小修最後六七年不立文字，或許是在這段期間授意牧齋攻擊鍾、譚的。

鍾、錢兩家雖不相容，但先後受小修指授提攜，皆奉公安為正宗，可見公安派在性靈詩論的傳承上，自有它的地位與氣象。雖然他們偏激了些，那也是受了時代的刺激，並非本意。就本門學術而言，三袁都具有王門學者的精神，理論正確而富於前瞻性。袁小修曾說李卓吾嗜性雖重，「然其見地甚真，入路甚正，一時之龍象也」（《遊居柿錄》一四）。這話用來評論公安派也相當適宜。許多正統派人士存著異端的觀念，將公安、竟陵歸為一類，「等而排之」，這是不明究裡的作法。牧齋特別說明應將二者區隔開來，因為他看清性靈派內部中，公安、竟陵存在著中堅與偏鋒的差別，這差別是思考模式的問題，不在於表象，所以不能混為一談。

〔註76〕《列朝詩集小傳》丁集中「鍾提學惺」。

第四章　性靈詩論的偏鋒—竟陵派

　　竟陵派和公安派有許多不同的地方，其中之一是：袁氏兄弟的主張可以表現出公安派早、中、晚三期的變化，而鍾譚二人的理論卻異口同聲，不分彼此，也沒有前後期的差別。鍾惺的名望輩份比譚元春高，文學評論的份量比較重；鍾過世後，譚在世有十三年的時間，並沒有提出什麼新的見解，可見譚不過是鍾的羽翼而已，因此本章將兩人合寫，不另分節。

一、鍾惺與譚元春

　　鍾惺，字伯敬，號退谷，竟陵人，萬曆二年生（1547 年），三十八年進士，授行人。稍遷工部主事，尋改南京禮部，進郎中，擢福建提學僉事，以父憂歸，天啟四年（1624）卒於家，年五十一。譚元春，字友夏，與伯敬同里，約生於萬曆十四年（1586），天啟七年舉鄉試第一，崇禎十年卒（1637），年五十二。

　　鍾譚性情相投，定交於萬曆三十三年〔註 1〕，當時鍾惺三十二歲，譚元春二十九歲，俱未成名。鍾惺說：

> 予少於詩文，本無所窺，……大要取古人近似者時一肖之，為人所稱許，則自以為詩文而已矣。……庚戌以後，乃始平氣精心，虛懷獨往，外不敢用先入之言，而內自廢其中

〔註 1〕見《譚友夏合集》卷五〈喪友詩序〉。

拒之私，務求古人精神所在。(〈隱秀軒集自序〉)

譚元春亦自言其學詩歷程：

> 予年十六學爲詩。初無師承，亦不知聲病。但家有文選本，
> 利其無四聲韻可出入，竊取而擬之。殆遍其法，止如其詩
> 題，與其長短之數，起止之節，而易其辭，亦自以爲擬古
> 也。越三年，始有教之爲近體者。是時亦粗知詩意，有問
> 予擬古詩十九首及韋孟以下諸詩者，則面發赤。後數年又
> 稍進，并陸士衡之擬古、江文通之代擬諸作，私心亦有所
> 不慊。則遂泛泛焉回翔于古詩近體之間，蓋未有專力，至
> 于今愧之。(《合集》卷九〈序操縵章〉)

可知他們原先都經過一段擬古的過程。到庚戌年，也就是鍾惺中試做
官的那一年，始「平氣精心，務求古人精神」，逐漸在詩壇嶄露頭角，
四方求見者也日益增多。萬曆四十二年，鍾、譚開始合選《詩歸》，
共評選古詩唐詩二千餘首，費時三年完成，是他們文學理論的結晶，
一生心血之所在。《詩歸》刊行後，流布天下，成爲繼《藏書》、《牡
丹亭》之後最暢銷的性靈派著作。《列朝詩集小傳》說：「《古今詩歸》
盛行於世，承學之士，家置一編，奉之如尼丘之刪定。」當時海內將
他們合稱爲「鍾譚」，詩風號稱爲「竟陵體」，譚元春因此得以與鍾惺
齊名。由於編選《詩歸》的關係，他們成爲專業化的選家和批評家，
捧著文稿，上門求贄的人「無慮數十百輩」，他們皆爲之「凝思深讀，
評駁詢咨」〔註2〕，從中發展出一套評選的理論，這是在此之前性靈
論者所沒有的事業。

與公安派的淵源

鍾惺的思想見解頗受李卓吾、焦竑和三袁的影響。他沒有見過李
卓吾，但《藏書》、《焚書》、《坡仙集》這些著作都拜讀過〔註3〕，他

〔註2〕同上，卷十〈爲二李觴其尊公文〉。
〔註3〕《隱秀軒詩集·地集》五言古有〈讀豫約〉一首，可見鍾氏讀過《焚
書》，〈東坡文選序〉對《坡仙集》有意見，也可證明他讀過《坡仙集》，
《藏書》見註4。

模仿李氏的手法評論歷史、人物和文學，使《詩歸》和《史懷》都帶有幾分《藏書》的影子〔註4〕。他仰慕焦竑，曾說：「惺生平不喜無故而求見海內名人，……至秣陵焦弱侯太史，猶欲一見其人。」他屢次求訪未果，直到萬曆四十五年才得一見，當時焦竑已七十八歲，鍾惺說：「其顏面有間常有嶽瀆之氣，真異人也。沐浴經年，為益不少，先生亦深加知愛，然予未忍乞其片紙。……」（〈題焦太史書卷〉），可見焦竑曾對他發生些影響。在三袁方面，他沒有見過伯修、中郎，但對他們很尊敬，尤其是中郎，文中每提及必以石公稱之，稱引文學主張的部分也不少。他曾整理中郎的作品，「鍾伯敬增定本，《袁中郎全集》」至今是少數沒有摻入偽作的善本。袁小修和鍾惺是禮部同事，他們有許多共同的朋友，如王以明、陳正甫、蔡敬夫、雷思霈等人，其中雷思霈是鍾惺的座師，他極力闡揚性靈，對鍾惺的影響很大。此外，鍾惺集中與袁述之（中郎子）、袁祈年（小修子）贈答的詩文很多，看得出他們和袁氏後人保持很好的關係。在人脈方面來說，鍾惺是很可以正統性靈派自居的。

　　不過，受到「學我者死」這類言論的激勵，鍾惺刻意地不學公安。伯敬說：「勢有窮而必變，物有孤而為奇。」〔註5〕友夏說：「蓋吾輩論詩，止有同志，原無同調。」〔註6〕公安既不學前人，後人亦不當學公安，愛而不學，不護其短，才是真愛〔註7〕。於是他們秉持「獨抒己見」的精神，旁搜冥想，苦心孤詣，用自己的性格、經驗來詮釋性靈，使竟陵派的性靈說充滿獨特的個人色彩。

外冷內熱的性格

　　鍾譚內在的性格，是忠厚而富於同情心的。譚友夏說：「退谷雖

〔註4〕《石倉十二代詩選》，〈曹學佺唐詩選序〉云：「予友鍾伯敬之《詩歸》，予又病其學李卓吾。卓吾之評史則可，伯敬評詩則不可，評史欲其盡，評詩者不欲其盡也。」
〔註5〕《隱秀軒集》昃集序二問山亭詩。
〔註6〕《譚友夏合集》卷九中〈萬茂先詩序〉。
〔註7〕同上卷七〈答袁述之書〉。

嚴冷，然待友接士，一以誠厚，薦人惟恐其知。……性喜擇士，凡一見而知其人，卒以成名者甚眾。遇有眞賞，雖其人在千里之外，心憶口追，常如隔鄰。…故往往才人成就，歡悅無量，但以愛人慧巧，不肖者因而呈身，濫入交遊，詢對齲齘，皆叢於此。」〔註8〕至於友夏自己，則雖褐夫星卜之流，袖詩來投，也不敢不屏人深讀，猶望其能佳〔註9〕，其謙和仁柔有如此。

然而面對熱中功利的庸俗文化，鍾譚又形成另一種極端耿介絕俗的性格。鍾伯敬曰：

> 惺生平不喜無故而求見海內名人，蓋以角申競傚，龍門虛慕，自是漢末一段浮習，師友不得力處，全在於此。(〈題焦太史書卷〉《餘集》·題跋二)

又曰：

> 友夏居心託意，本自孤迴。予爲刻詩南都，而戒子勿乞名人一字爲序，此其意何如哉？(〈簡遠堂近詩序〉)

刻意「勿乞名人一字爲序」，或「薦人惟恐其知」，都是過份狷介的表現，在社交生活中，有時不免顯得突兀。《啓禎野乘·鍾學憲傳》曰：

> 公貌羸寢甚，力不能勝布褐，性深靜如一泓定水。嚴冷自喜，不樂與俗人接。或時對面，坐起若無睹者，同官集飲，眾方歡洽，獨渺然若失，無酬酢賓主禮，人以是陽敬而實深忌之。

落落穆穆，嚴冷寡合，這種不得人緣的個性使他們遭到很大的打擊；鍾以此不得至臺省，譚因此不得登科第，坎坷偃蹇，終不得志。鍾詩云：「住久愆難免，交深怨或輕。」「才入儀曹署，於中處處違。」「疏僻居鄉井，招尤亦有時。」〔註10〕譚詩云：「顛須從眾嘲難止，貧不依人餓有餘。」〔註11〕招尤受謗，不待身後，在當時鍾譚就已遭到許多

〔註8〕同上，卷十一〈退谷先生墓志銘〉。
〔註9〕同上，卷十〈譚叟詩引〉。
〔註10〕《隱秀軒集》五言律四〈感歸詩〉。
〔註11〕《譚友夏合集》卷廿一，〈七律馬巽父書至以湖山草元白集見寄感而有懷〉。

譏評了。不過他們倒不自憐自歎，也沒有什麼痛苦牢騷，一個深靜如一泓定水，一個凡事灑然無所掛懷；我行我素，獨來獨往，一意逞其孤衷峭性，其中自有擇善固執的意味。在躁進競逐的風氣中，他們雖說是一股清流，可是和三袁的通懷樂善比起來，也有矯枉過正，過於孤僻的傾向。如果說三袁是性靈派的狂者，竟陵派顯然是性靈派的狷者，狂者積極進取，活潑好動，其失也流於偏激，狷者有所不爲，冷靜深沉，其失也流於偏執，這些特質無形中都左右著他們的文學理論。

真、靈、朴、厚的文學理論

「眞」字仍是竟陵派的理論基礎。鍾譚認爲要糾正學風，培養士德，摒絕名心，掃除科舉下的醜態，初步的要求是必須一切出之以「眞」。他說：「士有眞品，而後有眞文。」〔註12〕「眞者可久，僞者易厭。」〔註13〕「眞僞之間，邪正分焉！」〔註14〕不過他所謂的眞，並非道家「眞人」之眞，而是回歸到儒家的「至誠」；在這一點上，他保持了性靈派一貫的立場，但又與李卓吾、公安派的禪家習氣不同，是很特殊的。《史懷》曰：

> 至誠者，眞精神之謂也。
> 文之工拙非所計，然其文不期妙而自妙者，志氣所至也。
> 志氣者何也？誠也，明也。
> 爲言一片至誠，生出許多靈警，可見靈警之詞，不出于至誠，不足以感人。〔註15〕

人類的至情至性無不由誠出發，故文學所表現的性情，必須經過審察明辨，近乎道而非苟然者。《譚友夏合集》卷九中〈王先生詩序〉曰：

> 詩以道性情也，則本末之路明，而今古之情見矣！嗟乎！
> 性不審而各爲其性，情不審而各爲其情，將率天下而同爲

〔註12〕《鍾伯敬遺稿》卷三〈閩文隨錄序〉。
〔註13〕同上卷二〈靜明齋社業序〉。
〔註14〕《史懷》卷七，頁4。
〔註15〕《史懷》卷十一「趙廣漢」條、「趙充國列傳」條、卷十二「王商史丹傳喜傳」。

> 此各各有之性情，以明其不癖，是其於性情也，苟然而已
> 矣！由此而之焉，一步一趾苟然也，由此而笑語焉，苟然
> 也，由此而吟諷焉，苟然也，而彼方自肆曰：「我以道性情，
> 其詩之謂夫！」嗟乎！竭生平之力而徒成一苟然，而又皆
> 果出於天然由衷之言，豈不惜哉？

他們反對以率易爲性情，爲了補救公安派浮躁的個性，提出了「清」
的境界。《史懷》卷二十「良吏胡威」條下曰：

> 清者，上士所安之爲常，而中人所勉之以爲異者也。以爲
> 常則出之爲無心，爲無跡，爲近情；行之爲恕，爲自下，
> 爲可久。……以爲異，則出之爲有心，爲有跡，爲矯情，
> 行之爲刻爲驕，爲久而變。

心中清靜，沒有雜念，才能去除矯情驕態，流露眞實的性情。詩所要
表現的是靜下來之後的微婉之思，柔厚之教，而不是喧嘩輕薄的樣
子。鍾惺〈陪郎草序〉曰：

> 夫詩，以靜好柔厚爲教者也，今以爲氣不豪、語不俊，不
> 可以爲詩。…世固有不必豪，不必俊，而能工詩者。……
> 豪則喧，俊則薄；喧不如靜，薄不如厚。（〈辰集・序二〉）

又〈簡遠堂近詩序〉云：

> 詩，清物也，其體好逸，勞則否；其地喜靜，穢則否；其
> 境其幽，雜則否；其味宜澹，濃則否；其遊止貴曠，拘則
> 否；之數者獨其心乎哉？市至囂也，而或云如止水，朱門
> 至禮俗也，而或云如蓬戶，乃簡棲遙集之夫，必不市於朱
> 門，而古稱名士風流，必曰門庭蕭寂，坐鮮雜賓，至以青
> 蠅爲弔客，豈非貴心跡之併哉？（同上）

在他看來，清是上士的境界，詩又是清物，那麼作家爲維持這樣的情
調，必須過著心跡簡遠，門庭蕭寂的日子，凡所不欲聞之語，不欲見
之事，不欲與之人，要一概逐出視野之外。他反對應酬，認爲名士風
流不在於縱酒酣歌，而在於友夏所云「常有一寂寞之濱，寬閑之野存
乎胸中」。那裡「稀聞渺見」，沒有俗見陳語繞心，清清冷冷，落落瑟
瑟，若無一物，可是一切情語、艷語、朴處、厚處、極眞、極活、極

細處無不自此中來，此之謂「詩之候」也〔註16〕。這樣的心境不僅是「清」，進一步說就是「寂寞」。寂寞荒寒之境，是使人頓悟的引子；伯牙學琴的故事最能證明這個道理。伯牙學琴於成連，被放於東海孤島上，聞山林群鳥之音，恍然大悟而樂成；這個故事廣爲性靈論者引述，在《古詩歸》中也受到相當的重視；卷二「伯牙水僊操」條下，鍾云：「到此光景，才是精神眞寂寞處，難言！難言！」「伯牙大悟頭，立地成佛，畢竟從精神寂寞來。」譚云：「大道妙勢，無精神不可，然精神有用不著處，寂寞字微矣！微矣！覺專心致志，至此說不得。……」性靈論者通常以這個例子印證「自得」「頓悟」的境界，可是鍾譚不大相同，他們很少談頓悟，卻注重頓悟的條件──寂寞；認爲精神寂寞，情志才能專一，濾去煩亂浮動不安，沉靜下來，眞詩才能出現。鍾伯敬〈詩歸序〉曰：

> 眞詩者，精神所爲也，察其幽情單緒，孤行靜寄，于喧雜之中，而乃以其虛懷定力，獨往冥遊，于寥廓之外，如訪者之幾于一逢，求者之幸於一獲，入者之欣于一至。

不論是欣賞或創造，詩都起於沉靜中的回味，在幽情單緒之中，情感接受理智的安排，陶冶鍛鍊，則靈奇生焉。「靈」就是聰明，譚友夏常將「靈」字與「蠢」字對照著用〔註17〕，他的意思十分明白。靈生奇，奇表現在文句裡就是警策，所以有時又以「靈警」形容之。鍾譚特別注意詩文中之警策，《譚友夏合集》卷八〈詩歸序〉曰：

> 夫眞有性靈之言，常浮出紙上，決不與眾言伍，而自出眼光之人，專其力，壹其思，以達於古人，覺古人亦有炯炯雙眸從紙上還矚人，想亦非苟然而已。

他說的意思不外是徐渭「冷水澆背，陡然一驚」的話，徐渭說表現精神在「眼」，眼就是詩中之警策，是奇處奧處；鍾惺常說有警策的地方，讀一句似一篇，沒有警策的地方，讀一篇似一句，他們常以此判

〔註16〕《譚友夏合集》卷九〈渚宮草序〉。
〔註17〕如上，卷九〈汪子戊己詩序〉，卷廿三〈五絕同舍弟默坐小塔上〉……。

定作品的好壞。不過一篇作品不能滿身皆眼，一定要有平凡處與之搭配，平凡處謂之「朴」。「靈」與「朴」是兩種不同的美，它相當於公安派討論的「奇」與「正」。譚友夏〈題簡遠堂詩〉曰：

> 夫詩文之道，非苟然也，其大患有二，朴者無味，靈者有痕，故有志者常精心于二者之間，而驗其候，以爲淺深。必一句之靈，能回一篇之運，一篇之朴，能養一句之神，乃爲善作。譚子曰：古人一語之妙，至于不可思議，而常借前後左右、寬裕朴拙之氣，使人無可喜而忽喜焉。如心居內，目居外，神光一寸耳。其餘皆皮肉膚毛也。若滿身皆心，心外皆目，人乃大不祥矣。然前後左右所以藏此一語者，亦必眞如古人之寬朴，苟以古人不可思議之語，藏于今人漫無精氣之篇，將并其妙語而累之。譬如人懷仙佛之心，而所裹皮肉膚毛，疥癩猶可，豈可市井乎？（卷廿三）

朴者無味，靈者有痕，正如在不善學者的手中，平者流於庸弱，奇者流於尖新，其間的差別，端看作者功力火候的深淺，到了爐火純青的時候，無論平與奇、靈與朴，都能臻於化境。化境鍾惺特別稱之爲「厚」，〈與高孩之觀察〉曰：

> 詩至於厚，無餘事矣！然從古未有無靈心而能爲詩者。厚出於靈，而靈者不即能厚。……非不靈也，厚之極，靈不足以言之也，然必保此靈心，方可讀書養氣，以求其厚。若夫以冥頑不靈爲厚，又豈吾孩之所謂厚哉？（《隱秀軒集》〈往集·書牘一〉）

厚的意義，具體說來有三：一是語意深厚，二是氣勢渾厚，三是指人格情感的厚道。能同時兼具這三個條件的，在古詩是陶淵明，在唐詩是杜甫，他們人品忠厚，詩文渾厚，是鍾譚心目中最高貴的典範。例如《古詩歸》卷九評陶淵明乞食詩，鍾云：

> 妙在無悲憤，亦不是嘲戲，只作尋常素位事，便高、便厚、便深。

譚云：

> 讀「饑來驅我去」「叩門拙言辭」「主人解余意」「冥報以相

詁」四語，廉恥忠厚，溢於言外。

《唐詩歸》卷十七評杜甫〈月夜憶舍弟〉一首，鍾曰：

> 只覺其眞，不覺其俚且碎，由其筆老氣厚故也。

評〈彭衙行〉，曰：「小心厚道，一味感恩。」譚云：

> 老杜第一詩人，又是第一高人，人不第一，恐詩亦不能第
> 一也。

「厚」除了指宅心仁厚之外，還包括誠懇的寫作態度，高尚的人生修養，有了這些，輔之以靈慧，自能營造渾厚的氣勢。《唐詩歸》卷十二「常建」條下，鍾惺曰：

> 初盛唐之妙，未有不出於厚者，常建清微靈洞，似厚之一
> 字，不必爲此公設，非不厚也，靈慧之極，有所不覺耳。
> 靈慧而氣不厚，則膚且佻矣，不可不知。

又卷七「儲光羲」條下曰：

> 寄興入想皆高一層、厚一層、遠一層，田家諸詩皆然，有
> 此心手，方許擬陶，方許作王孟，莫爲淺薄一路人便門。

在他看來，盛唐的含蓄之美無不出自作者的靈心厚意。不厚則淺薄虛假，不靈則呆板笨拙，唯有厚與靈渾融無間，才能達到藝術的顚峰。

為了追求這個境界，他提出了「學」字。

「學」、「學古」、「學古詩」

「學」的初步意義，是一般所謂的學問、學養。鍾惺〈孫曇生詩序〉曰：

> 人之爲詩，所入不同，而其所成或異。從名入、才入、興
> 入者，心躁而氣浮。躁之就平，浮之就實，待年而成者也。
> 從學入者，心平而氣實，平之不復躁，實之不復浮，不待
> 年而成者也。（《隱秀軒集》〈屒集・序二〉）

為了矯正公安使才逞氣的弊病，鍾惺承焦竑和袁中道的餘緒，強調學問的重要。他認爲仗恃才氣者，心浮氣躁，不知其所止，往往伉浪自肆，泛濫無歸，不如從學養而入者，心平氣實，容易達到隨心所欲不逾矩的地步。因此士子平日當「博於讀書，深於觀理，厚於養氣」，

得其才情神志之所在，發而爲文，不求正而自正〔註18〕。他反對以固定的模式禁錮人心，限制士子的思想文章，建議後學「博取厚出」，「更心易慮」，好學深思，以「別開一境」〔註19〕。這些主張雖不及焦竑宗經說的規模，卻也是持平之論，抨擊鍾譚者雖眾，在「學」與「厚」這兩項並沒有什麼可挑剔的。

「學」的第二個意義是「學古」。學古與中郎的進化論看似相反，實則相成。鍾惺〈詩歸序〉曰：

> 詩文年運，不能不代趨而下，而作詩者之意、興、慮無不代求其高。高者，取異於途徑耳。夫途徑者，不能不異者也，然其變有窮也。精神者，不能不同也，然其變無窮也，操其有窮者以求變，而欲以其異與氣運爭，吾以爲能爲異而終不能爲高，其究途徑窮，而異者與之俱窮，不亦愈勞而欲遠乎？此不究古人眞詩之過也。

中郎的進化論是講詩的生命現象。詩不斷要成長進步，需要求新求變，這是不可避免的，但求變不能只注意形式的問題，因爲形式的變化有限，光在這上面做花樣並不能延長詩的壽命。格調派專力擬古，公安派笑人泥古，他們爭執的焦點常在面貌之「似」與「不似」，格調派放棄自己的精神，專作似唐的詩，公安派逞一己之才情，故意作不似唐的詩，雙方都忽略了古人的精神，而去古愈遠。殊不知人類的情感恒久不變，才智用之不絕，古人之精神才是詩體的營養血脈，取法於此，才是創新的正途。《唐詩歸》卷三十五「皇甫松古松感興」條下，鍾惺曰：

> 古人作詩文，於時地最近，口耳最熟者，必極力出脫一番，如晚唐定離卻中唐，等而上之，莫不皆然，非獨氣數，亦是習尚使然，然其所必欲離者，聲調情事耳。已至初盛人，一片眞氣，全力盡而有餘，久而更新者，皆不暇深求，而一切欲離之，以自爲高，所以離而下，便爲晚唐。亦有離

〔註18〕《隱秀軒集》昃集序四〈送王水啓督學山東序〉。
〔註19〕同上，〈潘無隱集序〉。

> 而上者，爲初盛，爲漢魏，皆不可知，蓋淳厚之脈，不盡
> 絕於天地之間，無一切趨下之理，觀此等詩知之。

文學無一切趨下之理，亦有離而上者，取古人之精神，變化自己之氣質，既不違背進化理論，又可彌補公安之不足，這是鍾譚對性靈說的建設之一。

「學古」的另一個作用，是與格調派的「擬古」抗衡。鍾惺〈詩歸序〉曰：

> 今非無學古者，大要取古人之極膚極狹，極熟便于口手者，以爲古人在是。使捷者矯之，必于古人外自爲一人之詩以爲異。要其異又皆同乎古人之險且僻者，不則其俚者也，則何以服學古者之心？無以服其心，而又堅其說以告人曰：千變萬化不出古人。問其所爲古人，則又向之極膚、極狹、極熟者也。世眞不知有古人矣。

譚元春〈詩歸序〉曰：

> 古人大矣！往印之輒合，遍散之各足。人咸以其所愛之格，所便之調，所易就之字句，得其滯者、熟者、木者、陋者，曰我學之古人。自以爲理長味深。而傳習之久，反指爲大家、爲正宗，人之爲詩，至於爲大家、爲正宗，馳海內有餘矣，而猶敢有妄者言之乎！嗚呼！此所以不信不悟，而有才者至欲以纖與險厭之，則亦若人之過也。

格調派學古的錯誤有二：一是取古人熟爛膚庸之語，組成格套，以爲得古人之精神，而自命大家。其次，這些「大家正宗」把持權威，教人「堅守莊誦」，「終其身無異詞」（同上），使豪傑之士難盡其才，不得不離開中正之軌，走上俚僻纖佻的險路。把學古搞成擬古，是觀念錯誤；心胸狹窄，不能容人，是態度錯誤；這些原因促使性靈派喊出「不學古人」的口號。鍾、譚看清了這點，一面繼承反摹擬的精神，一方面去掉公安派的「嗔性」，改以「獨坐靜觀之心」看待問題。他們決定修正以往逃避、負氣的路線，不忌重複，正面地與格調派爭取地盤。鍾說：「詩，活物也。」說詩者遍天下，而詩之爲詩自如也，「趣

以境生，情由目徙」，每個人欣賞的眼光不同，何以不能新之〔註20〕？
譚說：「法不前定，以筆所至爲法，趣不強括，以詣所安爲趣。」（〈詩
歸序〉）他們不顧成法，以一己之手眼選出眞詩，與假詩抗衡，欲以
此建立新的詩學，這份積極的志向是前人所沒有的。

「學古」另外有一個特別的意義是——「學古詩」。古詩與律詩
相對，代表自由與嚴整兩大系統；格調派長於律，性靈派長於古，這
現象一直存在著，只是到鍾、譚手中，性靈派才有人正式提倡古體。
鍾惺〈答譚友夏書〉曰：

> 輕詆今人詩，不若細看古人詩，細看古人詩，便不暇詆今
> 人也。（《隱秀軒集》〈往集・書牘一〉）

《譚友夏合集》卷九〈序操縵草〉曰：

> 詩之衰也，衰于讀近代之集苦多，而作古體之詩苦少也。
> 近代之集，勢處于必降，而吾以心目受其沐浴，寧有升者？
> 子之不聞，誠是也。予嘗恨古今爲詩之限，何以不訖古體
> 而止，有律焉，雕之因之，又從而減其句之半以絕之，甚
> 矣！其不古也。人生竭歲時、忘昏旦以求之，精力銷隕。
> 于是而反以古詩爲餘，其不知甚者，乃反以古詩爲易，大
> 郊廟，小田野，將無眞聲之可存。

譚友夏又於〈詩歸序〉曰：

> 有教春者曰：公等所爲創調也，夫變化盡在古矣。其言似可
> 聽，但察其變化，特世所傳文選、詩刪之類，鍾嶸、嚴滄浪
> 之語，瑟瑟然務自雕飾，而不暇求於靈迴朴潤，抑其心目中
> 別有風物，而與其所謂靈迴朴潤者，不能相關相對歟？

這幾段話的重點約略有三：第一、提倡古詩是對時人濫作七律的反
抗。第二、以古詩爲「升」，律詩爲「降」，並非退化論，而是以質樸
爲高尚，以雕飾爲卑俗的意思。第三、鍾、譚並不是什麼古詩都取，
他們偏好田野民間之眞詩，反對冠冕堂皇的郊廟之作。譚元春曰：

> 詩者性情之物，而性情者皆樸之區也，區于樸，則古今聲

〔註20〕同上，列集論一中《詩論》。

詩之變，可以一事一句而逢之矣！（《樸草引》卷十）

詩三百六篇，固予所最好。……六經無不美之文，無不樸
之義，匡衡說詩可解人頤，而史稱其說詩深美。深美云者，
溫柔敦厚，但赴其中，弟所謂有深趣者也。（〈黃葉軒詩義序〉，
卷九）

所謂溫柔敦厚，深美深趣，自然是與格調派「滯、熟、木、陋」
相反的風格，可是具體而言，究竟是什麼呢？《詩歸》卷廿一「杜甫
送遠詩」條下，鍾曰：

深甚，不在不可解，而在使人思，若以不可解求深，則淺矣！

「深」，並不是故作深奧，而是情感深，意思深，至於字面則是一見
便可明白的。《詩歸》卷十二「岑參送杜佐下第歸陸渾別業」詩下，
鍾曰：

高岑五言律只如說話，本極眞、極老、極厚，後人效之，

反用為就易之資，流為淺弱，使俗人堆積者亦自夸示。

原來鍾、譚所謂的「古詩」，並不限於那一朝代，也不限於那一種體
裁，而是一種「明白如說話」的特質。這就像韓愈把散文稱之為古文
一樣，表面上是託古，實際上是創新，是要擺脫格律對偶的束縛，用
比較自然、比較接近口語的方式寫作。鍾、譚所謂的「古詩」，其實
也就是「散文詩」或「白話詩」的意思。

胡適先生曾將舊文學中那些明白清楚，近於說話的作品，都包括
在白話文學的範圍內，他說：「白話有三個意思，一是戲台上的說白
的『白』，就是說得出，聽得懂的話；二是清白的『白』，就是不加粉
飾的話；三是明白的『白』，就是明白曉暢的話。依這三個標準，我
認定《史記》、《漢書》裏有許多白話，古樂府歌辭大部分是白話的，
佛書譯本的文字也是當時的白話，或很近於白話，唐人的詩歌──尤
其是樂府絕句──也有很多白話作品。」〔註21〕從白話的角度看，駢
文、律詩、應制、八股之類，是僵死的文學，散文、古詩、戲劇、小

〔註21〕胡適〈白話文學史自序〉。

說是有生命的活文學。性靈派處處講「眞」、講「天機」，所追求的就是胡適先生所謂的白話文學，他們所作的努力就是一股白話運動。這個運動在散文方面最先成功，其次爲戲曲小說，最後才輪到詩。詩到公安派手中，提倡民間眞詩，才有了「白話化」的傾向，不過公安的白話詩比較尖新俚易，爲了矯正這個弊病，鍾、譚轉而選擇敦厚老實的白話。公安派又只注意到當代「劈破玉」「打草竿」之類的土風歌謠，鍾、譚便更進一步，指向古代白話詩歌的天地。這是他們別出手眼的一大發現，爲了貫徹這個理念，他們上下數千年，搜尋白話詩，完成了《詩歸》這部大著作。

《詩歸》

　　《詩歸》不僅是鍾、譚的文學批評，也可以說是性靈派的一部「白話文學史」。它一共有五十一卷，《古詩歸》佔十五卷，包括古逸、漢、魏、晉、宋、齊、梁、陳、隋。《唐詩歸》佔三十六卷，分初唐、盛唐、中唐、晚唐。其中的評語非常駁雜，有文學總論，文學分論；分論中有單就時代、作者或某一首詩的批評，也有逐字逐句的細評，有時則離開文學的界域，回到歷史的或現實的眼光，發出一段評史論人的議論；或批評作品內容與動機，或隨著作品發出情緒性的歡詞笑語，這類「投入式」「分享式」的態度是自李卓吾以來就有的特色，他們要「引古人之精神以接後人之心目」﹝註22﹞，不得不從作者之「人」與作品之「意」著手，可是卻因此掩蔽了「白話文學」的主題，使人看不清它的體例。事實上，鍾、譚只隱隱然有「白話」的概念，「感覺」要朝這個方向走，但是沒有辦法像胡適先生說得那麼透澈，如果我們拿胡適的《白話文學史》和《詩歸》對照著看，就可以發現竟陵派眞正的精神了。

　　在古詩方面，胡適《白話文學史》從漢代開始談起，《詩歸》則比他早，「古逸」二卷專門收錄漢以前罕見的古老歌謠，大多是小老

﹝註22﹞詳見《清詩話》，53～59 頁。

百姓的情眞之作，例如〈優孟歌〉感歎政治昏亂，廉吏貪吏皆不可爲；
〈紫玉歌〉表達婚姻不自由的痛苦，愼子：「不聰不明，不能爲王，
不鼓不聾，不能爲公。」是一個世故老到的俚語，牟子引古諺：「少
所見，多所怪，見橐駝，言馬腫背。」是一個古老的玩笑話，鍾云：
「諢語難得如此質而重。」譚云：「大奇！大奇！讀之使人粲然而笑。」
由此可知他們對白話的欣賞。四民月令引用的農家語也被收錄。其一：

> 三月昏，參星夕，杏花盛，桑葉白。

其二：

> 河射角，堪夜作，犁星沒，水生骨。

譚評曰：

> 名爲俚諺，而奇質鮮儌若此，今之詩人愧死矣！若經鍛鍊，
> 其實開口而成。天機所在，鍛鍊之至也，費心費舌，便有
> 不好光景。

他很明白的表示小老百姓的「天機」是文學的底子，若經過廟堂詞客
的改造，這一點活潑的生機就會被毀滅，成爲模仿的、生硬的死文學。
古逸詩是格調派很少染指的部分，鍾、譚選了這些原始的、無韻的作
品，特別凸顯其「散體」「白話」的選錄標準。

　　其次，在兩晉文學方面，胡適先生說：「兩晉的文學大體只是一
班文匠詩匠的文學，除去左思、郭璞少數人之外，所謂三張、二陸、
兩潘，都只是詩匠文匠而已。」（第八章）他不太滿意鍾嶸《詩品》
將陸機、潘岳、謝靈運置於上品，將陶淵明、鮑照置於中品（第六章），
認爲左思、程曉、陶淵明、鮑照這些以民間語言寫作的作家才是傑出
的人物。他欣賞左思的〈嬌女詩〉，程曉的〈嘲熱客〉，以及陶淵明的
〈責子〉、〈挽歌〉等等。這個見解在《古詩歸》中得到印證；鍾、譚
首先「罷黜」陸、潘等人的四言詩，譚云：「四言詩可質也，不可以
拙而托于質，可典也，不可以舊而托于典。……陸、潘四言詩盡以拙
且舊黜之。」（卷八）這也就是說陸機、潘岳等人的四言詩全是以摹
擬的、陳腐的方法寫作，毫無新意可言。至於他們的五言詩也選得很

少，潘岳只取〈悼亡詩〉一首，與陶淵明佔整整一卷的份量相差很多。
鍾惺說：

> 陸潘之病，在情爲辭設，而不能自出。

又於總評說：

> 平生讀潘陸詩輒恐臥，而無以奪之。有譚子「手重不能運」
> 五字，二陸無辭，千古大家同爲語塞。

譚云：

> 二陸才名，千古一詞，然手重不能運，語滯不能清，腹之
> 所有，不暇舟擇，韻之所遇，不能少變。

這就是說他們不能放開板重呆滯的文言，用清新流利的白話寫作，以
致空有才名，而所作如出一轍，沒有自己的個性。

左思的〈嬌女詩〉最受推崇。鍾惺小字批曰：

> 通篇描寫嬌癡遊戲處不必言，如握筆執書，紡績機杼，文史
> 丹青盤槅等事，俱是成人正徑事，務錯綜穿插，卻妙在不安
> 詳、不老成、不的確、不閑整、字字是嬌女，不是成人，而
> 女兒一段聰明，父母一段矜恤，筆端言外，可見可感。

又大字總評曰：「妙在筆端瑣屑潦倒中有一嬌女在。」

程曉的〈嘲熱客〉也是鍾譚注意的作品；鍾小字批曰：

> 熱客二字，無根據得妙，多少厭戲在內。
> 不妙在說主人厭客，妙在寫出俗客在坐一段蠢然不解人厭
> 之狀，一一在目。

譚批曰：

> 正言正色中，全是滑稽。
> 程曉嘲熱客，李白嘲魯儒，嘲得盡情盡理，每閉戶開卷見
> 之，幾于大笑失聲。

鍾指出「熱客」二字，無根據得妙，這是當時新創的口語，坐客蠢然
之狀，是人情世故中的尷尬狀況，一個是白話的語言，一個是白話的
題材，配合起來才能如此生動。譚元春所以覺得想大笑失聲，是因爲
白話詩中本有「諧趣」的成份，胡適《白話文學史》第八章說：

> 應璩是做白話諧詩的，左思也做過白話的諧詩，陶潛的白
> 話詩，如責子，如挽歌也是詼諧的詩。……我們從歷史的
> 大趨勢看來，從民間的俗謠，到有意做諧詩的應璩左思程
> 曉等，從拙樸的百一詩到「天然去雕飾」的陶詩──這種
> 趨勢不能說是完全偶然的，他們很清楚地指點出中國文學
> 史的一個自然的趨勢，就是白話文學的衝動，這種衝動是
> 壓不住的。

　　繼陶淵明之後，胡適於劉宋一代取鮑照而貶謝靈運、顏延之。他
說顏延之是個庸才，謝靈運只能把自然的景物硬裁割成駢儷的對子，
在那個纖弱的時代裏，鮑照的天才被批評爲「險俗」。其實「險」只
是說他才氣放逸，俗只是說他不避白話，近於「委巷中歌謠」（第八
章），對唐人而言，他可是白話詩的先鋒。《古詩歸》中也有類似的意
見；鍾惺說顏延之鏤金錯采，爲終身之病；謝靈運以麗情密藻，發其
胸中奇秀，可惜「時有字句滯累，即從彼法中帶來」。譚元春也說謝
康樂「微恨其板」，「活則深，板則淺」，可見顏、謝的缺點都在雕飾
太過，而顯得僵化（見卷十一）。對於鮑照，鍾惺評曰：

> 鮑參軍靈心妙舌，樂府第一手，五言古卻又沈至。鮑照能
> 以古詩聲格作樂府，以五言性情入七言，別有奇響異趣。

又評其〈擬行路難〉三首曰：

> 極悲涼，極柔厚，婉調幽衷，似晉白紵杯盤二歌，全副蘇
> 李十九首性情從七言中脱出，樂府歌行，出入其中，遊戲
> 其外，可知而不可言。

在當時模擬刻畫的風氣中，鮑照幽婉柔厚，眞情流露，又能變換手法，
出入規格之外，表現活潑的創意，自然是一代之能手。

　　在唐詩方面，鍾、譚爲反抗李攀龍「唐無五言古」之說，特別強
調唐人五古的重要，評選時先古後律，律詩則以「律中帶古」者爲上。
譚曰：

> 唐人神妙，全在五言古。（卷十五「李白總評」）

鍾曰：

> 王孟之妙在五言，五言之妙在古詩。今人但知其近體耳。
> 每讀唐人五言古妙處，未嘗不恨李于鱗孟浪妄語。（卷八《王
> 維・哭殷遙詩後》）

鍾惺評張九齡曰：

> 唐人五言古，惟張曲江有漢魏意脈，不使人摸索其字形音
> 響，而遽其為漢魏意脈，所以為真漢魏也。（卷五）

又評高適曰：

> ……古詩似張九齡、宋之問一派，五言律只如說話，其極
> 鍊、極厚、極潤、極活，往往從欹側歷落中出，人不得以
> 整求之，又不得學其不整。（卷十二）

又於李頎〈寄境湖朱處士〉詩後曰：

> 律詩帶古，惟盛唐諸人能之，如小楷兼隸法也。太白五言
> 律編詩者多入古詩內，皆不達盛唐詩法之過。

綜合鍾、譚對初盛唐各家的評語，他們見出唐人融化漢魏，自創一代樂府的優點。唐詩的基礎在古詩，所謂「律中帶古」就是在格律的限制下作出明白如說話的句子，不用典，不掉文，不帶匠氣，便能圓轉生動，產生空靈之美。胡適先生的意見是最好的詮釋；他說：建安時期的主要事業在於製作樂府歌辭，天寶時期的主要事業也在於製作樂府歌辭，唐人「力追建安」，是以活的語言同新的意境創作樂府（第十二章），又將樂府中得到的聲調與訓練用到樂府以外的詩題上，於是產生五言、七言或五七言夾雜的各種新體詩，這些新體詩大多朝自由解放的路上走，文字多近於白話或竟全用白話。後世妄人不懂歷史，把這種詩體叫做「五古」、「七古」、「古詩」，其實這種解放而近於自然的詩體是唐朝的新詩體（第十二章）。唐人的詩多從樂府歌辭入手，後來技術日進，工具漸熟，個人的天才與個人的理解漸漸容易表現出來，詩的範圍才擴大，詩的內容也就更豐富、更多方了。故樂府歌辭是唐詩的一個大關鍵，詩體的解放多從這裏來，技術的訓練也多從這裏來。從傚作樂府而進為創作新樂府，從做樂府而進為不做樂府，這便是唐詩演變的故事（第十二章・王維樂府）。

　　胡適又提到白話詩的來源有四：一是民歌，二是諧詩或打油詩，三是來自歌妓者，四是源自宗教與哲理（第十一章）。這四項正是性靈派標舉或創作的方向，民歌一項不用細說了，諧詩與打油詩是「滑稽」類，與歌妓有關的是「艷情」類，說禪講道的則是「仙佛」類。性靈論者憑一己的性情才力去創作，大概都不出這個範圍；在《詩歸》裏面，這四種情調也是齊備的。民歌部分，《古詩歸》卷一卷二的古逸詩和卷十三至十五的齊梁民歌都是純粹的民間歌謠，鍾、譚幾乎是整批將它們收入，重視的程度，一見即知，無庸贅引。諧詩部分，前面提到的左思〈嬌女〉、程曉〈嘲熱客〉，及陶淵明〈責子〉、〈挽歌〉等俱屬此類。胡適先生說諧詩就是文人用詼諧的口吻互相嘲戲的詩，或諷刺社會，或嘲戲別人，或自我解嘲，因為它大多是脫口而出，所以最自然，最沒有做作，往往成為很自然的白話詩，這類詩有時沒有多大的價值，然而卻有訓練白話的大功用（第十一章）。詼諧風趣是智慧修養的結晶，有了點風趣，即使處在窮困之中，也能使意興不衰頹，風味不乾癟，偉大的詩人如陶潛、杜甫都不脫一點說笑話和打油詩的風趣。

　　唐人當中，胡適特別注重杜甫。他說：「所謂宋詩，只是作詩如說話而已，他的來源，無論在律詩或非律詩方面都出于學杜甫。」杜甫以下，到白居易，諧詩分成「諷諭」與「閒適」兩種意境，整個白話文學也因時代關係發展得更成熟，所以從老杜，元白到宋人，這個運動是持續進行的。

　　性靈派的白話復興運動正好相反，先從宋詩開始，進而標舉元白，上及中晚，到袁小修手中倡言盛唐，猶不及杜甫；到鍾、譚的《詩歸》，杜甫的地位才真正確立。《詩歸》自卷十七至卷廿二，共有六卷，全是杜詩，在唐人之中地位是最高的。這是積極浪漫主義正式出現的訊息，對性靈派而言，具有很大的意義，可惜埋沒在五十一卷《詩歸》裏，能了解此中用心的人很少。

　　鍾、譚評杜詩有幾處可見出「白話文學」的特徵。例如〈雨過蘇

端詩〉：「杖犁入春泥，無食起我早。」

譚批曰：

> 偏要寫出，供千古人笑端，非惟朴直，亦見遊戲。

鍾批曰：

> 杜老每受人一酒一肉，不勝感恩，不勝得意，蓋有一肚子憤謔。即太白所謂今日醉飽，樂過千春也。

遊戲與憤謔，就是一種諧趣。再如評「信行遠修水筒」，鍾云：

> 往往於家常瑣細，娓娓不倦，發大道理，大經濟，不酸不碎，此老胸中原有此一副本事。

評「催宗文樹雞柵」，鍾云：

> 讀秋行官張望以下諸詩，有寬嚴、有詳略、有巨細，綱目脈絡，委曲分明，蓋以奴婢事、帳簿語，而滿肚化工，全副王政，和盤託出，於此將心眼放過，宜其終身口耳杜詩，如未見也。

「落日」詩下，譚曰：

> 杜五言律每首中必有一二絕妙者，多或至五六句，竟以結句味短，使人氣悶。今作詩者何可止言對偶，而不留心於此也？

譚元春所謂的一二語絕妙者，就是用白話口氣之處。以白話口氣寫生活中瑣細家常事，流露著人情味，表現出個人的襟抱，抓住自然界或人生的片段，這是老杜最高明的手法。胡適先生說：「老杜作律詩的特別長處在於力求自然，在於用說話的自然神氣來做律詩，在於從不自然之中求自然。」（第八章）鍾、譚便是以這樣的眼光選老杜律詩，所以一口氣選了十五首詠物詩，而不取〈秋興八首〉。鍾惺說這十五首詠物詩：「於諸物有讚羨者、有悲憫者、有痛惜者、有懷思者、有慰藉者、有嗔怪者、有嘲笑者、有賞玩者、有勸戒者、有指點者、有計議者、有用我語詰問者、有代彼語對答者。……」這都是白話高度運用的技巧。至於〈秋興八首〉，《詩歸》只收其中一首。鍾惺說：

　　秋興偶然八首耳，非必於八也。今人詩擬秋興已非矣，況
　　舍所爲秋興而專取盈於八首乎？胸中有八首便無復秋興
　　矣！杜至處不在秋興，亦非以八首也。

他認爲寫秋興就應直抒胸中之「興」，而不該雜湊爲八首，湊數的詩
是最不好的。胡適的意見正與此同，他說：「杜甫用律詩作種種嘗試，
有些嘗試是很失敗的。……『秋興』八首傳誦後世，其實也都是一些
難懂的詩謎，這種全無文學價值，只是一些失敗的詩頑藝兒而已。律
詩很難沒有雜湊的意思與字句，大概做律詩的多是先得一兩句好詩，
然後湊成一首八句的律詩，老杜的律詩也不能免去這種毛病。」（第
十四章）這是典型浪漫派的論調。

　　胡適的主張在民國初年形成很大的力量，可是鍾、譚在當時卻因
此受到無情的攻擊，人人只知道老杜格律精細，〈秋興八首〉是經典
之作，誰會想到老杜口語化的一面？誰又敢罷黜〈秋興八首〉呢？鍾、
譚專從律詩中搜尋自然的語氣，批評標準與世俗大異，受到的阻力是
可以預見的，鍾惺說：

　　予於選杜詩七言律似獨與世異同，蓋此體爲諸家所難，而
　　老杜一人選至三十餘首，不爲嚴且約矣！然於尋常口耳之
　　前，人人傳誦，代代尸祝者，十或黜其六七。友夏云：「既
　　欲選出眞詩，安能顧人唾罵，留此爲避怨之資乎？」知我
　　者老杜，罪我者，從來看杜詩之人也。（《唐詩歸》卷廿二〈杜
　　甫小寒食舟中作〉）

像鍾、譚這樣的眼光，在當時的確是很難找到知音的，也只有三百年
後的胡適與之不謀而合了。

　　白話詩的來源還有情歌與宗教詩兩項，情歌部分胡適《白話文學
史》談得比較少，只列舉南北朝兒女民歌爲代表，在《詩歸》裏面談
得比較多。《古詩歸》卷十四，譚元春曰：

　　耳食者多病六朝靡綺，予謂正不能靡，不能綺耳。若使有
　　眞靡眞綺者，吾將急取之。蓋才人之靡綺不在詞而在情。
　　此情常留于天地之間，則人人有生趣，生趣不墮則世界靈

活，含素抱朴，一朝而尋其根，此不易之論也。(劉緩·〈敬
酬劉長史詠名士悅傾城詩〉)

愛情是人類與生俱來的情感，當青年男女想表達心中的相思時，不需
要雜湊、用典，自自然然的就可以用樸素的白話作出可愛的情詩，這
是正當的，何必歧視它或避諱它呢？鍾評漢代古樂府〈陌上桑〉曰：
「妙在貞靜之情，即以風流艷詞發之，艷亦何妨於正也？」(《古詩歸》
卷五) 譚評北朝企喻歌曰：「千情萬態，聰明溫存，可逕作風流中經
史注疏矣！」(《古詩歸》卷十四) 像〈子夜歌〉、〈那呵灘〉這些俚曲，
在鍾、譚眼中上可入三百篇，下可接宋詞元曲，即使於唐人絕句，亦
高出數格 (《古詩歸》卷十)。他們認為陷在愛情中的人，將精神時日
全放在「情艷」二字上體貼料理，參微入妙，情感最真，用心最苦，
藝術造詣也最高。民間的情歌是活文學，文學家的情詞艷語也遠比應
制酬贈之作來得有價值；《古詩歸》卷四張衡〈同聲歌〉後，鍾曰：

平子此詩，情語至境，昭明不取，取其四愁，何也？

譚云：

情詞不在艷，而在真。尤不在快樂無方，而在小心翼翼。

又評鮑照〈代夜坐吟〉(卷十二)，鍾曰：

情艷中有痴人，無粗人，愈細愈痴，粗則浮矣！惡乎情？

譚曰：

深微造極，士女皆無遁情，予將為艷情之宗。

譚評陳子昂〈月夜有懷〉曰：

不清遠，不足以為情詩。每誦此八句，搖宕莫禁，可思其
故。(《唐詩歸》卷一)

鍾評王維〈西施詠〉曰：

情艷詩，至極深細、極委曲處，非幽靜人原不能理會，此
右丞所以妙於情詩也。彼專以禪寂閒居求右丞幽靜者，真
淺且浮也。(《唐詩歸》卷八)

譚評張諤〈百子詩〉曰：

美人詩不在艷語，而在艷情，如此詩則情語俱艷矣！語艷

　　亦非齷齪濃詞也。(《唐詩歸》卷四)

從這些批語可見出鍾、譚的立場；他們反對《昭明文選》那種不近人情，不容艷體存在的態度，也不讚成過份濃艷或低級的色情詩，只有民間活潑可愛的情歌，文人清遠深摯的情詩才是他們收錄的對象。其實題材本身並無對錯可言，只有用心立意和表達技巧有高下之分，不能因為情詩當中有涉於淫逸的部分，便抹殺所有相思怨慕的作品，愛情終究是文學創作的大宗，把這塊園地封閉起來是沒有道理的事。性靈派自從徐渭發出一點重視艷體的呼聲後，湯顯祖撰寫《牡丹亭》，袁中郎私嗜《金瓶梅》，多少都觸及情愛的問題，但是他們只在尺度較寬的小說、戲曲世界表示這個意思，在詩和文學理論還不敢大膽的明言。鍾、譚在《詩歸》裏面正式評選了許多言情之作，是開放思想的另一項突破。

　　在宗教說理詩方面，胡適先生說：「宗教要傳得遠，說理要說得明白清楚，都不能不靠白話。散文固是重要，詩歌也有重要作用，詩歌可以唱，便於記憶，易於流傳，皆勝於散文作品。」(第十一章)說理詩一部份起於名士的清談，一部分起於宗教哲理的想像，在漢魏時代有遊仙詩，在隋唐時代，受佛教偈頌的影響，有王梵志、王績一類半偈半詩的作品。《古詩歸》卷四「陰長生古詩三首」下，鍾云：

　　　　歷觀漢魏以來仙詩，出口皆奧幻，不從人間來，而唐以下，
　　　　多拖沓淺俚，豈仙人詩亦聽世運耶？

譚云：

　　　　仙佛每自敘成仙成佛之由，不作誇誕，直是老婆心切，現
　　　　身說法耳。
　　　　所貴於仙者，為其靈變不窮也。評世人詩亦曰不從人間來，
　　　　其神化所至，豈有仙真反落塵套？持此一意以辨真偽，摩
　　　　娑得之。

又於卷十「盧山諸道人詩」後總評曰：

　　　　神仙，得道者也。道豈膚俚之物？今人看仙詩多向快活邊
　　　　求，不向靈奧邊求，故膚俚者得託之。以上數詩妙在假託

　　不得，李太白輩無處著手。

遊仙詩的好處，是道理不窮，想像豐富，他人假託不得，可是敘及「成仙成佛之由，不作誇誑」，態度誠懇，語意淺明，表現平民化的作風。後來的說理詩大多具有「深入淺出」的特色。在唐代，胡適於白話詩人首推王梵志與王績，鍾、譚所處的時代還不知道王梵志是什麼人，但是對王績頗為重視。王績與初唐四傑同時，當時人人只看重四傑的駢文律詩，並不留意這個詩風平淡的人，可是《詩歸》選了他六首詩，比盧照鄰、駱賓王入選的還多（《詩歸》不取楊炯），跟四傑比起來，僅次於王勃，可知在鍾、譚的心目中，王績的地位是很高的。〈田家〉一首，鍾評曰：「說得不酸饞，只是一真。」譚云：「真至可以開詩家氣運。」（《唐詩歸》卷一）胡適則說王績的詩像陶潛；他們的著眼點都差不多，再一次證明想法是吻合的。

　　《詩歸》是一部選集，《白話文學史》是一部學術性著作，二者看來談不上什麼關係，可是拿胡適先生所說的「白話」標準，向古詩律詩上下搜索，從民歌、諧詩、艷體、道情四項去查證，竟然無一不合。如果胡適先生讀過《詩歸》，一定會對鍾、譚進步的觀念感到驚異，如果鍾、譚能看到後來的《白話文學史》，一定會有大獲解人、一吐為快的感覺。因為鍾、譚的困難就在於無法把「白話文學」的觀念表達清楚，更無法像胡適先生那樣，一邊推動現代白話，一邊研究古代白話。推動當代白話問題比較單純，袁中郎提倡民間歌謠，一說〈劈破玉〉、〈打草竿〉人人都懂；可是研究古代白話，問題就複雜多了，要有很清晰的頭腦，很好的學問才力，才能自「分時代」「分文體」的舊觀念中，釐清思路，詳徵博引，把事情說清楚，鍾、譚並不是有學問才力的人，頭腦不夠清晰，表達能力不夠好，對他們而言，這個任務顯然相當艱鉅。他們努力的用「靈」、「朴」、「厚」、「實」、「迥」、「潤」這些字眼來形容古老的白話詩，告訴人這就是「古人之精神」，結果大家不是一團模糊，就是無法接受。他們又費了很大的力氣在二千多首詩中一字一句挑出散體句子，可是卻提不出明確的評選標準和

編輯體例，反而在評點當中暴露了本身的缺點。《詩歸》後來被攻擊得體無完膚，一無是處，大部分的談藝家都看不起它。在它許多毛病當中，這一點白話精神是唯一的主幹，也是最可取的地方，如果不披露出來是很可惜的。

與格調派的「離」「合」關係

　　鍾、譚的缺點和他們的態度有關；他們不像公安派那樣偏激，可是卻很固執；由於固執己見，不知變通，無形中使評選和創作落入另一種僵化的模式。

　　第一，在文體方面，性靈派以「意」為主，不重形式，不講文體，彼此的技巧經常闌入混用。《詩歸》中常出現這個情形，例如評張九齡「排律中帶些古詩」（卷五），李頎「律詩帶古」（卷七），蘇頲〈汾上驚秋〉一首：「是律詩發端即妙，是絕句即索然。」（卷四）將古詩、律詩、絕句混為一談，是性靈派打破形式限制的本色，不足為奇。不過鍾譚並沒有將這個本色貫徹實施，在「古詩」與「樂府」這個問題上，他們還是承襲了格調派的錯誤。鍾惺〈與高孩之觀察〉曰：

> 弟嘗謂古人詩有兩派難入手處，有如元氣大化，聲臭已絕，此以平而厚者也；古詩十九首蘇李是也。有如高巖浚壑，岸壁無階，此以險而厚者也；漢郊祀鐃歌、魏武帝樂府是也。（《隱秀軒集》注集書牘一）

又於《古詩歸》卷六「古詩十九首」總評曰：

> 蘇李十九首與樂府微異，工拙淺深之外，別有其妙，樂府能著奇想，著奧辭，而古詩以雍穆平遠為貴。樂府之妙，在能使人驚，古詩之妙，在能使人思。然其性情光焰，同有一段千古常新不可磨滅之處，被後人作詩者人人擬作一番。若以為不可已之例，不容變之規，高者別求其奧，於本色已遠。若但摩娑其面貌音字，使俗人口中手中眼中人人得有十九首，至使讀書者喜誦樂府而不喜誦古詩，非古詩之過，而擬古詩者之過。故樂府猶可擬，古詩不可擬也。

樂府與古詩只有入樂與不入樂之分，在字面聲調上並沒有什麼不同，

格調派長期揣摩其聲調，到李攀龍時發出平美者爲古詩，奇崛者爲樂府的論調，這個無稽之談是當時流行的俗說，鍾譚不加篩選就吸收進來，成爲自己理論的一部分。執著於「平美」「奇崛」之分，不僅失去性靈派打破形式的本意，也使自己成爲半性靈半格調的混合型態。清人馮班《鈍吟雜錄》有〈古今樂府論〉，對這個問題說得很清楚；他說樂府本詞多平典，後來樂人采詩合樂，才有聲牙不可通的現象，漢代歌謠多奇語，但也有平美者，到近代李于鱗專取魏晉樂府「古異難通」者，句摘字效，學者誤以爲奇詭聲牙爲樂府，平典者爲詩，吠聲譁然，時風不止，鍾敬伯遂承其誤，評詩云某篇某句似樂詩，某篇某句似詩，謬之極矣」〔註22〕！另外，錢木菴《唐音審體》亦云：

> 有明之世，李茶陵以詠史爲樂府，文極奇而體則謬。于鱗以割截字句爲擬樂府，幾於有辭而無義，鍾伯敬謂樂府某篇似詩，詩某句似樂府，判然分而爲二，自誤誤人，使後學茫然莫知所向，良可慨也。〔註23〕

鍾惺在樂府古詩方面所犯的錯誤，是他經常與王李李何並論的原因之一。

　　第二，在時代方面，打破時代藩籬，是性靈派的主張，鍾惺在《詩歸》中也曾表現過這個跡象，例如評初唐徐安期〈催妝詩〉說：「此首人決不以爲初唐。」評初唐楊師道〈還山宅詩〉說：「聲諧，氣暢，法嚴，全是盛唐矣！」（《詩歸》卷一）此外他還把初唐楊衡的〈宿雲溪觀賦得秋燈引送客〉一詩編入中唐，云：「此君初唐人，詳此詩音，體過於清急，似是中唐佳境，姑存於此。」可是在整個大格局上，他還是遵照初盛中晚的分法，而且有重盛唐，輕晚唐的現象。《唐詩歸》中，初唐五卷，盛唐十九卷，中唐八卷，晚唐四卷；盛唐佔了一半多。盛唐以杜甫爲尊，固不待言，中唐則以元白爲下，卷廿八鍾評元白曰：

〔註22〕詳見《清詩話》，53～59頁。
〔註23〕《清詩話》，998頁。

元白淺俚處皆不足爲病，正惡其太直耳。詩貴言其所欲言，
非直之謂也，直則不必爲詩矣！又二人酬唱，似惟恐一語
或異，是其大病；所謂同調，亦不在語語同也。今取其詞
旨蘊藉而能自出者，庶使人知眞元白耳。

《詩歸》於元稹詩取六首，白居易詩取七首，收錄既少，又缺乏圈點
批註，輕視之意非常明顯。鍾惺批評元白的第一個理由——「太直」，
等於是在批評公安派；第二個理由則是受格調派的影響，王世貞曾說
白居易少年時與元稹角靡逞博，冗易可厭〔註24〕，鍾的說法顯然自此
而來。以互相唱和爲罪名，而無視於元白繼承老杜的精神，在新樂府
的貢獻，顯然失去性靈派一貫的立場，而落入格調派尊盛唐、卑中晚
的階級意識之中。

第三，在風格方面，格調派專取「合」於時代正格的作品，竟陵
派反其道而行，專取「離」於眾作的奇文。譚元春於〈序操縵草〉一
文中主張作樂府以「離」爲奇，以「離」爲上〔註25〕，鍾惺〈復陳鏡
清書〉自言「平生好搜剔幽隱詩文」〔註26〕；他們的目標是「代獲無
名之人，人收無名之篇」〔註27〕，志向不可謂不大，可是爲了反對格
調派「爛熟」的類型，他們又往往避開成名之作，專取「生澀」之處。
例如評老杜〈解憂〉一首，鍾云：「極朴，極細，其妙處只在用生。」
評老杜絕句，鍾云：「少陵七言絕非其本色，其長處在用生，往往有
別趣。」（《詩歸》卷十七）至於杜審言〈和晉陵陸丞早春遊望〉，則
評曰：「爛熟詩，色味不陳。」（卷二）許多比這首更爲人熟知的作品
遭到罷黜，如王維〈大明宮唱和〉，李白〈清平調〉，杜甫〈秋興〉八
首和元稹的〈連昌宮辭〉，大概都屬於「爛熟」之作。而爲人競躁，
以排律著名的沈佺期、宋之問，鍾惺錄其「幽奇深秀」之作共達七十
首之多，可見他們搜求異文的眼光實在相當冷僻。

〔註24〕《藝苑卮言》卷四。
〔註25〕《譚友夏全集》卷九。
〔註26〕《鍾伯敬先生遺稿》卷三。
〔註27〕《譚友夏全集》卷八〈詩歸序〉。

《詩歸》所收的詩，風貌未嘗不廣，可是不論什麼情調，經過他們評賞後，都只有一個味道。例如評李白，鍾曰：

> 古人雖氣極逸，才極雄，未有不具深心幽致而可入詩者。
> 讀太白詩，當於雄快中察其靜遠精粗處。……（卷十四）

評元白曰：

> 看古人輕快詩，當另察其精神深靜處，如微之「秋依靜處多」，樂天「清冷由木性」、「恬淡隨人心」、「曲罷秋夜深」等句，元白本色幾無尋處矣，然此乃元白詩所由出，與其所以可傳之本也。（卷廿八）

評韓愈曰：

> 古直之氣，從深靜中出。（卷廿九〈夜歌〉）

評湯惠休曰：

> 余嘗謂情艷詩到入微處，非禪寂習靜之人不能理會。（《古詩歸》卷十二）

總之，雄放、古直、輕快、艷情，無不出於深靜。說穿了鍾惺所看到的只是他個人本色，而不是每個作者的本色，這樣一來，整部《詩歸》表現的只是他個人偏嗜的口味，而陷入一種單一狹小的格局，離性靈派所追求的廣大詩道就愈遠了。

第四，在章法方面，鍾譚選詩力排「惜群」之說，對於連章詩往往隨意割裂，不顧詩法〔註28〕。又專注於警策，務求一字一句之奇，結果和格調派割剝雜湊一樣，同歸之於支離破碎。

第五，在字面上，格調派為求詩之富碩，喜歡堆砌人名、地名、典故、對仗，用實字將每一處填塞得密密實實。竟陵派正好相反，不論是評選或詩作都儘量少用典故或人名地名，而多用虛字。虛字就是語助詞，它和白話的發展程度有關係，在初唐的七言應制詩中，虛字不多，到老杜時還多用實字，中唐詩虛字逐漸增加，直到晚唐和宋詩，虛字和白話一路同步發展下來。虛字的好處是便於靈活運轉，用得好

〔註28〕《四庫提要》語，引自《中國文學批評史大綱》頁272。

有流動之美，用得不好則陷於輕佻靡弱。實字是指名詞、動詞和形容詞，它的優點是可使意象飽滿，聲調雄健，缺點是用得太多會有板重之病。一般而言，用實字容易，用虛字難，實字多一點兒還無所謂，虛字一多立即有「意繁句弱」之弊，所以格調家如李東陽、謝榛唯恐人們用之不善，紛紛勸人戒之〔註29〕。但虛字又最便於賣弄才華的鋒銳，所以天分高的人或喜歡白話散句的人常躍躍欲試。性靈派一直有用虛字的傾向，到公安、竟陵時達到顛峰。朱彝尊《靜志居詩話》中批評他們：

> 倡淺率之調以爲浮響，造不根之句以爲奉突，用助語之辭以爲流轉。

所謂淺率之調就是白話，不根之句就是不用典，好用助語就是虛字。這套法門，公安派只是做而不說，鍾譚二人卻將它說破了。《詩歸》卷廿六「韋應物林園晚霽」條下，鍾曰：

> 每於庸常語意，著數虛字回旋，便深，便警，此陶詩秘法也。

又評張九齡〈荊州作〉，譚曰：

> 此詩以虛字虛句乃能造古。

評劉眘虛〈寄閻防〉，鍾曰：

> 看他首首下虛字皆有力

他們不僅教人注意虛字，自己的詩中也大量使用虛字，律詩常用虛字爲對仗，幾乎無句無之，以此爲「清新」，爲「空靈」。他們過份迷信虛字，就如同格調派過份迷信實字一樣，都是沒有詩才的鄙見。

第六，在聲韻方面，格調派過份注重音韻，竟陵派又過份不講音韻。鍾惺說：「看詩者仍以本色求之，止取其音響稍諧者數首，則不如勿看矣！」〔註30〕又說：「詩不必韻。雖不可法，然亦間有之，……顧其性情節奏合不合耳。」「性情節奏無非歌者。」〔註31〕爲了伸張

〔註29〕見李東陽《懷麓堂詩話》，謝榛《四溟詩話》卷一。
〔註30〕《唐詩歸》卷廿二「杜甫絕句」條下。
〔註31〕《古詩歸》卷一「優孟歌」條下。

性情，連韻也可以不必押，這應該是破壞律度的極致了，然而考諸他們的作品，往往連七言句上四下三的基本節奏都不守；例如譚元春的七律；有「繁華事作寂寥想，今古人如新舊年」（〈將移往幽處留示同年〉）；「雪女歌應憐句好，秋娘妒不待粧成」（〈答友人〉）。「森鬱上枝下枝疊，離奇左枝右枝穿」（〈七古桐台歌〉），「餌上餌下浮片片，大魚小魚喋水面」（〈七古・施朱魚歌〉）。這樣淺陋怪異的句子，正如牧齋所形容的「淒聲寒魄」，「噍音促節」，「無字不啞，無句不謎」〔註32〕，成為性靈說推行以來最大的敗筆。

綜合以上的敘述，可以見出鍾譚的詩學型態。他們為了反抗格調派「爛熟」、「富碩」、「重音韻」的窠臼，另外製造了一個「生澀」、「清寒」、「無音律」的模式。這個模式雖與前一個模式相反，卻在「初盛中晚」的觀念上，在「古詩樂府」的文體上，在迷信「實字虛字」的陋習上，踩著一致的步伐。他們各自崇奉某一種類型，拆解分析，使詩學支離破碎，作品千篇一律，廣大的詩道亦趨於單調狹窄。說得更具體些，他們像是一扇大門，兩邊對開，左右不同而已。所以自錢牧齋以後，清人都把鍾譚和七子放在一塊批評，不是沒有道理的；宋犖《漫堂說詩》曰：

> 李于鱗《唐詩選》，境隘而辭膚，大類已陳之芻狗；鍾譚之《詩歸》，尖新詭僻，又似鬼窟中作活計，皆無足取。蓋詩道本廣大，彼故狹小之，詩道本靈通變化，而彼故拘泥而穿鑿之也。〔註33〕

又心齋居士〈而菴詩話跋〉：

> 明人選唐詩為世所通行者，一曰李于鱗《唐詩選》，一曰鍾譚《詩歸》。二者廊廟山林，未免偏有所重；偏有所重，則必偏有所廢矣！毋惑後人紛紛聚訟也。〔註34〕

這兩段批評是很精到的。鍾譚與李于鱗正是犯了「偏執」的毛病，才

〔註32〕見《列朝詩集小傳》鍾譚本傳。
〔註33〕《清詩話》，500 頁。
〔註34〕《清詩話》，525 頁。

走上了魔道。李于鱗失去了格調派的開明，鍾譚失去了性靈派的靈活，他們都不得本派之正，只能分別成為格調和性靈的偏鋒罷了！

結　論

談竟陵派的文學理論，必須將鍾譚的詩文集與《詩歸》合看，才能得其全貌。如果只看單篇文章，只講「學」與「厚」，將不知道其中有這麼多複雜的問題。

竟陵派問題之所以複雜，有兩個原因；一是由歷史任務引起的，一是由個人思想造成的。

它的歷史任務比前人多；一方面要繼續對抗格調派，一方面要矯正公安派，這兩種壓力迫使它必須別出手眼，挖空心思，去闖出另一條路。公安派「不學」，它講「學」；公安派滑稽俚易，它講「厚」；公安派求今，它「求古」；這些主張都是有建設性的。它又秉持性靈派的白話精神，埋頭苦幹，以紮實的評選之作實踐他們的文學理念，這又是比公安派篤實的地方。《詩歸》對性靈派整體而言，尤其可貴，因為性靈派的白話運動，在古文界有文章家倡言詞達，標舉歐蘇；在戲曲界有徐渭、湯顯祖去對抗駢儷派，小說方面有李卓吾的提倡和批點；當代小品文和民歌則有袁中郎；獨獨在古詩方面，尚缺一份力量。鍾譚見出這一點，將心力投注其中；可見他們實在具有擔負歷史責任的誠意。

可惜，個人條件不夠，使他們沒能將繼往開來的工作做好。在這當中，思想可能又佔了決定性的因素。鍾譚兩人都沒有什麼深厚的、完整的哲學思想，他們只是傳統典型的讀書人，具備一些儒家的基本觀念，經世致用，實忠實孝，如此而已。《譚友夏合集》卷十一〈退谷先生墓志銘〉曰：

> 退谷初在神宗時，官行人，思有用於當世。與一二同官講求時務，厭呻吟，不從。……居給事御史，務求實用，不競末節小名，……其要惟在讀書，讀書而後實忠實孝。

又沈春澤〈隱秀軒集序〉云：「其中片語隻字有不本之經，參之子，

輔之史集，根理道，原性情者乎？」可見鍾惺並沒有受過禪學的洗禮，也談不上什麼程朱或陸王的宗派，只是普通的文人罷了。他自己說：

> 《詩歸》一書，自是文人舉止，何敢遽言仙佛？（《隱秀軒集》
> 往集書牘一·〈再報蔡敬夫〉）
>
> 惺無經世才志，而處一面實心實政，未必後人。然終非惺
> 之所近，若論最後者，恐終當屬詩文，拮据民事，自是中
> 間一段公案也。（同上，〈又與蔡敬夫〉）

鍾惺一生行事，不外「實心實政」的經世之想，詩文對他而言，是最空靈的境界，他將詩文視爲「最後一著」，就是視爲心靈的寄託，人生的歸宿。譚元春的看法也是如此，他曾拒絕很多人勸他學禪的建議，認爲「何必與華嚴涉而後爲華嚴也」（註35）？又說自己貪戀光景，弱而好美，不是學道的材料（註36），事實上他是想盡心於述作，不願「上尋性命不易之理」，流入佛老玄虛的習氣（註37）。

公安三袁致力於禪學的追求，而鍾譚一直停留在傳統儒家的階段，二者的思想背景有很大的差異。從儒家而出者「實」，從禪家而出者「虛」；所以鍾譚對三袁以禪家機鋒出發的「趣」相當不以爲然。鍾惺反對李卓吾、袁中郎以「趣」論蘇東坡，他認爲蘇文的價值在合於先王仁義道德，禮樂刑法，而不在於趣，故公安愛好東坡的小牘小文，鍾惺則轉而推重其論策奏議（註38）。從儒家典重的立場來看，「趣」的地位很低，滑稽俚易尤是惡道。他不正面指責袁中郎，可是反對古代的元白，攻擊近代的江進之（註39），教人「多讀書，厚養氣，暇日以修其孝弟忠信，入以事其父兄，出以事其長上，文行君子，其未可量」（註40），有這種論調，發出「學」與「厚」的主張是不足爲奇的。

〔註35〕《譚友夏合集》卷六〈奏記蔡清憲公〉。
〔註36〕同上，卷七〈答金正希書〉。
〔註37〕同上，卷七〈答劉同人書〉。
〔註38〕《隱秀軒集》昃集〈東坡文選序〉。
〔註39〕同上，往集〈與王穉恭兄弟〉。
〔註40〕同上，昃集〈周伯孔詩序〉。

　　儒家思想是格調論的基礎，鍾譚以簡單的儒家教育爲底子，很容易地接受了格調派的思考模式和手法。他們並沒有直接接觸王學或禪學，而是從李卓吾、袁中郎的著作中得到一些皮毛，把禪家「虛」的理論用儒家的方式「實」化，使性靈說出現呆板執著的現象。例如李卓吾教人不學古人，獨立思考，鍾譚便執著的排拒任何學說，以爲仗著自己深思力求就可以闖出一片天，結果學無本源，功力不厚，花費的心血大多惘然。鍾譚又執著於性靈派所講的「眞」，一意發揮自己的孤衷峭性，以之解釋各種文學現象，使理論、評點、創作都抹上濃厚的個人色彩。他們的個性原不是很健康的，而是在反抗熱中功利的心理下，形成不太自然的性格；把這種性格張揚開來，也是任性頹廢的態度。他們又執著於「膽識」之說，妄謂「膽到處亦能生識」〔註41〕，編選《詩歸》時，「以意棄取，鋤秀除礫，笑哭由我，雖古人不之顧」〔註42〕；由主觀而導致偏狹，由自信而趨於專斷，「日見益僻，膽日益粗」（錢牧齋語），終遭到談藝家猛烈的攻擊。鍾譚最可笑的莫過於以生詞虛字爲清新，把性靈講成空靈，錢鍾書《談藝錄》說：

> 理學家作詩用語助，雖無當風雅，猶成文理，至竟陵派以語助爲詩訣，遂如柳子厚譏杜溫夫，所謂助字不中律令者矣！……蓋理學家用字，見其眞率容易，故冗而腐，竟陵派用虛字，出於矯揉造作，故險而酸，一則文理通而不似詩，一則苦做詩而文理不通，兼酸與腐，極以爲詩之醜態者。〔註43〕

鍾譚之所以酸腐，主要便是來自那一點淺薄的道學思想，這是他們和其他性靈論者大不相同的地方。雖然他們常強調「我輩詩文到極無煙火處便是機鋒」〔註44〕，可是禪的眞義是通達透悟，不立一法，像他們如此執著己見，禪亦爲之生縛。以多烘頭腦吸收一知半解之禪，無

〔註41〕同上，黃集五言律一〈哭雷何思先生十首之五〉，詩中自註語。
〔註42〕《譚友夏合集》卷十二〈退谷先生墓誌銘〉。
〔註43〕《談藝錄》「詩用語助之流失」，92頁。
〔註44〕例如《隱秀軒集》往集書牘一〈與譚友夏書〉。

怪乎弄成半格調、半性靈的怪異組合；本文乙項第二章唐荊川一節中提到王愼中時，曾說：「性靈思想如果悟得不夠透澈，學的不夠道地，往往將新舊觀念摻雜一處，形成奇怪的混合型態。」鍾譚的情形與王愼中類似，而低拙處又更過之。

　　在詩國中，袁中郎雖是伉浪自肆，但畢竟是純正的王門學者，具有豪傑氣象，能擔任起革命家的角色；而鍾譚囁嚅如蚯蚓寒蛩，不過是一窮酸書生而已，要以性靈之變體餘緒繼承大業，實在是不夠資格的〔註45〕。

〔註45〕鍾惺在過世前三年才開始研究佛學，歸心三寶，法名斷殘，這是他思想的轉變，但對既定的文學理論已不起什麼作用了。

第五章　性靈詩論的矯正者——錢謙益

　　錢謙益，字受之，號牧齋，又號蒙叟，江蘇常熟人。明神宗萬曆十年生，清康熙三年卒（1582～1664），年八十三。明萬曆三十八年進士，官至吏部侍郎，坐事削籍歸，福王時，召受禮部尚書，降清，授禮部右侍郎。降清之事，是錢氏人格上的污點，為此他在身前死後，都受到嚴厲的指責。自從清高宗將他列入貳臣傳，並禁燬其書後〔註1〕，學術界輕視其人，為之諱言，幾至絕口不提，於是一代大家，便在刻意抹殺之下，成了失落在明清之間的人物。撇開政治道德不談，錢氏在明末清初的學術界具有舉足輕重的地位；他是繼焦竑之後最博洽多才的學者，在經學、史學、佛學、文學都有優越的表現，並且對晚明的政治、社會、學術、教育有敏銳深入的觀察。他成名甚早，才力又高，活躍在晚明學政兩界，見多識廣，氣象自非鍾譚可及。明亡時他已六十多歲，思想成熟，閱歷豐富，學力深厚，《初學集》、《有學集》中記載著許多珍貴的史料和精闢的見解，當時也只有他能夠說出來。清初幾位大家如黃宗羲、王士禎、吳偉業等人都以晚輩的身份向他請益，可知他是結束明代學術，開創新局的人物。

〔註 1〕詳見上海中華書局《清史列傳》，《清高宗實錄》卷八三六、八三七，《四庫全書總目》卷旨，莊吉發〈清高宗禁燬錢謙益著述考〉，柳作梅〈清代之禁書與牧齋著作〉及台大中研所廖美玉《錢牧齋及其文學》。

牧齋的學術師承和公安派

　　牧齋在二十六歲時正式拜泰州學者管志道爲師。管氏是李卓吾的同門友，當時已七十二歲，隔年即謝世，師生相處不到一年的時間，但管氏的學說對牧齋頗有影響，牧齋作〈管公行狀〉曰：

> 公之論學，亦因乎其時。姚江以後，泰州之學方熾，則公之意專重於繩狂，泰州以後，姚江之學漸衰，則公之意又專重於砭僞。嘗以兩言蔽之曰：「從心宗起而腳印不合於應世之儀象者皆狂者也，從儒門立腳而不究極于出世之因果者皆爲僞也。（《初學集》卷四九）

「繩狂」與「砭僞」，便是牧齋一生學術之大旨。此外，李卓吾也是錢牧齋心儀的人物，他說：「近代之談易者，自李卓吾、管東翁（志道）之外，似未免爲時人講章，兔園冊子。」〔註2〕可惜他沒有機會認識李卓吾，只能從書本和袁小修的敘述中去想像。《有學集》卷廿一〈松影和尚報恩詩草序〉曰：

> 余少喜讀龍湖李禿翁書。以爲樂可以歌，悲可以泣，歡可以笑，怒可以罵。非莊非老，不儒不禪，每爲撫几擊節，盱衡扼腕，思置其人於師友之間。已從袁小修遊，備悉其爲人慈祥易直，疏節闊目，約略如吾輩盛壯坦率、未曾學問時。然吾輩一涉世故，少知學問，枝葉煩紆，不能遂其本懷，禿翁老而好學，涉世日深，素心遠性，未嘗少改，斯其所以異也。……余老歸空門，少年習氣，磨洗殆盡，戊戌歲，與覺浪和尚劇談，舉揚在龍湖時與梅長公（克生）諸人夜話，……嗟乎！禿翁、浪老皆不可作矣！茫茫塵海，爲我發風擊浪，增長習氣者，獨一松師耳。

戊戌年是清順治十五年，牧齋已七十七歲。他到老仍十分懷念李卓吾，視爲發風擊浪的良師，可見李氏是他一生推重的人物，不僅僅是少年所好而已。他對泰州學派充滿了解和同情，認爲他們可以代表正統的王學，只是受了環境的刺激，才走上偏激的路子；《初學集》卷

〔註2〕《有學集》卷三八〈復方密之館丈〉。

四四〈重修維揚書院記〉曰：

> 稽良知之弊者曰：泰州之後，流而爲狂子、爲儜民，所謂
> 狂子儜民者，顏山農、何心隱、李卓吾之流也。彼其人皆
> 脫屣身世，芥視權倖，其肯蠅營狗苟欺君而賣國乎？其肯
> 偷生事賊迎降而勸進乎？講良知之學者，沿而下之，則爲
> 狂子、爲儜民，激而返之，則爲忠臣、爲義士，視世之公
> 卿大夫交臂相仍，違心而反面者，其不可同年而語，亦已
> 明矣！

他對道學之士斥泰州學者爲「狂子儜民」發出有力的辯解，認爲跟欺
世盜名之輩比起來，英雄豪傑實具有忠臣義士的本質，他們立士氣、
振國恥，對國家社會具有不可抹滅的貢獻。牧齋不像後來的黃宗羲，
以自清門戶的立場，深詆泰州學派，將李卓吾黜而不錄〔註3〕；更不
像顧炎武以程朱派的立場，探信官方資料，斥之爲妖佞之人〔註4〕；
他以禪家的眼光論李卓吾，認爲他「直可與紫柏老人相上下」，對這
樣一位不儒不釋的人物，牧齋彷元遺山《中州集》的做法，特設「異
人」之目置之，他說：「遺山中州集有異人之目，吾以爲卓吾可以當
之，錄其詩附於高僧之後，傳燈所載旁出法嗣，卓吾或其儔與？」（閏
集本傳）牧齋是雪浪法師、憨山大師的弟子，禪學素養深厚，他不顧
流俗，從本門學術肯定李卓吾的地位，自有其精到的眼光。比較《列
朝詩集小傳》、《明儒學案》和《日知錄》對李卓吾的態度，也可清晰
地見出錢、黃、顧三家不同的學術路線。

　　牧齋和泰州學者的淵源很深，他的座師傅新德（字明甫，諡文恪）
在翰林中與黃輝、陶望齡、袁宗道是共研性命之學的好友，傅氏「內
閎心宗，外修儒行，重規疊矩，不染狂禪氣息」〔註5〕，對牧齋也有
一部分影響。牧齋說：

> 近代館選，丙戌、己丑爲盛，諸公有講會研討性命之學，

〔註 3〕勞思光先生《中國哲學史》卷三上冊，頁485。
〔註 4〕詳見《日知錄》「李贄」條。
〔註 5〕《初學集》卷六三〈傅公神道碑〉。

> 丙戌則袁伯修、蕭允升、王則之，己丑則陶周望、黃昭素、
> 董思白及文恪公。〔註6〕

他將館閣中流行禪風視爲盛事，視袁、黃、陶、傅等人爲一代能手，
並且和李卓吾的弟子方時化、陶穉圭、汪本鈳、陶仲璞等人保持相當
程度的來往〔註7〕，在這樣的思想背景下，牧齋對公安派引發的浪漫
思潮自是十分支持；《初學集》卷三一〈陶仲璞邂園序〉曰：

> 萬曆之季，海內皆詆訾王李，以樂天子瞻爲宗，其說唱於
> 公安袁氏。而袁氏中郎、小修皆李卓吾之徒，其指實自卓
> 吾發之。穉圭與小修俱龍湖高足弟子，而仲璞少受學於穉
> 圭，其師友淵源如此，故其詩文之大指可得而攷也。夫詩
> 至於香山，文至於眉山，天下之能事盡矣。袁氏之學，未
> 能盡香山眉山，而其抉摘蕪穢，開滌海內之心眼，則功於
> 斯文爲大。……龍湖一瓣香具在，安得促席從仲璞而問之。

在公安派中，牧齋與袁小修交情最好，他說：「余爲舉子，與公安袁
小修、丹陽賀中泠卒業城西之極樂寺，課讀少閒，余與小修尊酒相對，
〈談諧間〉作，……迄今三十餘年，猶耿耿在吾目中。」〔註8〕他有
一首〈餘酒詩〉〔註9〕，是回憶袁小修的神情笑貌，描寫生動，可見
出兩人深厚的交情。小修長牧齋十二歲，常向牧齋敘述李卓吾、梅國
禎這些前輩的事蹟，令牧齋十分嚮往〔註10〕。在文學見解上，牧齋受
小修的影響也很多；《有學集》卷四九〈題南谿雜記〉曰：

> 袁小修嘗云：「文人之高文典則，莊重矜嚴，不若瑣言長語，
> 取次點墨，無意爲文，而神情興會，多所標舉。若歐公之
> 歸田錄、東坡之志林、放翁之入蜀記，皆天下之眞文也。」
> 老孄廢學，畏讀冗長文字，近遊白門，見寒鐵道人南谿雜
> 記，益思小修之言爲有味也。

〔註6〕同上，卷八六〈跋傅文恪公大事狂言〉。
〔註7〕同上，卷三一〈陶不退闔園集序〉。
〔註8〕同上，卷三三〈賀中泠淨香稿序〉。
〔註9〕同上，卷七〈崇禎詩集三〉，〈飲酒七首之六〉。
〔註10〕同上，卷六四〈梅公神道碑銘〉。

公安派主張編選文集要能表現作者的性情，往往不好高文典冊，而愛賞小品文字，牧齋取公安此意，在編次《歸震川文集》的時候，特別取其「剷牘不經意之文，神情馨咳，彷彿具焉」〔註11〕，以性靈派的理論編選性靈作家的集子，可說是最好的實踐了。

　　《有學集》卷三九〈與遵王書〉曰：

　　　袁小修嘗論坡詩云：「他來龍甚遠，一章一句，不是他來脈處。」余心師其語，故于聲句之外，頗寓比物託興之旨，廋辭讔語，往往有之。

可見牧齋的創作方式多少也受小修影響。此外，更具傳承意義的是對竟陵派的攻擊，牧齋明言得自小修的授意與支持〔註12〕。這顯然是將公安視為正宗，竟陵視為旁門，所以在《列朝詩集小傳》袁中道本傳中，牧齋反對將公安、竟陵「等而排之」，因為在禪學的思想上，牧齋和公安派是血脈相連的，唯有他才有繼承公安、成為詩壇盟主的資格。鍾譚不具禪學的素養，把性靈說帶入了岔路，拖累了公安的成就，應該大力撻伐，導之以正才是。

　　與公安派接近的湯顯祖，是牧齋性靈思想另一個來源。《有學集》卷四九〈讀宋玉叔文集題辭〉曰：

　　　午未間客從臨川來，湯若士寄聲相勉曰：「本朝文自空同已降，皆文之興臺也。古文自有真，具從宋金華著眼。」自是而指歸大定。

午未間當是萬曆三十四年（丙午）和三十五年（丁未），當時錢牧齋不過廿五六歲，湯顯祖便指點他突破七子的籠罩，注意本朝的宋濂。後來湯氏在過世前一年將文稿十卷交付門人許重熙，並託他將文稿給牧齋看過，以「己之所未就」，殷殷託付〔註13〕，實具有薪火相傳的意義。

〔註11〕《有學集》卷三八〈與歸進士論歸震川集書〉。
〔註12〕見《列朝詩集小傳》丁集中「袁中道」本傳及《初學集》卷七九〈答唐訓導汝鄂論文書〉。
〔註13〕《初學集》卷三十一〈湯義仍先生文集序〉。

　　袁、湯兩家是牧齋心目中的「正統」。《有學集》卷十七〈宋玉叔安雅堂集序〉云：

　　　　余故不知言詩，強仕以後，受教于鄉先生長者，流聞臨川、公安之緒言，詩之源流利病，知之不爲不正。

《有學集》卷三九〈與遵王書〉云：

　　　　湯臨川亦從六朝起手，晚而效香山、眉山。袁氏兄弟則從眉山起手，眼明手快，能一洗近代窠臼。

性靈的理論明快透徹，作者俱一時之龍象，他們掃除王李的雲霧，是一番了不起的功業。然而牧齋對公安諸人的缺點也有深入的批評；他說中郎「機鋒側出，矯枉過正」，以致「雅故滅裂，風華掃地」〔註14〕，評小修之詩「有才多之患」，必須放筆芟薙，去其強半〔註15〕；又謂陶穉圭文多應世酬物之語，陶仲璞則多談學問，逗露宗旨，成了道人之詩〔註16〕；至於湯顯祖之文，則「譬之金丹家，雖未至於九轉大還，然其火候不可謂不力」〔註17〕。他以理性而友善的態度針砭性靈論者，就好像他反對狂禪，婉諫龍湖高弟是一樣的〔註18〕。他對狂者走向偏激的理由很能體會，因此他責備偏執的格調家和耳食七子之輩，認爲是他們激使性靈派「澄汰過當，橫流不返」〔註19〕，又責備公安末流，乘風鼓浪，不知約之以禮，以致拖累了一個優秀的學派〔註20〕，基於禪學的淵源，牧齋對公安派有明顯的護惜之意，這個立場到他晚年都沒有改變。

　　牧齋的性格和袁氏兄弟相近，少年跅弛自喜，蓬跣跳號，好越禮以驚眾（〈李緝夫墓誌銘〉，《初學集》卷五五），晚年仍不改顛狂的作風，加上被王李之學耽誤的歷程、頓悟的經驗與之相似，很自然的便

〔註14〕　《列朝詩集小傳》丁集中「袁宏道」本傳。
〔註15〕　同上，「袁中道」本傳。
〔註16〕　《初學集》卷三一〈陶仲璞邅圜序〉。
〔註17〕　同註12。
〔註18〕　《初學集》卷八六〈書金陵舊刻法寶三書後〉，〈規諫陶仲璞〉語。
〔註19〕　《列朝詩集小傳》丁集上「胡應麟」傳。
〔註20〕　同上，丁集中「雷思霈」傳。

加入性靈的陣容。《有學集》卷三八〈答杜蒼略論文書〉曰：

> 僕狂易愚魯，少而失學，一困于程文帖括之拘牽，一誤于
> 王李俗學之沘襲，尋行數墨，悵悵如瞽人拍肩，年近四十，
> 始得從二三遺民老學，得聞先輩之緒論，與夫古人詩文之
> 指意，學問之原本，乃始豁然悔悟，如推瞌睡於夢囈之中，
> 不覺汗流浹背。……區區之心或有未能釋然者，則以今之
> 世，俗學沉錮，古道滅熄，……倘得一二雄駿君子，相與
> 辯問扣擊，……安知不可以衍斯文未絕之一線，而少逭後
> 死之責乎？

牧齋的任務便是繼承性靈的精神，去除其頹廢性，廣收博取，建立積
極性的學說。

積極浪漫主義的來源

相對於袁、湯、鍾、譚這支消極性靈說的隊伍，另有一支積極性
靈說系統爲牧齋所吸納；這便是歸有光和嘉定四君子。

推崇歸有光象徵著幾個意義；第一，是效法歸氏鑽研六經，追本
溯源的精神，宗經學古，廣納宗派，建立新的儒家學術。第二，是效
法歸氏的文章，旁推交通，與古人參會於毫芒之間而得其大成。第三，
歸氏身爲儒者，卻盡讀經藏，精求義諦，與韓歐載道排佛之說相較，
其識見在韓歐之上〔註21〕，故推崇歸有光，代表儒禪的融合。第四，
嘉靖之季，歸氏一身與格調派抗衡，最後贏得王世貞的尊敬，堪爲性
靈一脈吐氣。第五，歸氏的成就足以追配唐宋八大家，以之爲性靈派
的典範，正可銜接唐宋古文運動的連貫性〔註22〕。

牧齋從歸有光身上得到許多啓示，故常稱「一生師承在茲」〔註23〕。
他原本熟爛空同、弇州諸集，瀾翻背誦，到「能了知某行某紙」的地
步〔註24〕，後來受他父親的影響，接觸唐順之、王愼中的文章〔註25〕，

〔註21〕俱見《有學集》卷十六〈新刻震川先生文集序〉。
〔註22〕《初學集》卷八三〈題歸太僕文集〉。
〔註23〕同註10。
〔註24〕《有學集》卷三九〈答山陰徐伯調書〉。

逐漸改弦易轍。中舉之後，受好友李流芳的指點，知道唐宋八大家之文與李王俗學迥別，又過了數年，讀歸有光之文，才大悟古學之流傳，其來有自。正確的師古之道，是不傍前人門戶，自運才學，以盡其變化。例如歸氏之文，墓志則立法簡嚴，尺牘則雅俗通曉，論策則慷爽曲折，詞章則刊落皮膚，獨存真實；精求其文，可見其擺脫流俗，信心師古的學術宗旨〔註26〕，因此牧齋選定歸氏為明代文章家的代表人物，搜校遺文，編訂成集，大力表出，欲以之清洗二十餘年來王世貞卷帙爛熳，空華塌茸的習氣。

歸有光在嘉定一帶的影響很大，牧齋的好友程嘉燧（字孟陽）、唐時升（字叔達）、婁堅（字子柔）、李流芳（字長蘅）都是嘉定人，他們的父執師友皆出自震川之門，《初學集》卷三二〈嘉定四君集序〉曰：

> 熙甫既歿，其高第弟子多在嘉定，猶能守其師說，講誦于荒江寂寞之濱。四君生于其鄉，熟聞其師友緒論，……熙甫之流風遺書，久而彌著，則四君之力不可誣也。

又《列朝詩集小傳》「唐時升」本傳曰：

> 叔達之父欽訓，為歸熙甫之執友，而嘉定之老生宿儒，多出熙甫之門，故熙甫之流風遺論，叔達與程孟陽、婁子柔皆能傳道之，以有聞于世。

以嘉定四君為主，外加歸有光之孫昌世（字文休）和王志堅（字淑士），在當時形成另一個浪漫文學的圈子。他們的特色是在學術方面，注重讀書汲古，不論儒學或釋老都有深厚的造詣；在詩文方面，信筆書寫，宗主元白之外，復留意於詩律，開始講究風華。數子當中，論詩最精，影響大的首推程嘉燧。《列朝詩集小傳》丁集下「松圓遺老程嘉燧」本傳曰：

> 孟陽之學詩也，以為學古人之詩，不但當學其詩，知古人之為人，而後其詩可得而學也。其志潔，其行芳，溫柔而

〔註25〕《有學集》卷四九〈讀宋玉叔題辭〉。
〔註26〕同註10。

敦厚，色不淫而怨不亂，此古人之人，而古人之所以爲詩
也。知古人之所以爲詩，然後取古人之清詞麗句，涵泳吟
諷，深思而自得之，久之于意言音節之間，往往若與其人
遇者，而後可以言詩。

其爲詩主于陶冶性情，耗磨塊壘。……諳曉音律，分刌合
度，老師歌叟，一曲動人，燈殘月落，必傳其點拍而後
已。……一字未妥，一韻未穩，胸中鶻突，如凸出紙上，
橫目而捷得之，審諦推敲，必匠意而後止。

程氏論詩，首重性情風貌，人品與詩品合一，這是性靈派基本的論點，至於重視格律音節，則是性靈說中絕少提及之事。程氏的格律論是涵泳古人性情，深思自得而來，這個方式不同於格調派純就聲口腔調的摹擬，亦有別於消極性靈派逞才快意、不自愛惜的態度。牧齋說程孟陽「好論古人之詩，疏通其微言，搜爬其妙義，深而不鑿，新而不巧，洗眉刮目，鉤營致魄，若將親炙古人而面得其指授，聽之者心花怒生，背汗交浹，快矣哉！古未有也」（同上）！可見他從古人各自不同的面貌來論格律，不是呆板的死法，而是精微的活法。從前性靈論者鄙視格律，憚而不談，到了程孟陽手中，不但重拾格律，而且談得比格調派更專精、更高明，這當然是性靈說邁向健全的一大步。

格律講得靈活，品味便無所偏嗜，牧齋謂「其詩以唐人爲宗，熟精李杜二家，深吾剿賊比擬之繆。七言今體約而之隨州，七言古詩放而之眉山，此其大略也。晚年學益進，識益高，盡覽中州、遺山、道園及國朝青丘、海叟、西涯之詩，老眼無花，炤見古人心髓」（《列朝詩集小傳》本傳）。自初盛中晚，到宋元明，各代作者，無不析骨刺髓，牧齋佩服地說：「孟陽詩律是吾師。」〔註 27〕「孟陽論詩，在近代直是開闢手。」〔註 28〕又謂孟陽論詩如老吏斷獄〔註 29〕，「海內百餘年來，詩壇角立，以余所睹，記眞得古人之風調、誦冶性情而深知

〔註 27〕《初學集》卷十七〈姚叔祥過明發堂共論近代詞人戲作絕句十六首〉。
〔註 28〕《初學集》卷八三〈題懷麓堂詩鈔〉。
〔註 29〕同上，〈題中州集鈔〉。

古學所由來者，孟陽一人而已矣」〔註30〕！牧齋如此推重程孟陽，「余之津涉，實與之相上下」〔註31〕，他的文學評論有一大部分自孟陽而來，例如發掘元遺山、李西涯和歸震川的價值，以及編選列朝詩集等等，都是當初共同討論的構想。只是孟陽不求彰顯，詩論沒有詳細地寫下來，只能由牧齋代他發表了。

　　錢牧齋身爲袁小修和程孟陽的摯友，等於是兼祧公安與嘉定兩股力量，一邊是李卓吾、湯顯祖、公安三袁這一系偏激的性靈派，另一邊是唐順之、歸有光、嘉定四君一系積極的性靈派；文章家、思想家、戲曲家、談藝家，各方意見匯集一處，由牧齋綜合融貫，成一家之言，使性靈詩論隱然具有集大成的恢宏氣象。

形容性靈的術語

　　「性情」是性靈派的理論基礎，牧齋形容它的方式很特別，他大部分取儒家的「詩言志」和「修辭立誠」來表達，例如《初學集》卷三三〈增城集序〉：

> 書有之：「詩言志，歌永言。」春秋諸大夫會而賦詩曰，武亦以觀諸子之志。……夫世之稱詩者，較量興比，擬議聲病，丹青而已爾，粉墨而已爾，其屬情藉事，不可考據也。其或不然，剽竊掌故，傅會時事，不歡而笑，不疾而呻，元裕之（遺山）所謂不誠無物者也，志何於有？

又《初學集》卷三一〈湯義仍先生文集序〉：

> 古之人往矣，其學殖之所醞釀，精氣之所結轖，千載而下，倒見側出，恍惚於語言竹帛之間，易曰：言有物。又曰：修詞立其誠，記曰：不誠無物。皆謂此物也。

其次，他也用道家或佛家語表達「性情」：

> 莊生有言，越人去國期年，見似人者而喜，逃虛空者聞人足音，跫然而喜，古之至人，猶不能無情，而況于予乎？
> 佛言：眾生爲有情，此世界爲情世界，儒者之所謂五性六

〔註30〕《有學外集補遺》〈時秀閣詩序〉。
〔註31〕《有學集》卷三九〈與遵王書〉。

情也。性不能不動而爲情，情不能不感而緣物，故曰情動
於中而形于言。詩者，情之發於聲音者也，古之君子篤于
詩教者，其深情感蕩，必著見于君臣朋友之間。少陵之結
夢於夜郎也，元白之計程于梁州也，由今而思，能使人色
飛骨驚，當饗而歎，聞歌而泣，皆情之爲也。(《有學集》卷
十九〈陸敕先詩稿序〉)

此外，他進一步用「胎性」或「胎骨」這些禪學術語來形容「性靈」。
《吾炙集》〈評錢遵王詩後〉曰：

詩家之鋪陳攢儷，裝金抹粉，可勉而能也，靈心慧眼，玲
瓏穿透，本之胎性，出乎毫端，非有使然也。

靈心慧眼本之胎性，胎性類似王陽明所指的心，或唐荊川所謂的天
機；它包括了性情、靈感、天才、直覺這些意義，儒家的「言志」「立
誠」已不足以形容這些精微的感覺，因此牧齋引用禪家術語表現性靈
高一層的境界。《有學集》卷四七〈題遵王秋懷詩〉曰：

有客渡江，嗤點諸名士詩，謂將文選唐詩爛熟背誦，攟攞
搊略，遇題補衲，不問神理云何，警策云何，蓋末流學問
之誤如此。予謂此非學問之誤，乃胎性使然也，仙家言胎
性舍于營衛之中，五藏之內，雖獲良針，故難愈也。今詩
人胎性凡濁，熏于榮衛五藏，雖有文選唐詩以爲針藥，適
足長其焰煙，助其繁漫耳，學問何過之有。余苦愛退之秋
懷詩云：「清曉卷書坐，南山見高稜。」高寒悽警，與南山
相栖泊，驚絕于文字之外，能賞此二言，味其玄旨，斯可
與談胎性之說矣。

從他所舉的例子來看，胎性就是不仗學問，全憑白描捕捉一刹的感
觸，這種表現方式就是性靈。

與「胎性」相對的是「熏習」；〈蕭伯玉墓誌銘〉曰：

黃魯直戒人子弟，諸病可醫，惟俗病不可醫，蓋俗之爲病，
根乎胎性，成于熏習，實多生異熟，非氣力學問所可驅遣。

(《有學集》卷三十一)

「熏習」是指習氣，「異熟」是指果報，它們都是外在行爲或環境引

起的現象，常常會干擾「胎性」的清明，就當時詩壇來說，格調派便是干擾性靈的習氣。《有學集》外集補遺〈晴香閣詩草序〉曰：

> 今人之所謂異熟者，遠如嚴羽卿、劉辰翁也，近則高廷禮、李獻吉也。多生熏習，邪正清濁，染神剋骨，非一生劫之故，吾所由來久矣！居今之世，而勇津涉古人，不為俗人所瞀眩也，必先自熏習始，禪家所謂知有入處也。

牧齋形容性靈的術語不是很儒家化，便是很禪學化，儒家的一面似乎從歸有光來，禪學的一面似乎從李卓吾來；他在兩方面造詣皆深，所以可以用兩套語言表達他的理念，這是牧齋學術的一大特色。

「性情」的表現

性情是文學的起源，它的表現應當豐富而多樣化，絕不該設定在狹小單調的格局中，所以牧齋所謂的「詩言志」，此志不是只有溫柔敦厚而已，而是像「好色」、「怨誹」這類強烈的情感。《有學集》卷十七〈季滄葦詩序〉曰：

> 太史公曰：「國風好色而不淫，小雅怨誹而不亂。」此千古論詩之祖，劉彥和蓋深知之，故其論詩曰：「軒鬌詩人之後，奮飛詞家之先。」三百篇變而為騷，騷變為漢魏古詩，根抵性情，籠挫物態，高天深淵，窮工極變，而不能出于太史公之兩言。所謂兩言者，好色也，怨誹也。士相媚，女相說，以至于風月嬋娟，花鳥繁會，皆好色也。春女哀，秋士悲，以至于白駒刺作，角弓怨張，皆怨誹也。好色者，情之彙篇也，怨誹者，情之淵府也。好色不比于淫，怨誹不比于亂，所謂發乎情，止乎義理者也。人之情真，人交斯偽。有真好色，有真怨誹，而天下始有真詩。一字染神，萬劫不朽，鍾記室論十九首，謂驚心動魄，一字千金，太白歎吾衰不作，子美矜得失寸心，皆是物也。今不讀古人之詩，不知其言志永言，真正血脈，而求師于近代，如躄人之學步，如儓父之學語，其不至于胥足呰舌者則亦鮮矣。

不止是「好色」與「怨誹」，凡疾痛叫呼，身世連蹇，夢囈病吟，春歌

溺笑，一切激動、無法克制的情感都可視之爲「詩之本」〔註32〕，文
學的起源在於「不得不爲」，「必有深情蓄積於內，奇遇薄射於外，……
於是乎不能不發而爲詩，而其詩亦不得不工」〔註33〕。它表現的情調
即使是奇詭的、憂鬱的、粗糙的、或令人驚駭的，只要出自作者內心
的需要，即可視之爲工。這樣的論調與李卓吾、公安派並無不同，性
靈派所謂的情感之「正」、技巧之「工」，範圍都比格調派放得大，他
們主張伸展作者的個性，不願以媚悅的手段討好讀者，牧齋說：

> 古之爲詩者，必有獨至之性，旁出之情，偏詣之學，輪囷
> 偪塞，偃蹇排奡，人不能解，而己不自喻者，然後其人始
> 能爲詩，而爲之必工。是故軟美圓熟，周詳謹愿，榮華富
> 厚，世俗之所嘆羨也，而詩人以爲笑，凌厲荒忽，敖僻清
> 狂，悲憂窮蹇，世俗之所訽姍也，而世人以爲美。人之所
> 趨，詩人之所畏，人之所憎，詩人之所愛，人譽而詩人以
> 爲憂，人怒而詩人以爲喜；故曰詩窮而後工。詩之必窮而
> 後工，其理然也。（《初學集》卷三二〈馮定遠詩序〉）

凡是偉大的作家，多少都帶著些「任性」，他只表現自己想要表現的
東西，不管世俗的口味，因爲他要以自己的精神，去打動別人的精神，
雖然他的作品可能違反了流行，暫時使人看了不舒服，可是最後能征
服讀者的，才可能成爲偉大的作品。因此牧齋又說：

> 唐之李杜，光燄萬丈，人皆知之，放而爲昌黎，達而爲樂
> 天，麗而爲義山，譎而爲長吉，窮而爲昭諫，詭灰暴兀而
> 爲盧仝劉叉，莫不有物焉。魁壘耿介，槎枒于肺腑，擊撞
> 於胸臆，故其言之也不慚，而其流傳也，至於歷劫而不朽。
> 滄浪之論詩，自謂如那吒太子，拆骨還父，拆肉還母，而
> 未嘗探極於有本，謂詩家玲瓏透徹之悟，獨歸盛唐，則其
> 所矜詡爲妙悟者，亦一知半解而已。（《有學集》卷十七〈周元
> 亮賴古堂合刻序〉）

〔註32〕《有學集》卷十七〈周元亮賴古堂合刻序〉。
〔註33〕《初學集》卷三二〈虞山詩約序〉。

讀者和評論家應該開放心胸，進入作家的精神世界，從而定其工與不工，而不該把自己偏嗜的單一情調視之爲「正」，不容許別人變化。爲了拓展性靈的空間，牧齋特別在幾個方向努力。

第一是艷情詩；《有學集》卷二十〈李緇仲詩序〉曰：

> 緇仲故多風人之致，青樓紅粉，未免作有情癡。孟陽每呵
> 余：「緇仲以父兄事兄，而兄不以子弟畜緇仲，狹邪冶游，
> 不少阻止，顧津津有喜色者何也？」余曰：「不然，伶玄不
> 云乎？『淫于色非慧男子不至也，慧則通，通則流，流而
> 後返，則所謂發乎情而止乎禮義者也。』佛言一切眾生，
> 皆以淫欲而正性命，積劫因緣，現行習氣，愛欲鉤牽，誰
> 能解免，而慧男子尤甚。向令阿難不入摩登之席，無垢光
> 不食淫女之咒，則佛與文殊提獎破除，亦無從發啓。緇仲
> 慧男子也，極其慧之所通，通而流，流而止，則其返而入
> 道也，不遠矣！」

這是性靈派中第一篇正式倡言情愛的宣言，它開放的程度，遠比袁中郎嗜好《金瓶梅》，或鍾譚《詩歸》選錄齊梁艷詩更明顯一些。爲了具體說明理想中的作品，牧齋特別推出了李義山。他在《有學集》卷十五〈注李義山詩集序〉和〈朱長孺箋註李義山詩序〉表示，情艷之作，傷春悲秋，可以涸愛河而乾欲火，然而義山的境界並不僅止於此，他身處動亂的時局，不得不紆曲其辭，隱晦如謎，究其本心，其實有少陵之忠憤和禪者之慧業，不該以一般玉臺香奩浪子之流來看待他。

第二是滑稽說。繼中郎之後，牧齋的理論也出現了談滑稽的言論，他說太史公與班固不廢滑稽，如優孟與東方朔，或歌或哭，亦棒亦喝，其中往往有其高義 (註34)，又引東坡之例曰：

> 陳述古好談禪，以東坡所言爲淺陋，坡語曰：「公之所言，
> 譬如飲食龍肉也，而僕之所學，豬肉也。公終日說龍肉，
> 不若僕之食豬肉，實美而真飽也。」……一以爲粗鄙，一

〔註34〕《有學集》卷二三〈歲星解壽薛諧孟先生六十〉，卷四一〈爲柳敬亭募葬書〉。

> 以爲淺陋，下士聞之而大笑。彼以爲塵垢糠粃，而我則以
> 爲妙道也。(《有學集》卷五一〈題丁函生自家話〉)

滑稽免不了說些粗俗不雅的玩笑話，禪家機鋒尤其如此，最早莊子說「道在屎溺」，東坡也有「明日且痾東禪屎」之語，袁中郎罵人「糞裏嚼渣，順口接屁」，錢牧齋常說「那有閒工夫替俗人拭鼻涕」，這些「不雅」的話都是一種禪家習氣，表面看來淺陋，其中有它的道理。禪學和性靈說常以醜陋的東西破壞虛假美麗的幻象，使人一剎那間洞見眞實，有所悟入，便達到滑稽的目的。

　　第三是僧詩。牧齋說僧詩清寒玄遠，沒有名利之心，天然禪悅之味，正好醫當時狂易之病，即使不脫蔬筍氣，亦是道人本色〔註35〕。

　　第四是民俗文學。《初學集》卷三二〈王元昭集序〉曰：「古之作者，本性情，導志意，謳言長語，客嘲僮約，無往而非文也。塗歌巷舂，春愁秋怨，無往而非詩也。」又卷八五〈題徐陽初小令〉曰：「詞曲雖小道，求其清新華麗，負歌山曲海之名，亦豈易哉？」

　　艷體、滑稽、道情、民歌，這四個伸張性情的方向和過去的性靈論者差不多，不過爲了矯公安、竟陵過於淺白的弊病，牧齋很少提到民歌，並且在艷情、滑稽、道情三項都做了修正，例如他反對譚元春學南朝艷歌，將詩做得淫哇卑賤〔註36〕，轉而提倡李義山古典精緻的情詩。他反對袁中郎「鄙俚公行」，故《列朝詩集》只選錄其「申寫性靈而不悖風雅者」〔註37〕。他也反對唐荊川專以陳白沙、莊定山的語錄體爲詩的正宗〔註38〕，認爲借詩講學，多用道學語爲詩，不免失去美的本質。總之，求奇是應該的，但必須出於自然，稍有幾分刻意，便離了「眞」的信條，再一矯枉過正，就有「下劣詩魔」盤據胸中。照牧齋的看法，過去的性靈論者作詩都有幾分刻意，他們表現性靈的

〔註35〕《有學集》卷四八〈題介立詩〉、〈題山曉上座嘯堂詩〉。
〔註36〕《列朝詩集小傳》丁集中「譚解元元春」。
〔註37〕同上，「袁宏道」本傳。
〔註38〕同上，見丙集「陳白沙」、「莊定山」本傳。

方式不對，無形中辜負了美質，折損了他們的成就，所以牧齋重申袁中郎、陶望齡以來的求奇說。《有學集》卷四八〈題馮子永日艸〉曰：

> 今稱詩之病有二，曰好奇，曰好艷。離歧以爲奇，非奇也，
> 丹華以爲艷，非艷也。十九首，五言之祖也，亦奇亦艷，
> 驚心動魄。自是以降，左之詠史，阮之詠懷，陶之讀山海，
> 奇莫奇于此矣。郭弘農之游仙，謝康樂之遊攬，江記室之
> 擬古，艷莫艷于此矣。而人不知也。搜盧仝劉叉以爲奇，
> 獵玉臺香奩以爲艷，問其所以爲奇爲艷者，而懵如也。嗜
> 奇之病，頃少爲士友發之，又嘗謂李義山之詩，其心肝腑
> 臟，竅穴筋脈，一一皆綺組縟繡，排纂而成，泣而成珠，
> 吐而成碧，此義山之艷也，古之美人，肌肉皆香，三十三
> 天以及香國毛孔皆香，劉季和有香癖，熏身遍體，張坦屐
> 之曰：俗。今之學義山者，其不爲季和之熏身者尠矣，而
> 況不能如季和者乎？

「搜奇嗜艷」是牧齋繼承性靈說的一貫主張，但他強調「奇」與「艷」並非固定如「玉臺」「香奩」般的印象。〈古詩十九首〉看似平凡，其實驚心動魄；義山之詩看似排纂而成，其實如美人有香，得自天生；韓愈、盧仝之文，看似詰屈聱牙，對作者而言卻是文從字順，奇艷與平凡的分別不在表象，而在作者的天才造詣，它「自然任運，非幻化而得」〔註39〕，若刻意嗜奇，則如蟑螂食糞，令人噦之，墮入俗病，又何奇之有？性靈的表現固然該奇縱變化，但萬變不離其宗，無論如何必須守住「眞」和「自然」的原則，如此無往而非正，無往而非奇，又那有正統和異端的分別？牧齋將性靈的表現範圍放得遠比格調派爲大，但又不像以往性靈派的泛濫無歸，在基本理論上先奠定了積極浪漫主義的基礎。

繼承杜甫的精神

宗主杜甫是積極浪漫主義另一個特徵。在牧齋以前，「學杜」的

〔註39〕《有學集》卷四七〈書陸秋玉水墨盧詩卷〉。

問題一直令人混淆不清；人人都嚷著學杜，但是各人方法不同，盲人
摸象，妄出己意，往往扭曲了杜甫的真面目，尤其李何等人挾天子以
令諸侯，使杜甫變成專制性、階級性的偶像。這點使性靈派大爲反感，
他們寧願推崇邵雍、蘇軾，或上溯元白韓盧，也不願提到老杜。事實
上，老杜在格調派手中只是空架子，格調派只看重他的格律和一點政
治意味，若論創作方向和精神，老杜是與格調派不合的，然而性靈諸
家一直沒有正視這個問題，他們不敢直搗黃龍，一方面是有逃避負氣
的傾向，一方面是拿不出完整有力的理論，當本身自覺能力不夠強的
時候，解決不了詩壇的問題，只好擱置它、逃避它了。到牧齋手中，
性靈思想已完全成熟，理論的運用更加靈活，以前看不透的問題，想
不通的道理，都得到解決，於是牧齋以其自信和才學，大膽的駁斥歷
來學杜者的錯誤；《讀杜小箋》一開始就說：

> 予嘗妄謂自宋以來學杜詩者，莫不善於黃魯直。評杜詩者，
> 莫不善於劉辰翁。魯直之學杜也，不知杜之眞脈絡，所謂
> 前輩飛騰，餘波綺麗者，而擬議其橫空排奡，奇句硬語，
> 以爲得杜衣鉢，此所謂旁門小徑也。辰翁之評杜也，不識
> 杜之大家數，所謂鋪陳終始，排比聲韻者，而點綴其尖新
> 僬冷，單詞隻字，以爲得杜骨髓，此所謂一知半解也。弘
> 正之學杜者，生吞活剝以尋撦爲家當，此魯直之隔日瘧也，
> 其黠者又反脣於西江矣。近日之評杜甫，鉤深抉異，以鬼
> 窟爲活計，此辰翁之牙後慧也，其橫者并集矢於杜陵矣。

這番話言簡意賅地道破宋明以來學杜的誤謬和左右異端紛擾的現
象，歸納分析，辨別源流，對於釐清僞學有很大的幫助。不善學者既
如是，善學者則當如古人；〈曾房仲詩集序〉曰：

> 自唐以降，詩家之途轍總萃於杜氏，大歷後以詩名家者，
> 靡不由杜而出。韓之南山、白之諷諭，非杜乎若郊若島，
> 若二李，若盧仝馬異之流，盤空排奡，橫從譎詭，非得杜
> 之一枝者乎？然其所以爲杜者無有也。以佛乘譬之，杜則
> 果位也，諸家則分身也，逆流順流，隨緣應化，各不相師，

亦靡不相合，宋元之能者亦由是也，向令取杜氏而優孟之，飾其衣冠，效其嚬笑，是乃爲杜，是豈復有杜哉？（《初學集》卷三二）

牧齋宗主老杜，有一點很重要；便是不帶有階級性。「杜則果位也，諸家則分身也」，分身的價值並不因此而降低，這和嚴羽定盛唐爲第一義，以下爲小乘禪、聲聞辟支果、臨濟、曹洞的等級觀念大不相同。沒有階級和專制，作家才能自由創造，「各不相師，亦靡不相合」，唐人學杜甫的精神，而不襲其形貌，各自成家，創造出一代輝煌的文學，才堪稱是善學者。杜甫的精神，具體而言不外兩項；牧齋說：

余敢以善學之一言進焉，杜有所以爲杜者矣！所謂上薄風雅，下該沈宋者是也。學杜有所以爲杜者也，所謂別裁僞體，轉益多師者是也。（同前）

「上薄風雅，下該沈宋」是創作，「別裁僞體，轉益多師」是方法，學杜甫不外學此二者。

在創作方面，牧齋取老杜戲爲六絕句之一爲之詮釋。杜甫原詩爲：「才力應難誇數公，凡今誰是出群雄，或看翡翠蘭苕上，未掣鯨魚碧海中。」牧齋先引元遺山詩曰：

元裕之詩云：「鄴下風流在晉多，壯懷猶見唾壺歌，風雲若恨張華少，溫李新聲奈爾何。」又云：「有情芍藥含春淚，無力薔薇臥晚枝，拈出退之山石句，始知渠是女郎詩。」

又釋之曰：

凡今誰是出群雄，公所以自命也。蘭苕翡翠，指當時研揣聲病，尋摘章句之徒。鯨魚碧海，則所謂渾涵汪洋，千彙萬狀，兼古人而有之者也。亦退之之所謂橫空盤硬，妥帖排奡，垠崖崩豁，乾坤雷硠者也。論至於此，非李杜誰足以當之，而他人有不憮然自失者乎？（以上見《讀杜小箋》）

數誇代之才力，則李杜之外，誰可當鯨魚碧海之目，論詩人之體製，則溫李之類咸不免風雲兒女之譏。（《初學集》卷三十二〈徐元歎詩序〉）

所謂「鯨魚碧海」和「蘭苕翡翠」是陽剛之美與陰柔之美的象

徵，二者的分別一在格律，一在境界。格調派以王孟式的陰柔之美
為上，陽剛性的作品只可雄渾，不可雄健，作壯語亦得受格律的規
範，性靈派要爭取的是比雄渾更廣大的表現空間，在格律上主張自
然的天律，在字面上不妨沙石俱下，在意境上則要渾涵汪洋，千彙
萬狀。在牧齋看來，老杜之所以偉大不僅在格律之細，而在能兼有
古今，他能包括王楊盧駱和沈宋，沈宋諸人卻不能包括他，他本身
是一個大海，一個宇宙，宇宙中固不能沒有精金美玉，但只靠精金
美玉亦不能成其大，性靈派所以求奇求變，倡言瑕疵，不外追求一
個未經人工芟除的生態環境，而老杜便是「詩道廣大」的象徵，學
杜者應當以此著眼。

　　在理論方面，牧齋取杜甫「別裁偽體親風雅，轉益多師是汝師」
一語奉為圭臬。《讀杜小箋》曰：

> 別，分別也，裁者，裁而去之也。別裁偽體以親風雅，文
> 章流別可謂區明矣。又必轉益多師，遞相祖述，無效噲點
> 輕薄之流，而甘於未及前賢也。裕之詩云：「論詩寧下涪翁
> 拜，未作江西社裏人。」又云：「傳語閉門陳正字，可憐無
> 補費精神。」別裁之道，思過半矣。
>
> 騷雅有真騷雅，漢魏有真漢魏，等而下之，至於齊梁唐初，
> 靡不有真面目焉。含是則皆偽體也。別者，區別之謂。裁
> 者，裁而去之也。果能別裁偽體，則近於風雅矣。自風雅
> 以下至於庾信、四子，孰非我師？雖欲為噲點輕薄之流，
> 其可得乎。故曰：轉益多師是汝師。

學杜能看到這一層，是相當有意義的事。一般人學杜，只學他的詩，
或詩中一部分，而牧齋學習他背後的創作理論，繼承他的創作精神；
到這時候，杜甫才真正與性靈派合而為一，性靈說也正式進入積極的
階段。牧齋的《讀杜小箋》影響著清初詩壇，經由他的闡釋，杜詩的
價值開始顯現出來；原本在摹擬王國中老杜被轉相稗販，根本不能成
其為學，入清後卻建立為一項專門學問，這中間錢牧齋的貢獻應該是
不小的。

「別裁偽體」

「別裁偽體親風雅，轉益多師是汝師」，牧齋受老杜這兩句詩的啟示相當大。

偽體是風雅正宗的大敵，要追求真正的風雅，必需先「別裁偽體」，才能徹底解決當代的問題，因此牧齋在這方面下了很大的功夫，也表現了很高的智慧。

他認為凡是沒有自己真面目的文學就是偽體，偽體是偽學的一部分，偽學又是自庸俗文化而出；尋出了庸俗文化的成因，就等於刨出了偽詩偽文的根。牧齋談俗學的文章很多，今舉《初學集》卷二八〈蘇州府重修學志序〉為例：

> 自儒林、道學之歧分，而經義帖括之業盛，經術之傳，漫非古昔，然而勝國國初之儒者，其舊學猶在，而先民之流風餘韻猶未泯也。正嘉以還，以勦襲傳訛相師，而士以通經為迂。萬曆之際，以繆妄無稽相誇，而士以讀書為諱，馴至于今，俗學晦蒙，繆種膠結，胥天下為夷言鬼語，而不知其所，從來國俗巫、士志淫、民國屬，生心而發政，作政而害事，皆此焉出。

庸俗文化中繆種膠結，任何學術下達到底層都化為異物，《有學集》卷三九〈復李叔則書〉對此有深刻的描寫：

> 文章途轍，千途萬方，符印古今，浩劫不變者，惟真與偽二者而已。偽體茲多，稂莠煩殖，有以獵兔園、拾餖飣為經術者矣。有以開馬肆、陳芻狗為理學者矣。有以拾斷爛、黨枯朽為史筆者矣。有以造木鳶、祈土龍為經濟者矣。真文必淡，而陳羹醨酒，酸薄腐敗者亦曰淡。真文必質，而盤木焦桐，卷曲枯朽者亦曰質。真文必簡，而斷絲折線，尺幅窄窄者亦曰簡。真文必平，而涔蹄牛蹤，行潦紆餘者亦曰平。真文必變，而飛頭歧尾，乳目臍口者亦曰變。真則朝日夕月，偽則朝菙夕槿也。真則精金美玉，偽則瓦礫糞土也。不待比量而區以別矣。

經術、理學、史筆、經濟、文章，無所不偽，偽詩便自這樣的環境中

壯大起來。

　　牧齋又自歷史上尋出偽詩的源頭，那就是嚴羽《滄浪詩話》、高棅《唐詩品彙》。《滄浪詩話》比較難駁倒，它本身蘊含神韻和格調兩種詩論，一邊講玲瓏妙悟，眩人耳目，一邊以專斷的態度推行階級論，強人屈從；它沒有後來的格調派那麼嚴苛，話也說得含糊些，彷彿顛撲不破，所以性靈派一直沒有找到有力的論點去反對它。到牧齋手中，正式以禪家的素養拆穿它以禪說詩的假象；《有學集》卷十五〈唐詩英華序〉曰：

> 嚴氏以禪喻詩，無知妄論，謂漢魏盛唐爲第一義，大曆爲小乘禪，晚唐爲聲聞辟支果。不知聲聞辟支，即小乘也。謂學漢魏盛唐爲臨濟宗，大曆以下爲曹洞宗，不知臨濟、曹洞，初無勝劣也。其似是而非，誤入箴芒者，莫甚于妙悟之一言。彼所取于盛唐者何也？不落議論，不涉道理，不事發露指陳，所謂玲瓏透徹之悟也。三百篇，詩之祖也。知我者謂我心憂，不知我者謂我何求，我不敢效，我友自逸。非議論乎？昊天曰，明及爾出，王無然畔，援無然歆羨，誕先登于岸。非道理乎？胡不遄死，投畀有北。非發露乎？赫赫宗周，襃姒滅之。非指陳乎？今認其一知半見，指爲妙悟，如焰螢光，如窺隙日，以爲詩之妙解盡在是。學者沿途覓跡，搖手側目，吹求形影，摘抉字句曰，此第一第二義也。曰，此大乘小乘也。曰，是將夷而爲中爲晚，盛唐之牛跡兔徑，侐乎其唯恐折而入也。日瞖者別見空華，熱傷者旁指鬼物，嚴氏之論詩，亦其瞖熱之病耳。而其症傳染于後世，舉目皆嚴氏之眚也，發言皆嚴氏之譫也，而互相標表，期以藥天下之詩病，豈不傎哉。

牧齋批評嚴羽主要有三點：第一，他指出嚴羽以禪喻詩，只是借用禪家術語表達他的階級觀，這些術語本身並沒有階級的意思，嚴羽將詞彙使用錯誤，連基本常識都沒有，遑論禪家的精神？不知禪而談禪，就是偽學。第二，嚴羽所謂的妙悟，只是指一種矇矓優美的情調，他教人不落議論，不事發露，只要想辦法製造出這種情調，就到了第一

義，他把表現方式限定爲這一種，高格也定在這一種，將狹隘的品味稱之爲妙悟，這和禪家講的頓悟相差太遠。不知悟而言悟，無怪乎爲僞學謬種。第三，自嚴羽以時代論詩後，高棅承其說將唐詩定爲初盛中晚四級，作家分爲正宗、羽翼之類，使原本自然完整的園地遭到切割，百花爭妍、各有面貌的局面成了貴賤有序的階級，這一點最令性靈派不滿。牧齋〈唐詩鼓吹序〉云：

> 蓋三百年來，詩學之受病深矣。館閣之教習，家塾之程課，咸稟承嚴氏之詩法，高氏之品彙。耳濡目染，鏤心刻骨，學士大夫，生而墮地，師友薰習，隱隱然有兩家種子，盤互于藏識之中。迨其後時，知見日新，學殖日積，迴旋起伏，秖足以增長其邪根繆種而已矣，嗟夫！唐人一代之詩，各有神髓，各有氣候，今以初盛中晚鼉爲界分，又從而判斷之曰：此爲妙悟，彼爲二乘，此爲正宗，彼爲羽翼。支離割剝，俾唐人之面目，蒙冪于千載之上，而後人之心眼，沈錮于千載之下，甚矣！詩道之窮也。（《有學集》卷十五）

牧齋對滄浪的批評相當犀利，性靈派從未有人有如此的膽識。他的弟子馮班秉承師旨，作〈嚴氏糾謬〉，闡發牧齋未盡之意，使嚴氏這部籠罩近三百年的詩話，地位爲之動搖。嚴氏一旦遭到質疑，格調派的源頭便有被截斷的危險，這是牧齋「別裁僞體」行動中很厲害的一招。

對明代格調派，牧齋「別裁」爲開明型的格調家和偏執型的格調家，這個分法他自己沒有明說，但在《列朝詩集小傳》中隱隱然具有這個概念。他對李東陽、徐禎卿、謝榛、王世懋有很高的評價，對於他們遭到擯拆或冷落則深感不平。其中，李東陽是特別受到推崇的人物，《列朝詩集》收錄他三百四十多首詩，數量僅次於劉基、高啓。三百四十多首當中，古樂府佔一百○一首，並將他一篇〈擬古樂府引〉也收錄進去。〈擬古樂府引〉反對作者重襲故常，莫知所歸，主張力去陳俗，寄奇縱異事，長短疾徐，唯其所止。牧齋收錄此篇，其意可知。

偏執格調派包括李何李王四大家，外加一個胡應麟。何景明的作

品比較受到寬容，但牧齋對他「古詩之法亡於謝」，「古文之法亡於韓」的固執論調相當不滿意〔註40〕；二李和王世貞論詩最與牧齋扞格，因此牧齋發出凌厲的攻擊也是前所未有的。他以大量的篇幅，尖銳的文字，批評他們「限隔時代，支離格律」〔註41〕，不顧文學進化的原理，不明情感渲洩的事實，妄謂摹擬古人，便可造乎漢唐。然而「其所謂漢文者，獻吉之所謂漢，而非遷固之漢也。其所謂杜詩者，獻吉之所謂杜，而非少陵之杜也」〔註42〕。沒有自己面目，又不得古人的面目，猶塗抹叫呶，以肥皮厚肉之詞，獻酬傭僬，使詩壇黃茅白葦，彌望皆是。《有學集》卷四九〈讀宋玉叔題文集題辭〉曰：

> 余之于此道，不敢自認爲良醫，而審方診病，可謂之三折肱矣。要而言之，昔學之病病于狂，今學之病病于醫。獻吉之戒不讀唐後書也，仲默之謂文法亡于韓愈也，于鱗之謂唐無五言古詩也，滅裂經術，俉背古學，而橫騖其才力，以爲前無古人，此如病狂之人，強陽儓驕，心易而狂走耳。今之人傳染其病，而不知病症之所從來。如群瞽之拍肩，而行于塗，街衢溝瀆，惟人指引，不然則捫籥以爲日也，執箑以爲象也，并與其狂病而無之，則謂之瞽人而已矣。

爲了凸顯二李摹擬的程度，牧齋特別在《列朝詩集》中舉出實例，逐句評駁，令人印象深刻。例如李攀龍擬古樂府〈陌上桑〉，漢代原著爲：「日出東南隅，照我秦氏樓。」李作爲：「日出東南隅，照我西北樓。」牧齋評曰：

> 盜西北高樓以配東南隅，自以爲巧極矣！本詞云「秦氏樓」，映帶日出東南方隅，宛然光景有無，所以爲佳，今以西北配東南，如甲乙帳簿，此所謂死句也。曰秦氏樓，系羅敷之姓，然後書羅敷之名，此敘事之法也。今突而曰：「樓上有好女，自名秦羅敷。」則全無次第矣！于鱗自負古文辭，何不講于此乎？

〔註40〕《列朝詩集小傳》丙集「何景明」本傳。
〔註41〕《有學集》卷四七〈題徐季白詩後〉。
〔註42〕《初學集》卷七九〈答唐訓導汝鄂論文書〉。

李作又云：「行者見羅敷，下擔捋髭鬚，少年見羅敷，袒裼出臂韝。」
牧齋曰：

> 本詞「脫帽著帩頭」，少年輕俊自炫之態，可謂妙極形容矣！
> 今曰袒裼出臂韝，豈欲直前搏取之乎？北人之風致如此。

下一句原著作：「來歸相怨怒，但坐觀羅敷。」李改為：「來歸相怨怒，
且復坐斯須。」牧齋曰：

> 但坐觀羅敷之坐，猶云只為也，今云且復坐斯須，詞謂行
> 坐之坐，字義舛謬。

李作又言：「使君自南來，駐我五馬車，遣吏前致問，為是誰家妹。
羅敷小家女，秦氏有高樓，西鄰焦仲卿，蘭芝對道隅。」牧齋曰：

> 于鱗見焦仲卿妻古詩：「東家有賢女，自名秦羅敷。」摭拾
> 撮合，以為奇巧，而不知其有大不可通者。陌上桑之事，
> 流聞閨閣，至漢末建安之世，則家論而戶曉矣！仲卿之母
> 欲取東家之女，而美之以秦羅敷，猶今人言西施、太眞也。
> 以世言之，則建安懸于漢初，以地言之，則盧江絕于邯鄲，
> 是故焦仲卿之詩可以援羅敷，而擬陌上桑之篇不可以援蘭
> 芝也。令于鱗聞此，亦當輾然一笑。

以上這個例子，摹擬的痕跡一見即知，不待贅言。在短短幾句當中，
有時代倒錯者，有字義舛謬者，有對仗呆板者，有粗豪不倫者，經由
牧齋指出，幾乎令人噴飯！耳聞不如目見，見過實例才知道性靈說是
有為而發的，也才知道牧齋糾彈僞體的銳利之處。

低拙的詩法偏偏具有可怕的封閉性和感染性，牧齋感歎地說：

> 繆學（指七子）之行，惑世而亂眞，使夫人窮老盡氣，至
> 死而不知悔，其為禍尤慘於俗學。（《初學集》卷七九〈答唐訓
> 導汝鄂論文書〉）
> 以余所見，才人志士，踔厲風發，可以馳騁古人者多矣！惟
> 其聞見習熟抑沒于兩家（指李王）之霧中，而不能自出，如
> 昔人所謂有下劣詩魔入其肺腑者，夫是以少而眩，長而堅，
> 老而無成，而終不自悔也。（《初學集》卷三十二〈黃子羽詩序〉）

僵化的模式一旦牢據胸中，即使強學好問，苦心鏃礪，也終生翻不出

俗學僞學的掌握，誤盡天下人才，是偏執格調派最大的過失；明代詩文不振，只有單篇佳作，而不能產生韓柳歐蘇那樣的大家，也不能造就足與唐宋抗衡的時代文學，格調理論指導錯誤，要負很大的責任。牧齋不客氣的說：「國家當日中月滿，盛極孳衰，麤材笨伯，乘運而起，雄霸詞盟，流傳譌種，二百年以來，正始淪亡，榛蕪塞路，先輩讀書種子從此斷絕，豈細故哉？」〔註43〕明亡之後，牧齋反省百餘年來的功過得失，追究格調派的歷史責任，這個理由比責備它摹擬還要厲害。格調派難辭其咎，無所遁逃，不敢再講摹擬，到王漁洋時，甚至將「格調」的招牌換成了「神韻」，以避開不良的形象，這些都是在牧齋強力的攻勢下造成的。吉川幸次郎先生說牧齋是宣判前後七子僞古典主義死刑的人〔註44〕，我們觀察他的手法──從庸俗文化檢討僞體的成因，從《滄浪詩話》評駁僞體的源流，析出開明派和偏執派，批選摹擬實例，追究歷史責任，甚至連其羽翼闓派也不放過〔註45〕──這些特別的論點都是以前性靈派沒有出現過的。他對格調派的觀察如此深刻，再以精密的思考設下鏃矢網羅，自然足以結束偏執格調派的生命。牧齋以後，清人沒有給七子任何肯定的評價，摹擬王國到他手中是真正的結束了。

　　「別裁僞體」的另一個對象是竟陵派。竟陵派的缺點不在文學理論「學」與「厚」的部分，而是在評選和詩作。牧齋批評《詩歸》「寡陋無稽，錯繆疊出，稍知古學者咸能狹笑以攻其短」，又說：「《詩歸》一出，而鍾譚之底蘊畢露，溝澮之盈於是乎涸然無餘地矣！」（《列朝詩集》鍾惺本傳），鍾譚的底蘊便是學殖不厚；不是斷句錯誤，文理不通，便是以誤字為奇妙〔註46〕。牧齋《初學集》卷廿九〈葛端調編

〔註43〕《列朝詩集小傳》丙集「李夢陽」本傳。
〔註44〕齊魯出版社《古典文學論叢》第三輯，頁220～244，吉川幸次郎《錢謙益的文學批評》。
〔註45〕詳見《列朝詩集小傳》劉崧、林鴻、高棅、張楷、謝肇淛、鄧原岳等傳。
〔註46〕《清詩話》《貞一齋說詩》，1198頁。

次諸家文集序〉和卷八一〈讀左傳隨筆〉兩篇文章中，特別舉出鍾惺
《史懷》中的錯誤，以證明他淺薄的程度。《列朝詩集》譚元春本傳
引張文寺之言曰：

> 伯敬入中郎之室，而思別出奇，斤斤字句之間，欲闚古人
> 之祕，以其道易天下，多見其不知量也。友夏別立蹊徑，
> 特爲雕刻，要其才情不奇，故失之纖，學問不厚，故失之
> 陋，性靈不貴，故失之貴，風雅不道，故失之鄙，一言以
> 蔽之，總之，不讀書之病也。

不讀書則眼界不寬，器識不廣，僻固狹隘，而自以爲清新空靈，這樣
的主張沉淪到庸俗大眾中，起了很壞的作用，當時「承學之徒，莫不
喜其尖新，樂其率易，相與糊心眯目，拍肩而從之，以一言蔽其病曰：
不學而已，亦以一言蔽從之者之病曰：便於不說學而已」（同上），比
較有才華的人如商家梅、王野、葛一龍之流，受了竟陵派的影響，一
變爲幽閒蕭寂，開始不讀書，亦不汲古，終日低眉俯躬，咳唾呻吟，
模仿鍾譚的聲調〔註47〕。鍾譚如果自己孤芳自賞倒也無所謂，但將這
種詩風拓展開來，造成流行，到處一片「蒼蠅之聲，發於蚯蚓之竅」，
聽在牧齋耳裡，是相當受不了的，〈孫子長詩引〉曰：

> 夫聲音之道與元氣變化，木客之清吟，幽獨之隱壁，非不
> 幽清淒愴也，向令被之弦歌，奏之於通都大邑，令子野季
> 札之倫，側耳而聽之，其以爲何如哉？（《初學集》卷四十）

牧齋通音律，喜風華，常以江左清嘉之氣爲榮，鍾譚怪異的聲調，不
健康的性格，令他十分厭惡。他又認爲詩歌和國家氣運有關，竟陵詩
風「無生人之氣，使人意盡而不歡」〔註48〕，是亡國的徵兆。這個不
祥的聯想使牧齋對竟陵的批評多了一層心理因素，他譏之爲「鬼國」、
「鼠穴」、「兵象」、「文妖」、「死聲」，並直言：「余老而多忌諱，惡聞
人間所稱引越臺、吳井、谷音、月泉之詩，白楊荒楚，嗚號啁噍，……

〔註47〕詳見《列朝詩集小傳》丁集下「商家梅」、「葛一龍」本傳。
〔註48〕《有學集》卷三八〈答彭再生書〉。

蒙頭而避之，唯恐遺音之過吾耳也。」〔註49〕

　　牧齋原本對鍾譚並無敵意，是鍾譚日趨偏狹，失去了性靈的本旨，才不得不排擊之。《列朝詩集》「譚元春」本傳曰：

> 伯敬爲余同年進士，又介友夏以交于余，皆相好也。吳中少俊多訾謷鍾譚，余深爲護惜，虛心評騭，往復良久，不得已而昌言擊排。
>
> 世之論者曰：「鍾譚一出，海內始知性靈二字！」然則鍾譚未出，海內之文人才士皆石人木偶乎？曰極七子之才致，不過爲宋之陸放翁，自南渡以迄隆萬，將五百年，亦皆石人木偶，而性靈獨培發於鍾譚乎？彼自是其一隅之見，於古人之學，所謂渾涵汪茫，千彙萬狀者，未嘗過而問焉！

性靈並非鍾譚所發，鍾譚又狹小之，僵化之，不免成爲另一種僞體。牧齋抱著「自清門戶」的心情反對它，又發現它和格調派有某些類似之處，便經常放在一塊比較，例如劉咸仲〈雪菴初稿序〉云：

> 詩文之繆，傭耳而劓目也，儷花而鬥葉也，其轉繆則蠅聲而蚓竅也，牛鳴而蠻語也，其受病則皆不離乎僞也。（《初學集》卷三十一）

〈王貽上詩集序〉曰：

> 嗟夫！詩道淪胥，浮僞並作，其大端有二，學古而膺者，影掠滄溟弇山之賸語，尺寸比儗，此屈步之蟲，尋條失枝者也。師心而妄者，懲創品彙、詩歸之流弊，眩運掉舉，此牛羊之眼，但見方隅者也。之二人者，其持論區以別矣，不知古學之由來，而勇於自是，輕於侮昔，則亦同歸於狂易而已。

格調之末流，學古而膺；性靈之末流，師心而妄；牧齋見出了二者的偏執，首先將七子與鍾譚並列，批評他們同樣不知古學，狗人封己，使廣大的詩道趨於狹小〔註50〕。這類言論在牧齋集中俯拾皆是，清人承其未盡之意，陸續有所闡發；廓清七子和竟陵的迷霧，別裁僞體的

〔註49〕《有學集》卷十八〈徐季重詩稿序〉。
〔註50〕《初學集》卷三二〈徐元歎詩序〉。

工作總算功德圓滿。

　　核計牧齋裁斥的僞體，有嚴滄浪、劉辰翁、高棅、林鴻、前後七子和竟陵派，他自己都歎道：「甚矣！僞體之多而別載之不可以易也。」（同上）錯綜複雜的流品，似是而非的理論，糾結成文藝界的大問題，若非一代巨擘施展庖丁解牛的功夫，恐怕後人將一直停留在盲人摸象的階段。

「轉益多師」

　　破壞之餘，必繼之以建設，建設之道不是立偶像、分階級，而是以博大平等的胸襟以古人爲師。《有學集》卷十五〈愛琴館評選詩慰序〉曰：

> 古之爲詩者，學溯九流，書破萬卷，要歸于言志永言，有物有則，宣導情性，陶寫物變，學詩之道亦如是而止。陸士衡、曹子桓、沈休文、江文通，與夫李杜元白皮陸之緒言，皆具在也。古學日遠，人自作辟，邪師魔見，蘊釀于宋季之嚴羽卿、劉辰翁，而毒發于弘德嘉萬之間，學者甫知聲病，則漢魏齊梁初盛中晚之聲影，已盤互于胸中。傭耳借目，尋條屈步，終其身爲隸人而不能自出，吁！可悼也！

《有學集》卷三九〈與方爾止書〉曰：

> 唐人如岑嘉州、王右丞、錢考功，皆與杜老爭勝毫芒，晚唐則陸魯望、皮襲美，金源則元裕之，風指穠厚，皆能橫截衆流，足下論詩以杜白爲第宅，亦不妨以諸家爲苑圃也。

在文章方面，他同樣把範圍放得很大；《有學集》卷三九〈復李叔則書〉曰：

> 論唐文，于韓柳之前未嘗無陳拾遺、燕許曲江也，未嘗無權禮部、李員外、李補闕、獨孤常州、梁補闕也，未嘗無顏魯公、元容州也。元和以還，與韓柳挾轂而起者，指不可勝屈也。宋初盧陵未出，未嘗無楊億、王禹偁也，未嘗無穆脩柳開也。盧陵之時，未嘗無石介、尹洙、石曼卿也。

> 眉山之時，未嘗無二劉三孔也。眉山之學，流入于金源，
> 而有元好問。昌黎之學，流入于蒙古，而有姚燧。蓋至是
> 文章之變極矣。

天地如此之大，文海如此之廣，轉益多師，其實就是將空間拓展到極限，以資馳騁變化。〈與方爾止書〉曰：

> 古人詩暮年必大進。詩不大進，必日落，雖欲不進，不可
> 得也。欲求進，必自能變始，不變則不能進。陸平原曰：
> 其爲物也多姿，其爲變也屢遷。」又曰：「謝朝華于已披，
> 啓夕秀于未振。」皆善變之說也。近代思變杜者，以單薄
> 膚淺爲中唐，五言律中兩聯不對，謂之近古，此求變而轉
> 下者也。

變化是進步的要素，但變有善與不善之分，不善變者大多是眼界太窄，愈變愈鑽入牛角尖，所以不論是欣賞和創作，見多識廣，對提昇品味是很有必要的。牧齋唯恐不善學者蹈入從前的習氣，所以不言「復古」，不言「學古」，而說「轉益多師」。他不厭其詳地列舉那麼多古代人物，其實也是復古，只是性質和別人不一樣；七子專取漢魏、盛唐，所復的古是斷代史；鍾譚專取散體詩，復的古是白話文學史，牧齋以點連成面，復的古堪稱是文學通史。許多在當時被遺忘的作家，在今天都有了穩固的地位，這中間牧齋盡了不少心力。

　　在牧齋推崇的人物當中，一部分是性靈派舊有的，一部分是新添的。舊有的不外兩位「廣大教化主」〔註51〕白樂天、蘇子瞻，以及古文運動的韓愈、歐陽修；其中韓與蘇又佔著較重的地位〔註52〕，〈讀蘇長文公〉曰：「中唐以前，文之本儒學者，以退之爲極則。北宋以後，文之通釋教者，以子瞻爲極則。孟子曰：孔子之謂集大成，二子之於文也其幾矣乎！」（《初學集》卷八三）

〔註51〕王世貞語，見《藝苑卮言》。
〔註52〕牧齋沒有論元白的單篇文章，但《初學集》卷十三有〈仿元微之何
　　　　處生春草〉二十首，卷十七有〈九日宴集舍暉閣醉歌一首用樂天九
　　　　日廿四韻〉，其中詩中提及元白之處不少。

　　牧齋對東坡的仰慕一如李卓吾、焦竑和公安三袁，他特別從佛學
的角度讚美東坡，〈讀蘇長公文〉曰：

> 吾讀子瞻司馬溫公行狀、富鄭公神道碑之類，平鋪直序，
> 如萬斛水銀，隨地涌出，以爲古今未有此體，茫然莫得其
> 涯涘也。晚讀華嚴經，稱性而談，浩如煙海，無所不有，
> 無所不盡，乃喟然而歎曰，子瞻之文，其有得於此乎。文
> 而有得於華嚴，則事理法界，開遮涌現，無門庭，無牆壁，
> 無差擇，無擬議。世諦文字，固已蕩無纖塵，又何自而窺
> 其淺深，議其工拙乎？……然則子瞻之文，黃州已前得之
> 於莊，黃州已後得之於釋，吾所謂有得於華嚴者，信也！

其次，他支持東坡自由創作的理念和反抗權威的精神。《初學集》卷
廿九〈蘇門六君子文粹序〉曰：

> 當是時，天下之學盡趨金陵，所謂黃茅白葦，斥鹵彌望
> 者，……其擊排蘇門之學可謂至矣，至於今，文忠與六君
> 子之文如江河之行地，而依附金陵之徒，所謂黃茅白葦者，
> 果安在哉？夫食期於適口，不必取其陳羹也，藥期於療病，
> 不必期求於古方也。是故爲周公而僞，不若賈誼、陸贄而
> 眞也，眞陸賈足以救世，而僞周公足以禍世，此眉山金陵
> 異同之大端也。

以眞陸賈和僞周公來論東坡和荆公，是李卓吾以來一貫的說法，牧齋
愛賞東坡，隨時聯想，和詩次韻，不勝枚舉，這也接近於李卓吾「投
入分享」式的批評。不過牧齋有他理智的一面，他稱許東坡的學術文
章，對其詩論卻不全然贊同，《有學集》卷三九〈與遵王書〉曰：

> 眉山之學，實根本六經，又貫穿兩漢諸史，演迤弘奧，故
> 能凌獵千古。然坡老論詩，亦頗多匠心矯俗，不可爲典要
> 之語。若少陵論太白詩，比論于庾鮑陰鏗。又云：何劉沈
> 謝力未工，才兼鮑照愁絕倒。稱量古人，尺寸銖兩，不失
> 針芒，此等細心苦心，恐坡老尚有未到處。

由於東坡論詩，頗多匠心矯俗，不可爲典要，於是牧齋與程孟陽共同
發掘了蘇學的繼承者——元好問。這在當時是一項創舉，因爲不論是

格調或性靈，都只留意於唐宋之爭，很少想到金元間還有這麼一位大詩家，遺山之學自蘇學所出，對性靈派尤其有很大的意義。《初學集》卷八三〈題中州集鈔〉曰：

> 元遺山編中州集十卷，孟陽手鈔其尤雋者若干篇。因爲抉摘其篇章句法，指陳其所由來，以示同志者。蓋自靖康之難，中國文章載籍，捆載入金源。一時豪傑遂得所師承，咸知規摹兩蘇，上沂三唐，各成一家之言，備一代之音，而勝國詞翰之盛，亦嚆矢於此。孟陽老眼無花，能炤見古人心髓，於汗青漫患，丹粉凋殘之後。不獨于中州諸老爲千載之知己，而後生之有志於斯者，亦可以得師矣。

元遺山論詩，主於「高華鴻朗，激昂痛快」〔註53〕，「其長源詩、皇極永明之什，如聞歎噫，如洒毛血，騷雅之末流，哀怨之極致也」〔註54〕，更重要的是元遺山《唐詩鼓吹集》，選唐人詩「洗發其面目」，使其「神髓氣候，歷歷具在眼界」，他生於五六百年之前，沒有沾染時代尊卑的成見，更沒有奉一二家爲律令的習氣，所以牧齋鄭重推介這部選集，大有與《唐詩品彙》、《古今詩刪》抗衡的意思。

在韓愈這一系，牧齋繼性靈派古文運動後，將唐宋八大家的範圍又擴大了許多，他認爲只知唐宋八大家，免不了又形成藩籬，必需體認到「唐宋之文不盡于八家」，胸襟始寬，變化始大。他提到的人物，前面所引的〈復李叔則書〉已經不少，另外比較特殊的還有樊宗師、孫樵、陸龜蒙、皮日休、司空圖。推舉樊宗師是爲了解釋「詰曲聲牙」和「文從字順」的問題；《有學集》卷三八〈答杜蒼略論文書〉曰：

> 唐文之奇，莫奇于樊宗師。韓公論其文曰：文從字順乃其職。乃知宗師之文，如絳守園池記，今人聱牙不能句讀者，乃文公之所謂文從字順者也。由是推之，則楊子雲諸賦，古文奇字，層見疊出，亦不過文從字順而已矣。推極古今

〔註53〕《有學集》卷十五〈唐詩鼓吹序〉。
〔註54〕《有學集》卷四七〈題燕市酒人篇〉。

之文，至于商盤、周誥，固不出于文從字順，宜乎讀書爲
文之易易也。而愚之于二史，則亦嘗章絕搥折，白首而茫
如，由此言之，古人之書豈易讀，而其詩文豈易及者哉？

《有學集》卷四九〈讀宋玉叔文集題辭〉：

> 樊宗師之爲文，艱澀不可句讀。而韓子銘之曰：「惟古于文
> 必己出，降而不能乃剽賊。」尹師魯縱橫論難，極談兵事
> 利害，而歐陽子稱其文簡而有體。歸熙甫嘗語其門人：「韓
> 子言惟陳言之務去，何以謂之陳言？」門人雜然以對，熙
> 甫曰：「皆非也，惟不切者爲陳言耳。」

「詰屈聱牙」和「文從字順」，看似兩種極端不同的風格，但論其樞
紐，同爲「文由己出」與「務去陳言」。只要文章守住「眞」的原則，
雖詰曲聱牙，不害其爲文從字順，雖縱橫論難，亦爲簡而有體。樊宗
師之艱澀不可句讀與七子以艱深文其淺易截然不同，前者文由己出，
故爲奇，後者徒事摹擬，故爲僞。然而讀者也不必爲了反對七子，專
學蘇文，流於平滑淺易，忘記了還有奇崛詭麗一途。牧齋提出樊宗師，
主要就是平衡長久以來性靈派宗主白蘇的路線，這和他私淑李義山之
詩是同步的，「搜奇嗜艷」，一直是牧齋批評中特別的方向。當時有人
對此舉提出質疑，認爲奇而不返，將成爲異端，牧齋〈答杜蒼略論文
書〉曰：

> 足下謂吾之評文，恐流入可之、魯望、表聖之倫，而微詞
> 相諷諭。此則高明之見，如此而僕固不敢有是論也。可之
> 之文，出于退之，再傳魯望、表聖，託寄不一。要皆六經
> 之苗裔，騷雅之耳孫也。其所以蹢于促數嘽殺，往而不返
> 者，以其生于唐之季世，會逢末劫之運數，而發作于詞章。
> 故吾于當世之文，欲其進而爲元和，不欲其退而爲天復，
> 有望焉，有禱焉，非其文之謂也。

孫樵字可之，學散文於皇甫湜，他不講文以載道，專講純文學，文
學又不尚平而尚奇；在當時與正統派背道而馳，卻與後來的性靈派
不謀而合。陸龜蒙（字魯望）與皮日休（字襲美）號稱皮陸，他們

在文章方面是韓愈古文運動的末流，在詩方面，是晚唐怪澀詩派的盟主〔註55〕，牧齋說他們是六經騷雅的嫡傳，只是受了環境、時代的刺激，將不平衡的情緒發洩於詞章。在正統派看來，他們是異端變體，可是在性靈派看來，由靈心鼓盪而出者無不具有正統的地位。

總括來看，牧齋「轉益多師」的範圍比以往任何一位性靈論者要來得廣，這也是一種集大成的氣派。基本上他秉持著平等的觀念，認為各家「所得不同，不可以相上下」〔註56〕，可是為了矯正時代的弊病，他特別強調韓愈、李商隱奇碩詭麗的作風，希望與白蘇的流利暢達調和起來，達到風雅的境界。

風雅之道

追求風雅，是積極浪漫主義的目標，牧齋在這方面提供了許多意見。

第一，要先認清追求的是真風雅，而不是矯揉造作的假風雅，所以別裁偽體之後，導之以正的方法唯有「反其所以為詩者而已」，也就是「詩言志，歌永言」一句老話〔註57〕〈題燕市酒人篇〉曰：

> 詩言志。志足而情生焉，情萌而氣動焉，如土膏之發，如候蟲之鳴，歡欣噍殺，紆緩促數，窮于時，迫于境，旁薄曲折，而不知其使然者，古今之真詩也。（《有學集》卷四七）

人類的心理活動變化萬狀，怪誕的事物、激烈的情感。令人「毛豎髮立，骨驚心死」的景況（同上），經過藝術的描寫，一樣可以成為欣賞的對象。所以不必如格調派限定情感的正變雅俗，只要心中形成了飽滿的意象，蘊蓄了足夠的創作衝動，自然就是「風雅」的起源。

第二，風雅的基礎必須建立在學問之上；沒有學問為根基，即使有正確的理論指導也造就不出健全的文學。鑑於明詩的失敗，牧齋痛

〔註55〕詳見李日剛〈晚唐怪澀詩派之盟主及其特色〉一文。
〔註56〕《有學集》卷三九〈復李叔則書〉。
〔註57〕《初學集》卷三二〈徐元歎詩序〉。

下決心，「考信古人，箴砭俗學」〔註58〕，欲以此建立新的學術觀。〈答徐巨源書〉云：

> 今誠欲挽回風氣，甄別流品，孤撐獨樹，定千秋不朽之業，則惟有反經而已矣！（《有學集》卷三八）

〈答杜蒼略論文書〉曰：

> 古之學者，自童丱之始，十三經之文，畫以歲月，期于默記，又推之于遷固范曄之書，基本既立，而後遍觀歷代之史，參于秦漢以來之子書，古今謨定之集錄，猶舟之有柁，而後可以涉川也，猶稱之有衡，而後可以辨物也。（《有學集》卷三八）

所謂「反經」便是切切實實的推本溯源，自第一手資料讀起，經史考據辭章無不皆然；學者若能「虛中以茹之，克己以屬之，精心以擇之，靜氣以養之」，宗經汲古的風氣一旦建立，俗學傳染之疾病自可逐漸痊癒。牧齋說：

> 往常語文太青曰，古人之學，以古學爲基梯，而下之可以下逮于今。公等之學，以今學爲基梯，而上之不能進躋于古。（〈答山陰徐伯調書〉，《有學集》卷三九）

古學是文學的根基，是自童子時期就該開始的基本訓練，不如此不足以培養優秀的文學工作者。從前，性靈派大多爲豪傑說法，認爲學問是必備的條件，不需要去強調它；他們鄙視濁流中人，厭惡僞學，可是僅止於敘述現象，沒有進一步的探討，一般人只知其然不知其所以然，自覺性不夠，只好被牽著鼻子走。到錢牧齋時，他開始俯下身子，正視這個問題；經過觀察反省，歸納分析，他摸清了庸俗文化的底蘊，了解了它的成因和特性，再對症下藥，喚起人心，終於引起很大的震撼。牧齋說：

> 僕以孤生謏聞，建立通經汲古之說，以排擊俗學。海內驚爆，以爲希有，而不知其郵傳古昔，非敢創獲以譁世也。（同上）

宗經汲古的確不是牧齋的創獲，而是自唐順之、歸有光、焦竑以來的「新學術觀」。只不過他比前人說得多，說得精彩，對俗學的分析透

〔註58〕《有學集》卷三八〈答杜蒼略論文書〉。

徹，加上時代風氣的改變，使他的理念很快獲得大家的共識，浪漫思
潮的積極性也正式發揚出來。

第三，牧齋的宗經說是和文學密切結合的。他認爲讀書最起碼可
以增加詞彙，在使事用物方面得到更多的材料，對作者鍊句修辭的能
力大有助益。《初學集》卷三二〈陳鴻節詩集序〉曰：

> 鴻節之詩，用物博，使事切，鍊句穩。譬之於膳，烹羊炰
> 鼈，右胾割鮮，非餲飣之具也。譬之於酒，縹清醇酎，三
> 釀五齊，非糟醨之屬也。傳有之，學猶殖也，誦詩百篇，
> 讀賦千首，古學之不講久矣，詩可以觀，其鴻節之謂乎？

詩可以觀，必須如海味山珍，而不是餲飣糟醨，這也就是說詩不能局
限於方言土語，而必須用高尚優美，能表現文化教養的語言，才能免
於貧乏單調。牧齋爲了矯正公安的俚易、竟陵的薄弱，刻意示範古字
僻典的用法，「使事多僻，用字亦奇」〔註59〕，成了他詩文的特殊風
格。當時有人提出質疑，他明言這樣做是爲了救一般作品的「苦貧之
病」。《有學集》卷三九〈復王煙客書〉曰：

> 文章之道，無過簡易。詞尚體要，簡也。辭達而已，易也。
> 古人修辭立誠，富有日新，文從字順，陳言務去，雖復鋪
> 陳排比，不失其爲簡，詰曲聱牙，不害其爲易。今則禪販
> 異聞，餲飣奇字，駢花取妍，賣菜求益，譬如窮子製衣，
> 天吳紫鳳，顛倒裋褐，適足暴其單寒，露其補坼耳。此所
> 謂苦貧也。

他的弟子鄒鏒闡釋此意，於〈有學集序〉曰：

> 近世論文者率云寧爲眞布帛，勿爲僞綺羅，然才短則氣局
> 不雄，境僻則章施不爛，若富有日新，縱心不踰矩，不得
> 不以此事相推矣！

性靈派一向主張「做詩如說話」，可是一般人說話所用的文法太簡單，
詞彙太貧乏，不足以生出波瀾煙雲，這時候除了製造新字新詞之外，
只有讓一部分古字復活，才可救其窮。牧齋做的正是使「古字復活」

─────────────

〔註59〕《有學集》編定凡例，梁溪金匱山房主人。

的工作，不過他所用的生難字詞大多是實字，實字之用，在調和古今生熟，使之「富有日新」，虛字方面則仍保有唐宋散文家的流暢語氣，維持一貫「詞達」的原則〔註60〕。他不像七子，不問虛實一概摹擬古人，而是以自己的口氣駕馭那些罕見的甚至僵化的文字，使之有今文氣盛暢達之美，又有古辭奇艷奪目之觀，這是牧齋在宗經學古之餘示範的技巧。

當然，讀書的目的不僅在於此，而應該深造自得，由博返約，得古人之精神，忘古人之形骸，方為善學。《有學集》卷四八〈再與嚴子論詩語〉曰：

> 甚矣！古人之詩之不易讀也。余年八十，憧而能讀，而猶未窺其所以。海底之珊瑚，沒人能取之，玉河之玉，天西之人能採之，黃帝之玄珠，雖離朱猶不能索而得也。不于此中截斷眾流，斬關奪命，攝古人之精魂，而搜討其窟穴，雖其雕章斷句，繡繡滿眼，終為土龍象物而已矣！

讀書若能「但見性情，不睹文字」〔註61〕，則離禪家捨筏之道不遠。〈與方爾止書〉曰：

> 金剛筏喻，最重棄捨。學道之人，謂當于生處熟，熟處生。
> 故曰：百尋竿上轉身難。又曰：欲窮千里目，更上一層樓。
> 能棄能捨，則能變矣。

作詩欲變化自如，不可執著不放，過份迷戀古人，將由愛生魔，種種庸妄拘執之病，從此而生，陸士衡曰：「苟傷廉而愆義，亦雖愛而必捐。」〔註62〕，割愛便是捨筏，捨筏才能自由，才能變化，讀書的最終目的在此。

第四，在個人條件上，除了情感與學問，還必須加上才力一項。才力包括天才與精力；天才是牧齋所謂的「靈心」「胎性」，精力是所謂的「元氣」「精神」，前者大多指詩，後者大多指文章。文章以氣為

〔註60〕《初學集》卷四○〈馮已蒼詩序〉。
〔註61〕同上。
〔註62〕《有學集》卷四八〈再與嚴子論詩話〉。

主，韓愈說：「氣盛則言之長短與聲之高下皆宜。」牧齋釋之曰：

> 根于志，溢於言，經之以經史，緯之以規矩，而文章之能
> 事備矣！不養氣，不尚志，翦刻花葉，儷鬥蟲魚，徒足以
> 備耳借目。鼠言空，鳥言即，循而求之，皆無所有，是豈
> 可以言文哉？（《有學集》卷十九〈周孝逸文稿序〉）

氣是一種融合個人情操和學問義理的精神力量，當它受到外界的壓迫
或刺激，翻騰鼓動，沛然欲出時，足以形成天下奇文。《初學集》卷
四十〈純師集序〉曰：

> 夫文章者，天地之元氣也，忠臣志士之文章，與日月爭光，
> 與天地俱磨滅，然其出也，往往在陽九百六，淪亡顛覆之
> 時，宇宙偏沴之運，與人心憤盈之氣相與軋磨薄射，而忠
> 臣志士之文章出焉。有戰國之亂，則有屈原之楚辭，有三
> 國之亂，則有諸葛武侯之出師表，有南北宋金之亂，則有
> 李伯紀之奏議、文履善之指南集。忠臣志士之氣日昌，文
> 章之流傳者，使小夫婦孺俳優走卒，皆爲之徘徊吟呾，欷
> 歔感泣，而夷考其時，君父爲何人，天下國家之事爲何如，
> 嗚呼！尚忍言之哉？

牧齋身遭亡國之痛，對忠臣志士之文特別珍惜感歎，他推廣韓柳二子
的「元氣說」，認爲「人身之所恃者，元氣也，國家之所恃者，人才
也」〔註63〕，忠臣義士之文，無論其辭之工拙與否，其氣節感動天地，
皆足以爲世間之奇文。所以文集的編纂，貴在使人得其神情，使人千
載而下，如或見之，若專選應酬卷軸之文，則其人之精神將沈沒於此
中，不得出矣〔註64〕！

　　另一種產生奇文的力量是天才。牧齋形容天下的文章以〈梅村先
生詩集序〉最爲精彩：

> 余老歸空門，不復染指聲律，而頗悟詩理。以爲詩之道，
> 有不學而能者，有學而不能者，有可學而能者，有可學而

〔註63〕《有學集》卷三四〈錫山趙大史六十序〉。
〔註64〕《初學集》卷八四〈跋傅文恪公文集〉。

不可能者，有學而愈能者，有愈學而愈不能者。有天工焉，有人事焉，知其所以然，而詩可以幾而學也。間嘗輒舉其說，而聞者莫吾信。頃讀梅村先生詩集。喟然歎曰：嗟乎！此可以證明吾說矣！夫所謂不學而能者三，侯垤下滄浪山水，如天鼓谷音，稱心而衝口者是也。所謂學而不能者，賦名六合，句取切偶，如鳥空鼠唧，循聲而屈步者是也。此非所以論梅村之詩。梅村之詩，其殆可學而不可能者乎？夫詩有聲焉，宮商可叶也。有律焉，聲病可案也。有體焉，正變可稽也。有材焉，良楛可攻也。斯所謂可學而能者也。若其調之鏗然，金春而石戛也。氣之熊然，劍花而星芒也。光之耿然，春浮花而霞侵月也。情之盎然，草碧色而水綠波也。戴容州有言：「藍田日煖，良玉生煙，可望而不可置于眉睫之間。」以此論梅村之詩，可能乎？不可能乎？文繁勢變，事近景遙，或移形于跬步，或縮地于千里，泗水秋風，則往歌而來哭。寒燈擁髻，則生死而死生。可能乎？不可能乎？所謂可學而不可能者，信矣！而又非可以不學而能也，以其識趣正定，才力宏肆，心地虛明，天地之物象，陰符之生殺，古今之文心名理，陶冶籠挫，歸乎一氣，而咸資以爲詩。善畫馬者曰：天閑萬廄，皆吾師也。安有撐腸雷腹，蟬吟蚓竅，而謂之能詩者哉？玄黃金碧，入其鱸韝，皆成神丹，而他人則爲掇拾之長物。幺絃孤韻，經其杼軸，皆爲活句，而他人則爲偷句之鈍賊。參苓不能生死人，朱鉛不能飾醜女，故曰有學而愈能，有愈學而愈不能。讀梅村詩者，亦可以霍然而悟矣。(《有學集》卷十七)

天才是性靈的極致，是一種奇妙而豐富的創造力，生生不停，新新相續，無物不寫，無物不活，凡事經過靈心妙手的處理，點鐵成金，無不香色流動，風華畢現。有了天才才能駕馭宮商，廣羅素材，用物使事亦佳，衝口而出亦佳，即使粗服亂頭，也自有風韻，遠非捃拾蹈襲者可比。天才「稟乎胎性，出之天然」〔註65〕，與學問無關，非人力

〔註65〕《有學集》卷十八〈梅杓司詩序〉。

所及；他的作品，是爲「化工」，他的境界，是學道者所謂的「淡」，湯顯祖所謂的「靈」與「奇」，袁中郎所謂的「趣」，鍾伯敬所謂的「厚」。牧齋形容這境界的方式很特別，他把天才比之爲佛家的「舍利」；《有學集》卷十九〈葉聖野詩序〉曰：

> ……今用此法試驗當世詩文，漆書銀管，金相玉軸，置洪爐大火之中，其不銷爲煙柱，蕩爲飛塵者，則亦鮮矣！小雅詩人之作，勞人志士之言，尺蹄寸管，紙敝墨渝，其中有舍利在焉。劫火洞然，不與大千俱壞，必是物也。

另外，他又創「香觀說」；認爲觀詩不必用眼，只須用鼻，用眼則青黃赤白煙雲塵霧之色雜陳于前，反不得其眞，不如用鼻嗅之。「詩之品第，略與香等，或上妙、或下品、或斫鋸而取，或煎筍而就，或熏染而得」，以嗅映香，此觀詩方便法也。《有學集》卷四八〈香觀說書徐元歎詩後〉曰：

> 吾向者又聞呵香之說，昔比丘池邊經行聞蓮花香，鼻受心者，池神呵曰：汝何以捨林中禪淨而偷我香？俄有人入池取花掘根，挽莖狼籍而去，池神弗呵也，有學詩者，于此駢花鏤葉，剟芳拾英，犯棗昏穢俗之忌，此掘根挽莖之流，池神之所棄而弗呵也。杼山論詩，科偷句爲鈍賊，是人應以盜香結罪。下視世人，逐伊蘭之臭，胖脹衝四十由旬諸天惡而掩鼻者，其又將若之何？雖犯尸羅戒，吾以爲當少假焉。少陵之詩曰：「燈影炤無寐，心清聞妙香。」韋左司曰：「燕寢凝清香。」之二公者，于香嚴之觀其幾矣乎。

以火焚詩而求舍利，以鼻嗅詩而得香，這種辨詩之法，看似近乎神祕，其實前者不過是說有眞情的作品，經得起時代的考驗，後者不過是說風雅必須自作者的內涵發出，非外襲而得。牧齋又屢用易經「擬議以成其變化」，或韓愈「根茂實遂膏沃光曄者」來印證這個道理，可見他以禪喻詩，是得禪家簡易直捷的眞髓，而不是如嚴羽藉朦朧之說來掩飾其階級論。

性靈派中凡是講到不可思議的化境，與神韻派所謂的玲瓏妙悟是

重疊的，這就好像山光水色，鳥語花香，雙方都能感覺得到；可是解釋的角度不同。神韻派一直從外觀論其風格，把「香色流動」供奉爲第一義，鼓勵人人傚效，不免犯了牧齋所謂的「盜香之罪」。性靈派不同，他從內部來解釋現象，認爲鳥所以會啼，花所以會香，因爲它是活的，它有生命力；只要自己同它一樣付出情感生命，就能發出自己的啼聲和香氣。「石蘊玉而山生輝」，神韻派只見其「輝」，所以只能辨認體格，而發展不出天才說；性靈派能得其「玉」，有了此物，該放出什麼光芒，全操之在我，那有格套可循？「玉」就是性靈、天才，也就是牧齋所謂的「胎性」「舍利」，它是人身上與生俱來的寶物，有之則靈，無之則蠢，一切詩文不過是它留下的指爪痕跡，不必過份執著；在文學世界中，才華悟性才是最寶貴也最稀罕的要素，所以牧齋常充滿珍惜讚歎地說：忠臣志士是國家之元氣，詩人才子是天地之靈物，皆上天使之「潤色斯世」也〔註66〕。像這樣的愛才之心，在性靈派常常見到，可是神韻派格調派就淡然得多了。

　　發揮才情是性靈派一貫的論調，但牧齋鑑於公安竟陵以來過於逞小慧的趨向，又對聰明之士發出一番諍言；《有學集》卷十九〈族孫遵王詩序〉曰：

> 生生不息者，靈心也，過用之則耗。新新不窮者，景物也，多取之則陳。能詩之士，所謂節縮者，川岳之英靈。所閟惜者，天地之章光。非以爲能事，故自貴重，雖欲菲薄而不可得也。

他借韓愈評柳宗元「勇於爲人，不自貴重」之語，批評近代之詩，非常深刻。他說「勇於爲人」，則詩皆爲人而作，矯枉過正，離詩道愈遠；「不自貴重」，亦不貴重他人之詩，那麼自己偏激頹廢，「胎性賤」而「骨性輕」；又缺乏責任感，將導致僞體流行，風氣不可復挽（同上），所以他語重心長的勸誡聰明人「靈心不可過耗」，要懂得「節縮之道」。這個主張在性靈派中很罕見，也十分高明，鍾譚爲了挽救公

〔註66〕《有學集》卷十七〈梅村先生詩集序〉。

安派發洩太盡的毛病，以淒清幽獨矯之，終究只在風格上打轉，沒有從基本態度上反省自覺，牧齋此意，不僅有回歸陽明本旨的意味，並且銳利精到尤有過之，顯然又是浪漫思潮的一個轉機。

最後，與風雅有關的是格律的問題。牧齋〈題顧與治偶存稿〉曰：

> 詩之爲物，陶冶性情，標舉興會，鏗然如朱絃玉磬，悽然如焦桐孤竹，惟其所觸而詩出焉。……劉夢得所謂：「孤桐朗玉，自有天律。」王輔嗣論易曰：「召雲者龍，命律者呂，隆嫭永歎，遠墊必盈。」吾取以爲詩法。（《初學集》卷八六）

詩先性情，後叶宮商〔註67〕，牧齋的主張和一般性靈論者基本上是一樣的，不過他受程嘉燧的影響，對音律的看法程度上有所出入，他主張的「天律」，是發自內心自然的律動，是有律而非「無律」。從前性靈論者以叛逆的姿態反抗束縛，到鍾譚時，噍音促節，幾乎到了無律的地步，這樣是違反美的本質的。「天律」亦非格調派人爲的限制，雖然自然的格律與格調派的天則大法有時同爲一物，但格調派講死法，不可通融，牧齋講活法，可以因時制宜；一般人往往對死法只知其然，不知其所以然；性靈派以性情詮釋音律，比較能了解異動的原理。牧齋反對七子那樣屈服於聲律，也不願如鍾譚般過度趨向散文，他的宗旨是「陶寫性靈，抒寫幽憤，聲出宮商，情兼雅頌」〔註68〕；這四句話可說是他對「風雅」一詞下的定義。

牧齋由於通音律的關係，認爲聲音可以反映時代氣運〔註69〕，相對的，時代也影響著文學，詩文之道，人心、世運、學問缺一不可〔註70〕，個人有個人的心聲，一時代有一時代的文學，將「個人」的範圍放大到「時代」，是後期性靈說逐漸注意到的問題。牧齋對整個明詩有深入的了解，加上改朝換代的遭遇，使他特別相信「氣運」之說。不過他認爲氣運也可以開創或善加利用；所以明亡之後，經常鼓

〔註67〕《有學集》卷四七〈書瞿有仲詩卷〉。
〔註68〕《有學集》卷十七〈宋玉叔安雅堂集〉。
〔註69〕《有學集》卷十九〈施愚山詩集序〉、〈彭達生晦農草序〉。
〔註70〕《有學集》卷四九〈題杜蒼略自評詩文〉。

勵人創作昭陵北征之類的作品，希望在雜亂的時代中，反映現實，產生偉大悲壯的文學，而不是矯揉造作或無病呻吟。他對明詩雖充滿遺憾，可是對未來始終抱著一份期待，從不絕望，或許這種樂觀的態度也促使他將性靈說導向積極的路子。

結　語

　　牧齋跟以往的性靈論者比起來，有幾個特別不同的地方。第一，他析理的能力特別強；在他以前，沒有人將庸俗文化這個問題說得這麼清楚，他指出俗學吸納扭曲的能力，抓出偽體的淵源流派，痛加針砭，大力芟除，去掉明人的舊習，新的學術觀和正確的詩論才能凸顯。自他以後，發抒性情，陶寫物態，追求風雅，成了普遍的認知，人們逐漸擺脫摹擬的籠罩，產生清明的氣象，使清初的詩壇有顯著的進步。

　　第二，牧齋融貫的能力也異於他人；他能調和兩種極端不同的東西，而不發生衝突。例如他能以深厚的禪學思想駕馭正統實學，尊經汲古，使之不流於空虛；他能欣賞蘇軾長江大河之文，也酷愛韓愈橫空盤硬之語；所以文章既有流暢的語氣，也有古奧的字面，不致流於淺易浮滑；他的古詩爽朗明快，帶著些諧趣，律詩卻艱深如謎，彷彿有難言之隱；這些多變複雜的氣質，使他輕易地合成公安、嘉定兩支性靈詩派，並且具有更廣的口味。此外，他的文學理論比較周密，濁流中人不易利用，他的詩文難度較高，一般人也難於模仿，因此不像前後七子和公安竟陵被庸俗文化牢牢地吸附。牧齋與吳偉業、龔鼎孳號稱江左三大家，領導文壇約五十年，靠的是完整健全的理論，而不是什麼一招半式的祕訣，他不給濁流假借的機會或口實，文藝界的風氣就會慢慢改善。

　　第三，牧齋具有旺盛的生命力，他活了八十三歲，比唐順之、歸有光、湯顯祖、公安三袁、鍾譚等人都要長命。而且他到晚年仍然熱衷於談藝之事，並沒有棄文學道的消極態度。雖然他常自稱年老逃

禪，不問人事〔註71〕，那只是由政治敏感問題逃入禪中，和唐荊川、
袁小修棄絕文字，一意修道是不一樣的。牧齋原先就有深厚的禪學造
詣，談禪正好談詩，詩是他晚期心靈的寄託，也只有在詩的世界裏，
才能擁有比較高的地位；他認眞經營這份事業，沒有絲毫頹廢的氣息。

　　生命力的具體表現是創作數量的宏富。《初學集》一百一十卷，
是他六十三歲時，明亡後幾個月刊行的，《有學集》五十卷，在他八
十三歲過世不久後刊行；其中發表文學理論的單篇論文相當多，大約
每一個重點都有數篇文字以不同的方式，向不同的對象反覆討論，篇
幅之多，爲以往性靈論者所不及。《列朝詩集》和小傳是他評選明詩
的鉅著，最能表現他的見解；有人批評他有門戶之見，事實上「別裁
僞體」，辨析源流，正是他貫穿全書的理念。吉川幸次郎先生說：「近
代的明代文學研究者，熱心于利用『小傳』中的資料，對選詩所形成
的批評標準的本質方面，卻顯得不大注意。」〔註72〕這話是對的，《列
朝詩集》當中的確表現幾個特別的想法，不翻閱全書見不出來，例如
格調派有開明和偏執之分，性靈派有消極和積極之別，七子和竟陵的
偏鋒現象，以及摹擬王國、庸俗文化和地域性的問題；本文幾個主要
的論點，便是從中得到的啓示。

〔註71〕《有學集》卷十八〈胡致果詩序〉。
〔註72〕同註45。

丁、結　論

　　自從王陽明首倡良知之後，性靈說自心學中誕育出來，隨著心學
的發展逐漸茁壯；它囊括中明至清初一流的文學家和談藝者，這些人
才闡述性靈，薪火相傳，一方面推翻摹擬王國的勢力，率領詩壇走出
七子的迷障；一方面建設本身的理論；踵事增華，後出轉精，終至成
為文學批評史上的大宗。本章旨在綜合前面各章的敘述，改以專題的
方式討論性靈說，並比較前後諸家的差異，以見其沿革的情形。

一、「性靈」的名稱（釋名）

　　性靈說是「唯心」的文學理論，專門探討文學世界中心靈的種種
活動，初無定名，論其性質可稱之為「心說」。最早王陽明引用傳統
儒家「修辭立其誠」和「詩言志」二語說明心對文學的重要性，後來
進一步提出「良知」。「立誠」與「言志」是老詞，真正的精蘊在「良
知」之中。王龍溪時奉「良知」為儒釋道三教的最高準則〔註1〕，此
後近禪一派加入了道家的「真人」、「真性」〔註2〕，佛家的「真心」
〔註3〕，於是「良知」無形中替換為「真知」〔註4〕。「真」與「偽」

〔註1〕《王龍溪全集》卷十七〈三教堂記〉：「良知者，性之靈，以天地萬
　　　　物為一體，範圍三教之樞。」
〔註2〕《莊子》〈漁父〉：「真者，精誠之至也。」〈秋水〉篇：「謹守而勿失，
　　　　是謂反其真。」成玄英注曰：「反本還原，復於真性。」
〔註3〕佛家語，指真實無妄之心也。
〔註4〕顧炎武《日知錄》卷十八「破題用莊子」條下曰：「今之學者明用孟

-515-

相對，正好用來反對當時的僞學僞文，於是「眞」字成了性靈派一貫的宗旨和有力的口號。

在性靈派中，仔細分辨的話，儒家色彩濃厚一點的人習慣用「誠」字，釋老色彩濃厚一點的喜歡用「眞」字；前者如王陽明、鍾惺，後者如李卓吾、公安派，也有二者兼用的，如錢謙益。這是性靈派三教合一的特質，並不因此分門戶或優劣，凡是將眞誠之心視爲文學最基本、最重要的條件者，即具有性靈派的第一個特徵。

「心」由哲學領域轉到文學領域後，強調的是情感和創造的能力，也由文學家換用了合宜的名詞，以免和理學混淆，並在文學世界發揮正面的作用。「本色」、「精光」、「天機」、「虛靈」、「靈物」、「性靈」、「性情」、「精神」、「元神」、「眞心」、「初心」、「童心」，這些都是性靈論者手邊備用的幾個詞彙，各人擇其一二綜合性的使用，並沒有什麼分別。經過一段時間的自然淘汰，「靈」字出現的頻率最高，「性靈」一詞又比較切中大家的感覺，便脫穎而出，在萬曆年間流行起來。不久袁中郎以「獨抒性靈」爲號召，使新文學運動一舉成功，從此「性靈」就成爲這派理論固定的名稱。

值得注意的是，「性靈」一詞並不等於「性靈說」。在袁中郎之前，王陽明等人不用這個詞彙，卻有唯心的文學思想，王世貞偶而講講性靈，卻全然不是此派中人。「性靈」和「性靈說」都不是袁中郎所獨創，只是到他手上二者合而爲一罷了。

「性靈」一詞在南北朝時代即已出現，指的是「靈性」。這個意思很符合後來心學的需要，不過抽象的靈性難以形容，經常以對比的方式出現，以致成爲某種風格。例如《文心雕龍・情采篇》曰：「綜述性靈，敷寫物象。」《南史・文學傳敍》：「自漢以來，辭人代有，大則憲章典誥，小則申抒性靈。」將「性靈」與「物象」對比，是一虛一實，則「申抒性靈」與「憲章典誥」對比，是一小一大，經過這

子之良知，暗用莊子之眞知。」

樣的比對，摸索出性靈的風格，約略是個人抒情寫志的小境界。在明代，一般人所謂的性靈大多是指這個意思；認爲少用典故，多用白描，以清新流利的語言，捕捉一刹那的美感，表現一點個人的聰明或情趣，造出一些「空靈」的氣氛，便謂之「性靈」。王世貞偶而也講性靈，認爲「亦是一法」，即是把它當風格看。這種風格誠然是晚明小品文或袁枚等人擅長的，可是它不能完全代表「性靈理論」。就「理論」的立場而言，性靈的表現方式千變萬化，因人而異，絕不能限定在某一種風格上。晚明小品文有它產生的社會條件，袁枚有他的才情，以此表現自然的性靈風格固然很好，如果沒有這樣的條件而要去刻意模仿，便拙、便死。何況袁枚表現的是「性靈」，杜甫、白居易、蘇東坡又何嘗不是性靈？「性靈風格」和「性靈理論」不大一樣，前者小，後者大，風格是固定下來的，容易引人模仿，而性靈說是尊重個人，表現自我，絕沒有視對方爲「格」的意思。二者容易混淆，不可不辨。

二、「性靈」的活動（本體論）

在明清性靈說中，性靈指的是「心」。心的活動很複雜，大別之可分爲三類，一是情感，二是思考，三是介乎情智之間的靈妙作用。

情感的產生要豐富和多樣化。王陽明的良知之中，除了一般的喜怒哀樂之外，特別提到「眞誠惻怛」的同情，喜悅鼓舞的氣概，能哭能笑的本能，灑然自得的境界，他所指的方向已比一般的範圍要廣。王龍溪詮釋「良知」，比陽明進一步具有熱與動的特質，唐荊川直接以之爲文人的本色，到歸有光則以「人情」取代良知，爲其思想的中心。早期的性靈論者言情，大多以「適情適性」如陶淵明、邵雍即可滿足，晚明則不然；李卓吾形容作者的一腔孤憤，是「發狂大叫，痛哭流涕」，「奪他人之酒杯，澆自己之壘塊」；湯顯祖形容其「深情」足以「洞裂金石，搖動草木」，哀感鬼神風雨鳥獸；袁伯修說：「大喜者必絕倒，大哀者必號痛，大怒者必叫吼動地。」他們要表現的是「激

情」；動盪、強烈、不安、還帶著些誇張。由靜而動，猶覺不足，則必繼之以奇詭怪異，如袁中郎言及勞人思婦的病苦憂鬱，小民百姓的笑罵滑稽，鍾之幽森，譚之淫哇，乃至錢牧齋所云五情六性；凡是正統派不能包容的痛苦、醜陋、情慾、罪惡、衝突這些不平衡的情感，在性靈說裡都找到了地位。自王陽明以下，性靈論者對「情」的解放不遺餘力，因爲「情」是文學的源頭，是創作的動力，當文學快要乾涸的時候，開源是大家的共識，雖然彼此間對表達方式互有意見，但那是個人技巧的問題，並不動搖以「情」爲主的立場。

心靈有智性的活動；唐荊川所謂的「千古不可磨滅之見」，李卓吾所謂的「膽識」、袁伯修所謂的「器識」皆是。「識」並非指一般常識，而是獨立思考的能力；一個人能擺脫既定的觀念，沉思默想，觀察分析，見人之所難見，言人之所不能言，表現獨特的手眼，智慧的火光，即謂之「識」。有了「識」，頭腦清楚，見事透徹，爲文則精光凜凜，不致虛浮雷同，爲人則廓然大度，不致狹隘偏枯。

在情智之間，心靈另有一些奇妙的作用；第一是「直覺」和「本能」。王陽明說眞心如「好好色，惡惡臭」，這是直覺，又說良知是「造化的精靈」，這是說人有創造的本能。這些能力在沒受過教育的童子或小民百姓身上最明顯，所以性靈論者紛紛從他們那裡取證。王陽明見到童子樂嬉遊而憚拘檢，啓發了童心說、喜樂說、遊戲說，李卓吾說童心是絕假純眞、一念之本心，焦竑說初心如嬰兒之求乳探物，不待思索，袁中郎說童子坐無端容，目無定睛，趣味百出，而啓發了滑稽說。遊戲和創作有類似的地方，它們出自本能，不帶功利的意味，全心投入，物我交融，全神貫注，當意象飽滿時，觸物即發，直出胸臆，輕輕鬆鬆就完成了。這中間不苦不滯，反而帶有喜悅快樂，其妙處有他人不能解、不能至者。徐渭提出國風之「興」來比擬這種力量，袁中郎則提倡當時的土風歌謠，自己也實驗性地以「衝口而發」爲詩，旨在探索這樣的能力，做爲創作之資。

民歌是原始的文學型態，直覺和本能用之不當也會有生野之弊，

故進一層的心理活動是「醞釀」與「鎔鑄」。唐荊川曰：「鑪錘在我，金鐵盡鎔。」焦竑說：「如花在蜜，如藥在酒。」這兩句話最足以說明「心」駕馭書本學問的過程。口耳記誦之學固然足以汨沒性靈，然而培養性靈也非學問莫屬。「今日之性靈，適昔日學問之化而相忘，習慣以成自然者也」〔註5〕。唐荊川與焦竑是性靈派中最重視學問的人，他們先後建立宗經說，主張以理解和想像讀通經意，而非著意章句訓詁，這種「文人之經」不受正統派儒者經生的讚同，卻是性靈派學問的基礎；鎔鑄與醞釀由兩位學問家提出來，特別顯出「心」的重要。

「想像」是性靈論者討論最多的話題。王陽明說造化的精神「生天生地，成鬼成帝」，王龍溪說良知「通晝夜，一死生」，「以無爲有，則空裡生華，以有爲無，則水中撈月」。歸有光形容心神之變化，如夢如幻，爲鳥、爲魚、爲蝴蝶，出入於死生夢寐之間。李卓吾則形容傳神寫眞之妙，「如死者復生，立而在于前，相對語笑，復欷歔涕泣感慨，抵掌扼腕而不能已」，湯顯祖寫《牡丹亭》，以深情超越生死，扭轉乾坤，令人恍惚顛倒，驚心動魄；凡此皆爲「想像」之功。想像是對虛構的世界起移情作用，當作者投入的情感眞至動人時，虛構的人物爲之有神，臆造的情境爲之逼眞，「坐微塵裡，轉大法輪」，產生詩的眞理，新的秩序，使讀者忘其爲虛構而感到眞實有趣，這種經過藝術陶冶的「傳神寫眞」，才是性靈派眞正追求的造詣。

當心靈經過長期的思索、玩味、碰撞，潛意識的能量積壓到飽和點時，突然得到一種恰當的表現方式，而引起一陣狂熱，謂之「靈感」。焦竑說：「天機所開，不可得而留也，勃勃乎乘雲霧而迅起，踔厲風輝，驚雷激電，披拂霍靡，倏忽萬變。」形容頗爲接近。這個現象如果是刹那間不由自主的，過後即消褪的，謂之靈感，如果來了之後能終身持有，取之不盡，用之不竭，呼之則來，揮之即去，則謂之「自

〔註 5〕錢鍾書《談藝錄》「性靈與學力」，243 頁。

得」、「頓悟」。由於這類力量超乎尋常，可遇而不可求，故性靈論者無不珍視異常，唐荊川說要好好完養此天機，湯顯祖、袁小修都注重「養氣」，養氣是蓄勢醞釀的心理過程；有時以「動」養之，使心靈接受外在人事的磨練刺激，有時以「靜」養之，使心靈在沉靜的狀態中將潛意識浮現上來。袁小修重視詩人的遭遇歷練，說「計窮慮迫，困衡之極」，則智慧生焉。鍾譚則側重靜養，要在「寂寞之濱」、「寬閑之野」中尋求頓悟的機會。

有些人天生具有很大的創造力，不需要刻苦勉強，這樣的人是「狂者」、「奇士」。「豪傑」、「慧人」、「才子」，焦竑說此種人能使「實者虛之，死者活之，臭腐者神奇之」；湯顯祖說：「士奇則心靈，心靈則能飛動，飛動則能下上天地，來去古今。」因無端之事，做有關之想，一切無理而妙的境界，無不出於天才，牧齋說：「靈心慧眼，玲瓏穿透，本之胎性。」胎性是天生的力量，非人巧所及，不過天才有大有小，意志有強有弱，悟性高，審美力強，能夠重組自然，迭生新意，而妙於表達者，固然是天才，然而更重要的是要有理想，從理想的實踐中，激出許多情感智慧，以具體的文字表現出來，完成他的天才，才算是「豪傑之士」。

以上各種「心」的活動，是性靈派探索的對象，也是「性靈」一詞的含義。狹義的「性靈」專指靈性，隨著理論的進展，討論愈精，含義愈廣。從原始的本能、直覺、到高級的想像、靈感，從簡單的「真性情」，到複雜的「傳神寫真」，論情，有千情萬態，論智，有千古不可磨滅之見，論人，自小民百姓到天才大家，人人各有一段精采，至此「心」的觸角真可說是伸向極限了，再由作者之「心」指向作者之「人」，由作者之人指向作品之「意」，廣義的「性靈」就幾乎包辦了所有屬於文學內容的問題。

心靈的活動明明存在，可是在那個時代表達分析上比較困難，情感、理智的部分還易於掌握，「靈妙的作用」則難以言傳，性靈論者描述這類的文字很多，他們以各種譬喻說明「靈」、「奇」、「神」、「機」、

「氣」的現象和作用，看在多烘先生的眼中，不免斥之為玄虛荒唐，不甚理解的人則謂之有神祕主義的傾向。其實性靈的性質正如禪宗，簡易直捷，沒有什麼深奧，他們所說的心理活動，在現代科學和心理學的測試分析之下，大多都能說得清楚，例如潛意識、潛能、聯想、直覺、想像之類；這類討論從前被程朱派學者批評為悠謬無稽，可是對陸王和性靈派而言，他們不過在陳述具體的事實罷了！

三、「性靈」的表現（技巧論）

性靈派討論的心理活動精微複雜，其中無一不是作者本身迸發的力量；想像、靈感、天才，這些他人既無法取代，個人也不假外求，獨立自主，通天徹地，自成一宇宙的中心，「不僅髮膚心為我，即身外之物，意中之人，凡足以應我需、牽我情、供我用者，亦莫非我有」〔註6〕，以我駕馭萬物，身入其中，化為己出，這樣的表現方式，在人曰真，在物曰活，整體而言是富有日新，創造變化。它需要廣大自由的空間，供其無拘無束地盡情馳騁，故不能設一格、定一法。格調派畫分文體，設定高格，樹立偶像，對性靈派而言，無一不是藩籬蔽障，它擋住人的腳步，遮住人的視線，造成思想上的盲點，使人見不出全局真象，如此怎能產生真正的文學？格調派好談法律，法律本是輔助人的技巧，當初由人發明，現在也該由人支配，因時制宜，方為活法，如果講之過苛，行之過嚴，以專制的精神令人綑縛受苦，則絕非豪傑之士所能忍耐。何況劣質的法律如祕訣、禁忌之類，帶著取巧和固陋的習氣，公然教人摹擬，尤其低拙而不可原諒，這些皆為高明之士所不取。

理論上，性靈說中沒有技巧論。他們將技巧歸之於本體，認為心在縱橫運化當中隨時可以創造新法，變化無窮，即使是舊法，經過心的認定選擇，也有了新的作用，所以一切技巧都是靈活的、不固定的。如果設定一法，必定執著刻意，無形中喪失部分本能生機，對作者無

〔註 6〕同上。

益反害。雖然表現的過程實際上會遭到困難，作者各人口齒有敏鈍，手指有巧拙，不見得都能順利的展現情意，但是性靈論者大多不置一詞，也不大傳授自己的技巧和經驗，基本上他們認為各人有各人的問題，誰也無權替別人決定該怎麼傳情達意，只有自己最清楚心中想抓住的是什麼。作者必須獨力摸索途徑，克服困難，琢磨醞釀，當意象成熟，渣滓盡去時，自會水到渠成，找到最恰當合意的表現方式。通常他們教人「直抒胸臆」，是指一切技巧形式在心中充分完成的時候，意象不成熟時，根本不該表現出來。如果沒有情感或意見還提筆為文，便是虛浮空洞的假文。

性靈說不列法律教條，但指出理想的原則供人參考。王陽明所謂的「灑然」，唐荊川、焦竑承自宋人之「淡」，李卓吾的「化工」，袁中郎的「趣」與「韻」，湯顯祖的「靈」與「奇」，鍾惺的「靈厚」，錢謙益的「風雅」與「驚心動魄」，這些詞彙主要在形容「深入淺出」的境界。情感豐富、意象飽滿，謂之「深入」，凝鍊鎔鑄，造乎自然，謂之「淺出」，作者明明經過許多困難，可是看起來游刃有餘，沒有斧鑿痕跡，讀者明明一見就能理解，可是又回味無窮，分析不出其中的奧妙。內容與形式，天工與人巧，合而為一，這是藝術的極致與典範。學者在觀摩的時候，必須掌握能入能出的原則；入時要運用想像，設身處地的分享其生命，探索其心路歷程，以明白技巧的來由，所謂「得古人之精神」是也。出時必須盡棄筌蹄，獨出自運，所謂「捨筏登岸」是也。這兩個方法是性靈派駕馭經史詞章的不二法門，論其性質仍是傾向「本體」的成分比較多。

不過，因應時代的需求，性靈派的表現技巧也有具體可言者，例如為了打破格調派嚴分文體的觀念，性靈派經常縱橫出入於各體之間，或以文入詩，或以詩入文，將各種文體的特質變換調和，創出新的品類，在此之前，杜甫、韓愈、白居易都做過這樣的嘗試，宋人以說話的語氣作詩，開創了宋詩，以詩的意境作文，創出了優美的散文，蘇東坡是宋人的代表人物，他不僅二者兼長，還將詩文的氣質帶入詞

中，開創了豪放派詞風，這些是文學史上成功的例子。明清的性靈論者秉承這種實驗創造的手法，經常從散文、古詩、歌謠、詞曲中擷取材料，試用於律詩之中。他們要打破整齊瀏亮、端莊體面的模式，分別朝道情、俚語、滑稽、艷體幾個方向去嘗試，他們要打倒「假杜甫」這個偶像，要剷除盛唐的界線，剛開始不學盛唐，不喜杜甫，並且為了掙脫格律的束縛，往往破律壞度，做大幅度的改變。這些行為同時具有破壞和建設的目的，它的根據是性靈派的「求奇說」和「瑕疵論」。「求奇說」專為反對格調派守正之論而發；格調派好分正變，把「正」視為正派大家，「變」視為作怪的異端，以濃厚的階級意識，將眾人限制在狹小的格局中創作。「求奇」正好相反，認為奇代表奇縱變化，平正則往往流於平庸、平凡，偉大的作家無不超越時代，獨出眾類，所以性靈派鼓勵人創新求變，不論後果如何，總比守在格套中摹擬剽竊得好。「瑕疵論」是性靈派很特別的主張，它反對正統派追求完美，幾近吹毛求疵的心態，認為只要作者獨特的人格能表現出來，小疵小病並不妨礙其價值，甚至偶而流露一些瑕疵，更可以顯現人物的個性，倔強中有嫵媚，滑稽中有風趣，許多「自然醜」的題材，經過藝術的處理往往具有更好的效果。格調派只取部分的、特定的「自然」，在這框架中建立一套細密的法律，性靈派卻取真實的、全部的自然，大開大闔，指出成塊的天地，如果以格調派條列式的技巧尋諸性靈，那麼性靈派幾乎是沒有技巧論的，如果自性靈概念式的表現理論而言，舉凡情感題材的開發、學習古人之精神、捨筏登岸、出奇求變、善用瑕疵，這些具有啟示性的建議，應該是最高級的「技巧」了。

四、「性靈」的理想（宗唐與宗宋）

　　要了解作家的個性或一學派的理想，先看他所敬仰的人物；這個被推崇的人物是作者個性顯現，理想的實踐，並足以表現一學派的特徵。

　　宗唐與宗宋，在格調和性靈之間是複雜的爭執焦點。它象徵著多

重意義，從形式上說，是音樂與文字之爭，從風格上說是優美與壯美之爭，從精神上說，是專制與自由之爭。

先從格律方面來說；治詩不外兩種立場，一曰音樂，二曰文學。每一種詩體初起時都是音樂重於文字，後來得著文人的重視，流行起來，進入黃金時期，是文字與音樂並重諧美的階段；過此之後，漸漸不能傳唱了，由歌曲成爲徒詩，文字的作用便強過了音樂。從樂府、律詩、宋詞到元明戲曲，每一種詩歌的討論經常處在「文字」與「音樂」比重的爭執，格調派將音樂視爲詩的生命，寧可犧牲文字內容，講性靈的人不願屈服，亟欲伸張情感意志，寧可拗折人嗓子，雙方所爭者，主要在文字與聲音比重的多寡，內容與形式熟重的問題上。事實證明，當詩歌走向案頭，只供吟誦時，音樂的生命快結束了，而文字的生命還很長，只要在內容、情感、意境上開發，可以延長詩的壽命，而且足以延長數倍有餘，可見形式還是沒有靈魂來得重要。

最好的例子是樂府詩，樂府詩經過長期的倣作摹擬，逐漸衰落，在杜甫、元白的手中，「即事名篇，無復依傍」，採古樂府的精神，寫新時代的樂府，爲詩中開許多境界，增許多風格，此後這個詩體一直活躍在詩人手中，格調派只認音律，不認文字，即使古樂府音節早已亡佚，他們還是把樂府的黃金時代擺在漢魏，不承認唐樂府的進步，批評唐人不得本來面目，自己則一味摹倣漢魏。同樣的情形出現在律詩，律詩在唐朝是可歌的，到宋朝則不能唱了，音樂的功能一失，只有唸的節奏而沒有唱的旋律，創作方向勢必會產生變化，不可能維持原來的尺度，謝榛有一段話便是就音樂上說明唐宋詩的差別：

> 唐人歌詩，如唱曲子，可以協絲簧，諧音節。晚唐格卑，聲調猶在，及宋柳耆卿、周美成輩出，能爲一代新聲，詩與詞爲二物，是以宋詩不入絃歌也。（《四溟詩話》卷一）

詩在宋朝成了徒詩，就不「道地」了，可見格調派講當行本色，都是指詩體可以歌唱的階段。他們拿歌唱時期的格律製作一套機械化的公式，對時代、作家進行分級，將舊時代的模式硬嵌在新文學身上，抹

殺「高格」以下歷代作者的成就，以「文必秦漢，詩必盛唐」強迫人人屈從。由於他們坐井觀天，口味偏狹，缺乏比較的資料和眞確的觀照，不僅欣賞能力不能進展，連自己所偏嗜的也很難眞正了解。同樣的盛唐詩，格調派只看中它的格律，神韻派看中它不可捉摸之美，而性靈派則看出它的生命現象，看出它是作者人格的表現。

性靈派看文學作品，先問是不是「活」的？是刻花剪葉還是活色生香？是土木偶人還是能說會笑？只要有自己的面目、神情，任何情調趣味都能欣賞。爲了反抗「盛唐」的權威，性靈派先從宋代詩文開始，王龍溪、唐荊川尊邵雍、歸有光學歐陽修，徐渭、湯顯祖推崇曾、王，到李卓吾、焦竑、袁中郎、鍾惺，則眉山之學大行，自此引發宋詩的風潮。入清後有吳之振（孟舉）的《宋詩鈔》，陳衍（石遺）的《宋詩精華錄》，前者幾乎家有其書，盛況可見〔註7〕。

吳之振自序曰：

> 黜宋者曰腐，此未見宋詩也，今之尊唐者，目未及唐詩之全，守嘉隆間固陋之本，陳陳相因，千喙一唱，乃所謂腐也。……嘉隆之謂唐，唐之臭腐也，宋人化之，斯神奇矣！

當假唐詩扭曲了眞唐詩的時候，性靈派便從宋詩中求「唐人之神」，所謂神，是山容水態，鳶飛魚躍，一點活潑潑的生機罷了。性靈派從宋詩中得到生機，又上溯至元白、韓愈，往中晚唐發展。袁小修晚期開始提倡全唐詩，鍾譚編選《唐詩歸》也籠罩了有唐一代。他們逐漸推崇杜甫，到錢牧齋手中，正式將杜甫由格調派手中奪回來，恢復他的眞面貌，並且推出了李商隱、盧仝、樊宗師、皮日休、陸龜蒙這些奇詭怪麗的作家。牧齋又往下捧出了蘇學的繼承者——元遺山，以及明代的劉基、高啓、李東陽；等到袁枚舉出南宋的楊誠齋，這一系列「非盛唐」的體系就建立完成了。凡是從前被七子打倒的作家，都一一恢復了地位，這是性靈派在文學批評史上的成就，沒有他們，杜、韓、蘇這些大家不可能受到後人的重視。

〔註7〕見宋犖《漫堂說詩》。

　　性靈論者所以能從七子的成見中見出這些作家的價值，在於他們採用主觀的批評方式，不立外來的標準，以感情為中心，見出作者的人格。這種品味和眼光，對七子而言是很難辦到的，本間久雄先生說：「偉大的作品，必待偉大的批評家始能闡明其價值。」〔註8〕僅此一言，便可見出七子與性靈派的廣狹深淺，以及對評論界的功過。

　　「盛唐」與「非盛唐」足以象徵格調神韻派和性靈派的理想。「盛唐」是產自歌舞昇平時代的「正風」，作者在心神怡然的狀態下創作，風格大多婉麗清幽，宛如正人君子，清秀純良，充滿寧靜的意態。「非盛唐」的詩，產自顛沛流離的亂世，自悲苦呻吟中產生沈著屈鬱、奇拔豪放的「變風」，宛如英雄豪傑，表現放逸的勁質，傲岸的氣勢。「盛唐」可說是「幽情文學」，「非盛唐」是「浩氣文學」〔註9〕，前者是物格化自然的摹本，後者是廣大宇宙的縮影。

　　七子所規模的「盛唐」，是一般作者都能寫到的題材，一般讀者都能欣賞的情境，其範圍所及，不出耳聞目見或心神記憶所注的地方，就空間言，雖是摹寫自然，卻是狀如覆盆，有限的自然；就時間言，將進化的歷史「停格」在短促的「現在」，無視於悠久的過去和渺茫的未來。在唯物的思想中，不能想像無窮大的宇宙，只能囿於一短促、狹小而統一和諧的地點，將所有創造的動作集中於此，從中產生一些侷促的氣脈和局勢。像李白那樣雄奇豪放的情緒，杜甫那樣複雜多變的面貌，在幽情文學中是沒有的，也是七子不能欣賞品味的。

　　性靈派要追求李杜韓蘇乃至更廣大的區域，在他們心目中，「非盛唐」打破時空的限制，象徵廣大不可窮的宇宙，其中有無量數的內容，無量數的寶藏，取之不盡，用之不竭，處處激起人類飛翔的玄想，超逸的理智。人類的心靈流寓於此，上天入地，極盡變化，釋象遺形，潛移默化，擴大了常態的、侷促的經驗，見出了超越現實的世界。李白「黃河之水天上來」，是不合物理的，杜甫的三吏、三別是不合乎

〔註8〕《文學概論》，220頁。
〔註9〕見方東美《科學哲學與人生》第二章，87頁。

美好常態的，他們打破常識的拘限，以想像、情感衝出狹小的格局，令性靈論者領受到不可言喻的興奮，激起不可阻撓的志力，原來創進的人生是活躍的世界，消沉委屈的態度怎能應付得了呢？唯心論的思想家和詩人對於偉大的宇宙都有一種空靈的、無窮的感觸，詩人情蘊豐富，尤其喜歡用欣賞的直覺，形容眾妙，以彰其美。性靈派最常以「海」的意象表達這種感受，袁中郎說「山奔海立」，「如巨魚之縱大壑」，錢牧齋說「鯨魚碧海」，千彙萬狀，既有精金美玉，也有沙石枯木，奇詭怪麗，無所不包，這就是性靈派的宇宙觀。對他們而言，表現這種超現實的眞，就是美。

宗主「盛唐」與「非盛唐」又具有專制與自由的意味。格調派自嚴羽立盛唐爲第一義後，階級的區分愈趨嚴明，偶像的威權日漸增大，以此驅策天下之人，入我牢籠。專取平仄規矩、內容平正、冠冕堂皇之作，凡是激昂慷慨，纏綿俳惻，或眞正有個性、有氣派的作品，皆在摒斥之列。指一端以爲全體，禁錮詩人，摧殘性靈，造成一百五十餘年的停頓期。性靈派號召豪傑，起而反抗，由宋開始，上括全唐，下逮元明，建立「非盛唐」體系，其中每一位作家，都是諸佛平等的「分身」，各有各的面貌精采，不分尊卑優劣。性靈派以繁花簇錦對抗黃茅白葦，以鯨魚碧海對抗澄然之寒泉，爲的是爭取自由平等的權利。因爲健康的人格，純正的品味，必來自於廣博的眼界，凡是不能同時欣賞許多種詩風的人，就不能眞正欣賞自己所偏嗜的詩風，凡是不能充分尊重他人的人，也不能正確地領會自己存在的價值。在專制的時代中，性靈派反抗盛唐，標舉杜韓歐蘇，是帶著「人性」的訴求，以革命姿態出現的。

五、格調與性靈的差異

格調派與性靈分別出自程朱與陸王學派，分屬唯物與唯心兩大系統。唯物論者講「理」，以理智觀察事物的規劃，唯心論者講「氣」，以情意發現天地的生機，因此唯物論者的世界是靜止的，唯心論者的

世界是進化的，一個適應環境，一個改造環境。

基於這樣的理念，格調派始終站在「守正」的立場，以精確的格律、清秀體面的風格，維持典型的完美；而性靈派則求奇尚變，欲以馳縱的心靈表現意志想像，創造更大的空間。看待問題的時候，格調派習慣「分析」，分文體，別行當，分門別類之後，法律規矩才有所依附。它的優點是理路清晰，有條不紊，可是若分得太細，或發生錯誤，則成為支離破碎之學，繁瑣外逐，永無寧日；王陽明曾說：

> 今之所大患者，豈非記誦詞章之習，而弊之所從來，無亦言之太詳、析之太精者之過歟？（《王陽明全書》文錄卷三〈別湛甘泉序〉）

任何事物分析太精，就見不著全體，唯心論者主張「一以貫之」，就是以「整合性」的眼光看待問題，它在灌輸人們一個完整的觀念，不是討論細則。觀念本身是一種力量，雖然事物本身可能沒有改變，但僅僅是認知上的改變，就足以引發無窮的創意和潛能。例如格律的問題，格調派強調的「天則大法」，可能跟性靈派所指的「活法」同為一物，但是天則大法是外力加諸於我，只知其然不知其所以然，而活法為自心所認定，因我的需要而存在。再如宗主的問題，格調派總諄諄告誡初學者，某者可學，某者不可學，李杜可以如此，初學者不可以如此，然而在性靈派看來，初學者即使不能有此才力，心中亦不可不有此理想，尤其不可因其不可學、不可及，失去實用的價值而輕視之。

格調與性靈是截然不同的理論，自本體到細節，無一處不相反。一重形式，追求完美；一重內容，容許瑕疵。一長於律，而欲以格律規範古詩；一長於古，而欲以古體攔入律句。一個挾杜甫以號令諸侯；一個推崇白、蘇兩位「廣大教化主」。這些是顯而易辨者，至於一些容易混淆的名詞，也有不同的意義：

一、「本色」：格調派所謂的「本色」，指的是各詩體最盛時期的模樣，亦即「高格」。性靈派之「本色」，指作者個人的精神面貌。一在物、一在人。

　　二、「復古」：就方法而言，格調之「復古」其意實爲「擬古」，性靈之「復古」當爲「學古」；前者摹擬古人形式，由陳而腐，後者學古人之精神，在推陳出新。就時代而言，格調所指的「古」是截取一斷代史，並具有尊卑的階級意識，性靈所謂的「古」是古往今來，無所不包的通史，一時代有一時代文學，不分軒輊。

　　三、「性情」：格調派看待「性情」與性靈派不同，開明的格調家視性情爲諸多條件之一，必須接受理智的管理，不可越出「中正和平、溫柔敦厚」的範圍。偏執的格調家不是不談性情，便是認爲性情必須翻譯成古人的性情，用他們的口吻名物造出某種「情調」。這跟性靈派以熱烈激盪、變化萬狀的情感，駕馭文字，突破常軌，眞是不可同日而語。

　　四、「風格」：風格是抽象的感覺，介於內外虛實之間，是格調、性靈都討論到的部分。格調和神韻偏重意象的優美，性靈則偏重情感的自然流露，在某些一流的作品中，這個衝突看來並不存在。例如王孟詩派；嚴羽說詩有別才別趣，此趣與袁中郎所謂的趣相近，李空同說唐詩香色流動，與中郎說唐詩千歲而新差不多，可見他們對美麗的風格有共同的領略。然而雙方解釋各有不同；格調將風格解爲「格律」，一意摹倣其聲口腔調。性靈則將「風格」解爲「人格」，認爲沒有王維的天才靈感和人生修養，誰也寫不出他的詩。

　　五、「禪悟」：自嚴羽以下，格調派中以禪喻詩，好談「妙悟」，其實和禪學沒有眞正的關係，只是借用禪家話頭表現時代的階級性，並用「妙悟」一詞形容盛唐詩風不可捉摸的印象。格調派所悟者，唯在奉盛唐爲第一義，而性靈派所悟者，在不學古人，自我做祖，這才是禪家「頓悟」的眞諦。

　　六、「自然」：格調派所崇奉的自然，如「香色流動」之類，是受過洗禮的自然，帶有貴族式「文明」、「文雅」、「彬彬有禮」的味道，生野粗獷的東西決不會被他們視爲自然。性靈派所謂的自然，如「鳶飛魚躍」之類，是包括原始的、平民化的自然，可以容納眞實或醜怪

的東西。

　　從以上論述看來，格調與性靈全然是兩套思想，發生對立是必然的，欲執一端以爲調和折衷之論，不僅徒勞無功，恐怕也不會爲雙方接受。

六、性靈派的特徵與精神

　　程朱和格調派是理性主義，受到專制、迷信、拜物、和庸俗文化的影響，由開明一入而偏執僵化，不足以厭服人心，長久的鉗制尤易激生反感，於是在禪學、蘇學、王學的啓發下，人性化的呼聲逐漸傳開。

　　中明時期的性靈說傾向客觀與靜態的表現。本體部分；思想家的「良知」大多停在道德的範疇，文章家的「天機」則用以治學和產生「千古不可磨滅之見」，這兩類「心」的活動可稱之爲「客觀的唯心論」。批評部分，王陽明沒有文學批評，王龍溪、唐荊川崇尚陶淵明、邵雍這類寧靜喜悅、怡然自得的情調，並且也作一些枯寂的哲理詩，這類表現可稱之爲「靜態的性靈論者」。初期的性靈說影響不大，也引不起後人的注意，可是王陽明的心學、唐荊川本色論卻具有了不起的原創性。

　　晚明的性靈論者吸收前人的特質，擴充爲主觀和動態的表現。本體方面，強調各種激動深切的情感，不可思議的想像，以之駕馭萬物，唯我獨尊，這是「主觀的唯心論」。批評方面，他們共同欣賞蘇東坡行雲流水，汪洋自肆的境界，愛好所有「動」與「變」的特質，這是「動態的性靈論者」。

　　晚明的性靈派對七子的攻擊和本身理論的建設，比中明時期來得積極，可是不論中明、晚明，都擺脫不掉消極的色彩。爲了避開所厭惡的習氣，不得不另尋出路，無形中受到負面的影響，不能完全維持健康平衡的心態。通常爲了清除自身餘毒，追求眞正長遠的獨創性，性靈論者採取「自我毀滅」的方式。如唐荊川、王龍溪不喜杜甫，袁

中郎不學唐詩，李卓吾教人不學孔子，鄙棄道理聞見，湯顯祖教人「焚所爲文，澄懷盪胸」，這些都是某種程度的「毀滅」。後來許多性靈論者索性「棄文學道」，不復措意文字。唐荊川、湯顯祖、袁小修晚年都有一段很長的時間沒有文學創作，可見他們對文學絕望消沉的程度。在僅有的作品中，唐荊川頹然自放，徐文長激詭怪異，湯顯祖率易拓落。瑕瑜互掩，毀譽參半，是他們共同的特徵。到袁中郎提倡滑稽說，將個人提昇到絕對的地位，鼓勵人憑高俯視一切，鄙視現實，使消極性靈說的特質表現得最爲明顯。竟陵派繼之而起，盡情發洩個人的傷感寂寥，鼓吹幽暗玄秘的力量，又把消極性靈說帶入另一種病態。在詩國中，他們爲了反抗帝王的專制封建，分別扮起狂者、逸民、乞丐、遊俠、寒士；這樣的作法主要是質疑格調派那種神聖不可侵犯的排他作風，可是辜負自己的美質，也是相當可惜的。

性靈派充滿理想的教人直抒胸臆，以眞爲文，落到現實世界中不見得能達到預期的效果，芸芸眾生，千差萬別，只知奉行「眞」的法令，而不知「傳神寫眞」的巧妙，醜陋的一面將畢現無遺。淺薄的理智固不足以服人，泛濫的情感也不值得尊重，因此性靈說產生修正的必要。明清改隸之際，現實中的專制帝王倒了，文學中的摹擬王國也結束了，人們思想上去掉束縛，學術空氣爲之一變，性靈說自此進入積極的階段。

積極性靈說與消極性靈說不同的地方，是把「毀滅」的部分建設起來；宗經汲古，注重學問根柢；講究風華，不排斥鍛鍊；調節情感，對白話、艷體、滑稽、道情做藝術性的處理。格律方面，由「無律」的狀態走向「天律」；宗主方面，不再刻意避開盛唐或杜甫，而標舉眞唐詩、眞杜甫，去打倒假唐詩、假杜甫。對七子的批評，則具體的指出二手摹擬的錯誤，以及樂府、古詩、絕句錯分文體的事實，以徵實的精神解決問題，而不完全是表現「嗔性」。由錢謙益到袁枚，性靈派的方向大致不出這個範圍。

性靈說依時代分，有中明、晚明、清初的不同，依個人表現而分，

有哲學、文章、戲曲、詩歌各個方面，在詩家當中，也有不小的差異，例如袁中郎提倡當代白話詩，鍾譚提倡古代白話詩，錢謙益則一變爲古雅，嘗試使古字復活。他們推崇的宗主，除蘇東坡外，有元白、杜韓、邵雍、李商隱、樊宗師，大家各有所嗜，風格並不統一。這些現象按照分門別類的眼光看，經常是不相干的問題或孤立的片段，可是合起來，卻是一種思想的表現。性靈說原本就是一種思想，一種觀念，它不拘形式，一旦散布開來，如水銀瀉地，無孔不入。它是十分個人化的，個人依自己的才性做不同的表達，彼此「不像」就是他們「像」的地方。

如果從細節去觀察一位作家是不是屬於性靈派，恐怕會有認定上的困難，從思想入手可能是比較好的辦法。性靈論者大多具有幾個特徵：第一，自小接受格調的訓練，再從籠罩下翻脫出來；第二，與王學禪學有密切的傳承關係；第三，本人多數具有頓悟的經驗；第四，天生具有狂者的性格；第五，主張爲上上人說法，並推廣到中下人﹝註10﹞。至於他們共同的精神，不外反對專制、壟斷，爭取自由平等而已。

七、作品與時代

一般人對性靈說容易產生兩個成見：一是以袁中郎或袁枚代替整個性靈派，二是以作品論定性靈的價值。這兩個成見經常出現在「守正」的文學批評史當中，以致於性靈派得不到應有的地位。以個人表現來判定一種靈活的思想，顯然不夠通達，拿格調的作品跟性靈的作品比較美醜，尤其落入現實、功利的唯物窠臼。

明代的詩文，總體來說都是失敗的。經過開國時的恐怖統治，和

﹝註10﹞ 袁宗道《白蘇齋類集》卷十七「讀論語」一文曰：「中人以上可以語上也，中人以下不可以語上也，然則聖人豈揀中人以上者而密室傳授乎哉？非也，坦途非限夫行者，行者自差，日光非薄夫曠人，曠人自障，聖人無時無處不昭揭以示人，人之聞者，其心所得各異耳。」又鍾惺《隱秀軒集》列集論一〈詩論〉亦曰：「古之制禮者，從極不肖立想，而堅者聽之，解經者從極愚立想，而明者聽之，今以其立想之處，遂認爲究極之地，可乎？」

長達一世紀的黑暗期，人民素質低落，頭腦愚直，使中晚明不得不成為理論指導創作的時代。最初，摹擬是提昇素質的手段，可是一念之差，使手段變成了目的本身，後起者貪戀權勢，不知修正，反而變本加厲，加速製造出一代假唐詩，終於斷送明詩的命運。政治打擊於前，理論誤導於後，加上俗學僑學的干擾，以及詩體本身的老化，使得明詩沉苛難治。

處在這樣的環境中，即使性靈理論是正確的，也寫不出好詩，造就不出大家。因為大部分可寫的題材，常用的字面和標準聲調，都被編入詩譜中成為機械化的「格套」，受過格調派訓練的人，一提筆陳腔爛調便習慣性的湊赴腕下，擺脫起來十分不易。即使能擺脫俗套，獨抒性靈，在贗品充斥的環境中也分辨不出眞詩；如果做大幅度的改變，則又被譏為似晚唐，似宋元、體格卑下。自己創作如此困難，教導別人改變觀念，由治學養心做起，又非一朝一夕即可成功，因此性靈派寫詩大多是在半洩憤、半實驗的心情下完成的。他們拿自己的作品實驗，想試試自己的理論對不對？能不能走出一條坦蕩大道？於是作出了許多怪詩。

七子的詩美而假，性靈的詩眞而怪，所以，明詩是不成功的。然而七子曾經佔據最有利的時機和地位，沒有好好掌握，誤盡了天下人才，而性靈派處在困難的環境中，猶做此努力，相形之下，不是更值得同情嗎？在創新的過程中，必然有艱辛摸索的階段；一個學說在提倡時期，也只見種植，難得收穫，不以一時之效責之，才能見出性靈的價值。在明代「摹擬」曾被奉為堅信不疑的文學主流，如果不是一些眞知灼見的人，用生命、名譽去爭取自由思想、自由創作的權利，恐怕後人不會那麼快走出這個陰影。趙翼《甌北詩話》說：「通計明代之詩，至末造而精華始發越。」（卷九）在無形之間轉移風氣，這才應該是性靈說的成就。

重要參考書目

（依書名、篇名筆畫順序排列）

1. 《二十二史箚記》，清·趙翼撰，民國 63 年，台北市：廣文書局排印本。

2. 《小倉山房文集》，清·袁枚選，民國 61 年，台北市：廣文書局影印本。

3. 《公安派的文學批評及其發展》，周質平撰，民國 75 年，臺灣：商務印書館。

4. 《日知錄》，清·顧炎武撰，民國 70 年，台北市：世界書局排印本。

5. 《元明詩概說》，吉川幸次郎撰，鄭清茂譯，民國 75 年，台北市：幼獅出版社初版。

6. 《中明學術風氣之分析》，程運撰，《中華文化復興月刊》第四卷第四期頁 29。

7. 《中國文化與中國的兵》，雷海宗撰，民國 73 年，台北市：里仁書局排印本。

8. 《中國文學史大綱》，民國 57 年，臺灣：開明書店排印本。

9. 《中國文學批評》，方孝岳撰·1986 年，北京：生活讀書新知，三聯書店排印本。

10. 《中國文學批評史》，郭紹虞撰，台北市：成偉出版社排印本。

11. 《中國文學批評史大綱》，朱東潤撰，民國 73 年，臺北：開明書店排印本。

12. 《中國文學批評家與文學批評》，朱東潤等撰，民國 60 年，臺灣：學生書局排印本。

13. 《中國文學理論》，劉若愚著，杜國清譯，民國 74 年，台北市：聯

經出版公司二版。

14. 《中國文學發達史》，劉大杰撰，民國 64 年，臺灣：中華書局排印本。

15. 《中國近三百年學術史》，梁啓超撰，民國 68 年，台北市：華正書局排印本。

16. 《中國思想史》，錢穆撰，民國 60 年，台北市：陽明山華岡出版有限公司排印本。

17. 《中國政治思想史》，蕭公權撰，民國 71 年，台北：聯經出版專業公司印行。

18. 《中國哲學史》，馮友蘭撰。

19. 《中國哲學史綱要》，范壽康撰，民國 65 年，臺灣：開明書局排印本。

20. 《中國詩的神韻、格調及性靈說》，郭紹虞撰，民國 64 年，台北市：華正書局排印本。

21. 《中國詩與中國畫》，錢鍾書撰，香港龍門書局。

22. 《中國詩論史》，鈴木虎雄撰，洪順隆譯，民國 68 年，臺灣：商務印書館二版。

23. 《中國歷史研究法》，梁啓超撰，民國 63 年，臺灣：中華書局排印本。

24. 《中國歷代文學論著精選》，郭紹虞撰，民國 69 年，台北市：華正書局排印本。

25. 《中國學術思想史大綱》，林尹撰，民國 64 年，臺灣：學生書局排印本。

26. 《王陽明全書》，明・王守仁撰，民國 68 年，台北市：正中書局排印本。

27. 《王陽明詩研究》，崔完植撰，民國 73 年，師範大學國文研究所博士論文。

28. 《王遵巖家居集》，明・王慎中撰，福建文史研究社據明刊本影印。

29. 《王龍溪學述》，許宗興撰，民國 71 年，政治大學中文研究所碩士論文。

30. 《文學與生活》，李辰冬撰，民國 47 年，台北市：力行書局。

31. 《文學概論》，本間久雄撰，民國 46 年，臺灣：開明書店譯本。

32. 《石洲詩話》，清・翁方綱撰，民國 60 年，台北市：廣文書局影印本。

33. 《四庫全書總目提要》，清‧紀昀等撰，民國 68 年，臺灣：藝文印書館影印本。

34. 《白話文學史》，胡適撰，1986 年，台北市遠流出版社排印本。

35. 《古詩歸》十六卷，明‧鍾惺、譚元春評選，明閔振業刻三色套印本。

36. 《四聲猿》，明‧徐渭撰，民國 74 年，台北市：仁愛書局排印本。

37. 《白蘇齋類集》，明‧袁宗道撰，民國 65 年，台北市：偉文圖書公司據明刊本影印。

38. 《史懷》，明‧鍾惺撰，《湖北叢書》五三──五八冊，用天門鍾氏家藏本。

39. 《西方美學史》，朱光潛撰，民國 71 年，台北市：漢京文化事業有限公司印行。

40. 《牡丹亭》，明‧湯顯祖撰，民國 63 年，台北縣：文光圖書公司排印本。

41. 《全唐詩說詩評》，明‧王世貞撰，民國 60 年，台北市：廣文書局《古今詩話叢編》影印本。

42. 《列朝詩集》八十一卷，清‧錢謙益編，清順治九年毛子晉刊本。

43. 《列朝詩集小傳》，清‧錢謙益撰，民國 54 年，台北市，世界書局排印本。

44. 《百種詩話類編》，臺靜農主編，民國 63 年，台北市：藝文印書館排印本。

45. 《有學外集補遺》，清‧錢謙益撰，台灣：商務印書館景印岫盧現藏罕傳善本。

46. 李氏《焚書》《續焚書》，明‧李贄撰，1971 年，京都：株式會社中文出版社排印本。

47. 〈初明學術風氣之分析〉，程運撰，《中華文化復興月刊》第四卷第三期頁 9。

48. 《李卓吾事實辨正》，黃雲眉撰，《金陵學報》第二卷第一期。

49. 《李卓吾評傳》容肇祖撰，民國 59 年，台灣：商務印書館。

50. 《吾炙集》一卷，清‧錢謙益撰，《虞山叢刊》第三冊甲集。

51. 《宋詩概說》，吉川幸次郎撰，鄭清茂譯，民國 77 年，台北市：聯經出版社四版。

52. 《牧齋有學集》五十卷，清‧錢謙益撰，清康熙甲辰初刻本。

53. 《牧齋初學集》一百一十卷，清‧錢謙益撰，《四部叢刊》初編一六

三六──一六六七冊，上海涵芬樓景印崇禎癸未刊本。

54. 〈李攀龍與鍾惺選唐詩風格的異同〉，許建崑撰，《幼獅月刊》第四六卷第四期。

55. 《明史》，清‧張廷玉等撰，民國 64 年，台北市：鼎文書局影印本。

56. 《明史稿》，清‧王源緒編，民國 51 年，台北市：文海出版社據敬慎堂刊本影印。

57. 《明史紀事本末》，清‧谷應泰撰，民國 65 年，華世出版社影印本。

58. 《明末三葉》，溫功義撰，民國 75 年，台北市：谷風出版社排印本。

59. 《明代文學》，錢基博撰，民國 62 年，臺灣：商務印書館。

60. 《明代宗教》，陶希聖等撰，民國 57 年，台北市：學生書局排印本。

61. 《明代思想史》，容肇祖撰，民國 51 年，台灣：開明書店排印本。

62. 〈明代教育政策及社會形態對於學制與學風之影響〉，程運撰，《中華文化復興月刊》第三卷第六期頁 21。

63. 《明清格調詩說研究》，吳瑞泉著，民國 75 年，東吳大學中文研究所博士論文。

64. 《明詩紀事》，清‧陳田撰，民國 69 年，台北市：鼎文書局排印本。

65. 《明儒學案》，清‧黃宗羲撰，民國 73 年，台北市：世界書局排印本。

66. 《明實錄》，中央研究歷史語言研究所據國立北平圖書館紅格鈔本微捲影印。

67. 《周作人先生文集──苦茶隨筆》，〈中國新文學的源流〉，周作人撰，民國 71 年，台北市：里仁書局據民國 23 年人文書店版影印。

68. 《松圓浪淘集》十八卷，明‧程嘉燧撰，民國 64 年，台北市：學生書局影印本。

69. 《皇明世說新語》八卷，明‧李紹文撰，《筆記小說大觀》四十編八冊，民國 67 年，台北市：新興書局影印本。

70. 《珂雪齋前集、近集》，明‧袁中道撰，民國 65 年，台北市：偉文圖書公司據明刊本影印。

71. 《南雷文定》，清‧黃宗羲撰，民國 53 年，台北市：世界書局排印本。

72. 《胡適文存》，胡適撰，民國 64 年，台北市：洛陽圖書公司排印本。

73. 《科學哲學與人生》，方東美撰，台北市：粹文堂書局排印本。

74. 《荊川先生文集》十七卷，明‧唐順之撰，《四部叢刊》正編第七六冊。

75. 《徐文長全集》三十卷，明·徐渭撰，袁宏道評點，明刊本。

76. 《徐文長逸稿》廿四卷畸譜一卷，明·徐渭撰，民國 65 年，台北市：世界書局排印本。

77. 《袁中郎全集》，明·袁宏道撰，民國 67 年，台北市：世界書局排印本。

78. 〈袁宏道性靈說溯源〉，（日）松下忠撰，李漢超譯，《古代文學理論研究叢刊》第六輯，1982 年，上海：古籍出版社。

79. 《唐詩歸》三十五卷，明·鍾惺、譚元春評選，明崇禎君山堂刊本。

80. 《清代通史》，蕭一山撰，民國 52 年，臺灣：商務印書館。

81. 《清代詩學初探》（修訂本），吳宏一撰，民國 75 年，臺灣：學生書局再版。

82. 《清代思想史》，陸寶千撰，民國 72 年，台北市：廣文書局排印本。

83. 《清朝詩人小傳》，清·鄭方坤撰，民國 60 年，台北市：廣文書局影印本。

84. 《清詩話》，丁仲祜編訂，民國 66 年，台北縣：藝文印書館影印本。

85. 《啓禎野乘》，明·鄒漪撰，文海出版社《明清史料彙編》第五輯第一冊據民國廿五年故宮博物院刊本影印。

86. 《雪濤小書》，明·江盈科撰，民國 60 年，台北市：廣文書局，《古今詩話叢編》排印本。

87. 《雪濤閣集》十四卷，明·江盈科撰，明萬曆廿八年西楚江氏北京刊本。

88. 《景午叢編》，鄭騫撰，民國 61 年，台灣：中華書局。

89. 《飲冰室全集》，梁啓超撰，民國 64 年，高雄市，世一書局排印本。

90. 《純吟雜錄》，清·馮班撰，民國 58 年，台北市，廣文書局影印本。

91. 《遊居柿錄》，明·袁中道撰，《筆記小說大觀》第七編第二冊。

92. 《晚明小品與明季文人生活》，陳萬益撰，民國 77 年，台北市：大安出版社初版。

93. 《晚明性靈小品研究》，曹淑娟撰，民國 77 年，台北市：文津出版社初版。

94. 《晚明性靈文學思想研究》，陳萬益撰，民國 66 年台灣大學中文研究所博士論文。

95. 《晚明思潮與社會變動》，淡江大學中文系主編，民國 76 年，台北：弘化文化事業有限公司初版。

96. 〈晚明學術風氣之分析〉，程運撰，《中華文化復興月刊》第四卷第

六期頁 4。

97. 《焦竑及其思想》，容肇祖撰，《燕京學報》第廿三期。

98. 《街頭文談》，徐懋庸撰，民國 25 年，上海：光明書局初版。

99. 《湧幢小品》三十二卷，明・朱國楨撰，《筆記小說大觀》廿二編十冊。

100. 《湯顯祖的戲劇理論》，龐華撰，《古代文學理論叢刊》第六輯，1982 年，上海：古籍出版社。

101. 《湯顯祖集》，明・湯顯祖撰，民國 64 年，台北市：洪氏出版社據康熙刊本排校本。

102. 《圍爐詩話》，清・吳喬撰，民國 62 年，台北市：廣文書局影印本。

103. 〈詩是感覺的智慧〉（上、下），簡政珍撰，民國 79 年 11 月 6、7日聯合報副刊廿九版。

104. 《傳習錄》，明・王守仁撰，民國 76 年，臺灣：商務印書館。

105. 《歇菴集》十六卷，明・陶望齡撰，明萬曆三十八年山陰王氏真如齋校刊本。

106. 《萬曆十五年》，黃仁宇撰，民國 77 年，北市：食貨出版社排版本。

107. 《萬曆野獲編》三十卷，明・沈德符撰，《筆記小說大觀》十五編十冊。

108. 〈葡萄社與公安派〉，梁容若撰，台中東海大學《作家與作品》1971年。

109. 《詩論》，朱光潛撰，民國 71 年，台北市：漢京文化事業有限公司印行。

110. 《詩藪》，明・胡應麟撰，民國 62 年，台北市：廣文書局影印本。

111. 《甌北詩話》，清・趙翼撰，民國 60 年，台北市：廣文書局影印本。

112. 《樂府文學史》，羅根澤撰，民國 70 年，台北市：文史哲出版社排印本。

113. 《隨園詩話》，清・袁枚撰，民國 68 年，台北市：廣文書局影印本。

114. 〈隨園詩話在袁枚詩學中的地位〉，吳宏一撰，《幼獅月刊》四六卷六期。

115. 《談藝錄》，錢鍾書撰。

116. 《歷代詩話》，清・何文煥訂，民國 64 年，台北市：藝文印書館影印本。

117. 《錢牧齋尺牘》，清・錢謙益撰，《明清之際叢書》第一輯九家詩文集第五冊。

118. 《錢牧齋及其文學》，廖美玉撰，民國72年，台灣大學中文研究所博士論文。

119. 《儒教叛徒李卓吾》，吳澤撰，仲信出版社。

120. 《澹園集》四十九卷，明・焦竑撰，《金陵叢書》。

121. 《龍谿王先生全集》二十卷，明・王畿撰，清道光二年莫晉重刊本。

122. 〈錢謙益的文學批評〉，（日）吉川幸次郎撰，張達第譯，《古典文學論叢》第三輯，1982年齊魯出版社。

123. 《鍾伯敬先生遺稿》四卷，明・鍾惺撰，明天啟七年徐氏浪齋刊本。

124. 《鍾伯敬增定袁中郎全集》四十卷，明・袁宏道撰，民國65年，台北市：偉文圖書公司據明刊本影印。

125. 《隱秀軒集》，明・鍾惺撰，民國65年，台北市偉文圖書公司據明天啟刊本影印。

126. 《禪宗與中國文化》，葛兆光撰，民國76年，台北市：里仁書局排印本。

127. 《禪學的黃金時代》，吳經熊著，吳怡譯，民國64年，臺灣：商務印書館排印本。

128. 《歸震川集》，明・歸有光撰，民國66年，台北市：世界書局排印本。

129. 《譚友夏合集》，明・譚元春撰，民國65年，台北市：偉文圖書公司據明崇禎六年古吳張澤刊本影印。

130. 《藏書》，明・李贄撰，民國63年，台灣：學生書局排印本。

131. 〈藝術創作與間接經驗〉，余光中撰，民國79年11月29日《聯合報》副刊廿九版。

132. 《續歷代詩話》，清・丁仲祜編訂，民國63年，台北市：藝文印書館影印本。

133. 《續藏書》，明・李贄撰，民國63年，台灣：學生書局排印本。